KB012035

"우와……
위아래도 없이
전부 하늘이야."
기대와 불안,
상반된 감정을 끌어안고
세계의 끝을 나아간다.
이윽고―.
"드디어 여기까지 왔네요."
류에
레이스
백수, 마왕의 모습으로 이세계에
가끔은 치트인 유유자적 여행
12

"네 이야기가 맞으면 남은 칠성은 하나. 그리고 천재지변이 일어나서 격리된 우리 세계가 마지막 대륙이고, 신계로 가는 유일한 길이 사라졌어. 그리고 그 실마리를 잡은 결과…… 세계를 묶던 자물쇠가 풀리고 팀 기능이 부활. 이건 거의—."
"누가 말하는 거겠죠. 우리에게 모든 일의 결판을 지으라고. 뭐, 사실 중간부터 들어서 무슨 이야기인지 잘 모르지만요. 안녕하세요, 여러분."
"……! 아, 너였어? 역시 그 모습은 익숙하지 않아, 오잉크."
오잉크
슌

슌의 고찰을 보강하며
끼어든 사람은 어느샌가
나타난 우리의 꿀돼지,
오잉크였다.
"오잉크다!"
"아이코…… 후후후, 류에도
오랜만이네요."
카이본

백수, 마왕의 모습으로 이세계에

Bored, Sacred and Now a Devil!

〈 가끔은 치트인 유유자적 여행 〉 12

Contents

백수, 마왕의 모습으로 이세계에

Bored, Sacred and Now a Devil!

⟨가끔은 치트인 유유자적 여행⟩ 12

아이아츠시 지음
카츠라이 요시아키 일러스트
김장준 옮김

프롤로그

"으음…… 이걸 뭐라고 설명한다? 그림을 그리기 전에 사물을 그릴 층을 나누고 그걸 마지막에 끼워 맞추는 방식인데…… 레이어의 개념을 설명하려니까 어렵네."

"당대 작품보다 묘사에 깊이감이 있었던 이유는 그 기법 덕분인가요……. 카이 씨가 살던 세계는 예술 방면으로도 훨씬 앞서갔나 봐요."

"나는 잘은 모르겠지만, 엘이 대단하다는 이야기지?"

"그래, 내가 좀 대단하지. 아유, 류에는 왜 이렇게 귀여울까."

가르데우스의 상업 지역. 그곳에는 젊은 여성이 많이 모이는 장소가 있었다.

여성에게 인기 있는 이 세련된 카페에서 도란도란 이야기꽃을 피우는 사람은 우리 집 두 아가씨와 지금 세컨더리아 대륙을 위해 일어선 여왕, 엘이었다.

엘을 만나고 가장 큰 반응을 보인 사람은 아니나 다를까 레이스였다. 처음에는 신이라도 영접한 것처럼 감격해서 엘도 당황한 기색이었지만…….

"지금은 시간이 별로 없지만, 언젠가 천천히 얘기하고 싶어."

"나도. 앞으로 힘들겠지만, 우리가 도울 일이 있으면 뭐든 말해."

"카이 씨도 미안. 이런 곳으로 데리고 와서 불편했지?"

"하하하…… 그냥 조금. 그래도 너희가 즐기는 게 제일 중요하니까."

"하긴…… 여기는 여성 손님뿐이니까요……."

가게에 남자가 나 혼자라서 자꾸만 시선이 쏠린단 말이지…….

"카이 씨 쪽은 앞으로 어떡할 거야? 나는 나라로 돌아갈 건데, 이 나라에 더 머물다 가?"

"아냐. 네 덕분에 걱정거리도 줄었겠다, 슬슬 퍼스트리아 대륙으로 가려고."

그렇게 계획을 전하자 엘은 내가 뚱딴지같은 소리를 한 것처럼 아리송하게 쳐다봤다.

"퍼스트리아…… 그거 지구로 치면 무 대륙 같은 곳인데? 어떻게 가려고?"

"뭐? 그게 대체 무슨……."

"무 대륙이 뭐야? 뭔지는 몰라도 이름이 귀엽네."

퍼스트리아 대륙은 지구의 무 대륙과 달리 실존하잖아? 그곳 유물이 다른 대륙으로 떠밀려왔다는 이야기도 있다. 그렇게 생각하는데 엘이 뒷말을 이었다.

"으음, 설명하기 어려운데 아무도 가지 못한 대륙이야. 카이 씨가 가겠다면 이 나라 왕도 협력할 테니까 할 수 있는 만큼은 해 봐."

"흠…… 알았어. 임금님한테도 상담해 볼게."

불안을 일으키는 말에 떠밀려 나는 엘을 배웅하자마자 성으로 걸음을 옮겼다.

또 보자, 엘. 가까운 시일 내에 만나러 갈게.

§ § §

"그렇군…… 세 사람 모두 결국 떠나는가."

"예. 메일런트와의 관계도 이대로 가면 나쁜 방향으로 흐르지는 않을 겁니다."

"그래. 애초에 손님을 붙잡아 둘 수도 없는 노릇이지. 그런데 어디로 갈 생각인가? 또 서디스 대륙인가, 아니면 바로 세미피나르 대륙으로?"

"사실 그 일로 상담 드리고 싶어서—."

나는 엘에게 말했던 내용, 퍼스트리아 대륙으로 가겠다는 취지를 밝혔다.

그러자 국왕도 왠지 복잡한 표정을 지어 보였다.

"그대들이라면 어쩌면……. 하지만 그곳으로 가려면 배를 준비하기가 어렵네."

"여왕님도 비슷한 말을 하셨습니다. 구체적으로 설명해 주실 수 있을까요?"

"퍼스트리아 대륙은 분명히 존재한다고 전해지지. 실제로 표류물이 종종 상인에게 넘어가고는 하네. 하지만 대륙으로 가는 항로가 존재하지 않아. 바다를 따라 어느 지점까지 남하하면 배가 동력을 상실하지. 우선 그게 첫 번째 이유일세."

"동력인 마도구가 정지한다는 말씀인가요?"

"그렇다네. 그리고 하나 더. 애당초 대륙 남쪽에 있는 해안 지대에 접근하는 것부터 어려워."

"왜? 마물이 서식해서 그런 거라면 내가 해치워줄게."

"마물이 아닐세. 언제부터인가 남쪽 해안을 점령한 자들이 생겼어. 처음에는 메일런트군인가 생각했지만, 메일런트도 접근하지 못하는 모양이더군. 아마 어디선가 떠밀려 온 유랑민이라고 생각하네만……."

"대화도 안 통하나요?"

"안 되네. 떠나라고 경고할 뿐이었어. 무시하고 들어간 자들과 싸움이 벌어졌다는 이야기도 들었지만, 순식간에 전멸했다는군. 다행히 목숨은 빼앗지 않았으나 완전히 전의를 상실했다고 하네."

기사단을 몰아낼 정도의 실력인가…….

"그곳에도 던전이 있어서 나오도 갔다가 포기했을 정도야. 그곳은 이미 아무도 손을 댈 수 없는 불가침지대가 되었어.

당연히 조사는 불가능했지."

"신경 쓰이네요. 그런 힘을 가진 집단이 거기서 대체 뭘 하는지……."

나오 파티도 후퇴를 선택했다…… 그곳에 사는 자들이 요로키에 필적한다는 말인가?

"그럼 북쪽 항구로 빙 돌아서 내려가면 안 돼? 그리고 문제가 생기는 해역부터 마법 대신 돛을 펴서 가는 거야."

"류에 말이 맞아. 폐하, 이 방법은…… 이미 시험해 보셨나 보군요."

"해 봤네. 그 주변은 해류가 복잡해서 범선으로 항해하기 너무 위험해."

"으…… 그러면 나도 모르겠는데."

"저희가 한번 그 해안으로 가 보죠. 그 집단과도 대화를 시도해 보겠습니다."

"마음대로 하게. 그자들도 영역을 침범하지 않는 한 결코 우리에게 해를 끼치지 않아. 마물에게서 행상인을 지켰다는 소문도 들리네. 가능하면…… 그자들과는 싸우고 싶지 않아."

"물론 싸움은 가급적 피할 생각입니다. 이르면 내일에라도 출발하죠."

"그런가…… 마음 같아서는 성대하게 전별이라도 하고 싶지만, 지금은 그럴 형편이 안 되어 미안하네. 적어도 해안까지 가는 마차를 준비하고 만일의 사태에 대비해 전령도 대

동시키겠네."

"큰 도움이 될 겁니다, 폐하. 상담을 들어주셔서 감사합니다."

성을 나온 우리는 문객으로 얹혀 있는 스티리아 씨 저택으로 돌아가서 나오 군과 스티리아 씨의 아버지 셰자드 경에게도 떠나겠다는 뜻을 전했다.

"저도 해안까지 데려가 주세요. 그쪽 숲 지리를 기억하니까 안내도 할 수 있어요. 게다가…… 싸움과 관련해서도 드릴 말씀이 있고요."

"남해 민족에게 도전하실 생각인가요? 딸도 나오 공과 간 적이 있다고 들었습니다만……."

"남해 민족이라고 부르나요? 그 사람들은 대체 언제부터 거기서 살게 됐죠?"

"전쟁이 격화되기 전, 적어도…… 스티리아가 태어나기도 전입니다."

"그렇게 오래……. 그렇다면 그쪽도 대대로 싸우고 있다는 뜻이겠네?"

그 남해 민족은 모두 독특한 갑옷을 입은 『여성』이라고 한다.

하지만 마치 하나의 의지로 통일된 것처럼 연계하여 상대가 되지 않는 모양이었다.

"카이본 씨가 알기 쉽게 말하면…… 무슨 특수 부대 같았어요."

"특수 부대…… 설마 그럴 리는 없다고 생각하지만, 혹시 총이라도 써?"

"모르겠어요. 굳이 따지면 레이스 씨가 쓰는 활 같았어요. 마치 광선 같다고 할까……."

"제 마궁과 닮았어요? 그건…… 흥미롭네요."

"으음, 나쁜 사람들은 아니라고 하고 임금님도 싸우지 말라고 당부했으니까 내가 일대를 콱 얼려 버리면…… 안 되겠지?"

류에 씨, 은근슬쩍 살벌한 소리를 하시네요.

그때였다. 스티리아 씨가 저택으로 돌아왔다.

역시나 기사단 재편으로 바쁜 모양인데—.

"정식 임명은 아직 멀었지만, 기사단장으로 승임됐습니다."

"정말로?! 스티리아, 대단해!"

"공석을 메꾸기 위한 인사지만, 이 한 몸 바칠 각오로 임하겠습니다."

"그러냐……. 하지만 몸을 바친다는 말은 말아다오. 네 주변 사람들과 함께 살아가거라."

"아버지…… 예. 제가 신중하지 못했네요. 죄송합니다."

그래…… 다들 조금씩 바뀌어 가는구나.

"그런데 방금 국왕 폐하께 들었습니다. 내일 출발하신다고요? 조금 갑작스럽지만, 제 부하 중에서 믿을 수 있는 사람을 붙이고 싶습니다."

"스티리아는 못 와? 나는 해안까지 같이 가려고 하는데."

"으…… 안타깝지만 지금은 나라를 벗어나기 힘들어서

요…….”

“그래? 하기야 기사단장이 되면 바쁠 테니까. 스티리아, 항상 건강 조심해.”

“네. 나오 님도 조심하셔야 합니다. 남해 민족이 얼마나 강한지는 저도 잘 기억합니다. 이분들과 함께라면 질 리는 없겠지만, 그래도…….”

미련을 떨치지 못하는 스티리아의 말을 되새기며 가르데우스에서 보내는 마지막 밤이 깊어갔다.

남해 민족이라……. 과연 어떤 자들일까—.

1장 촌장이 맡긴 것

다음 날 아침. 저택 문 앞에서 기다리던 여성, 이번에 마부와 전령을 맡은 분과 합류한 우리는 오래도록 신세 진 저택을 떠났다.

"후우…… 이 마차는 속도를 중시했나 봐."

도시를 출발하고 30분 만에 가르데우스가 아예 보이지 않았다.

이 속도라면 저녁 전에는 국경 근처까지 갈 수 있다고 한다.

거기서 해안까지 가는 길이 더 오래 걸리는 모양이지만.

"틀림없이 폐하도 여러분을 붙잡아 둬서 내심 미안하셨겠죠. 이 마차의 현재 속도는 시속 90킬로미터를 넘어요."

"빠른데? 그런 속도인데 흔들림도 거의 없어. 이런 마차 하나 갖고 싶네."

"그렇죠? 저도 차나 오토바이를 좋아해서 그 마음 알아요."

조금 의외다. 아니, 이 나이대라면 관심이 있어도 이상한 건 없나?

"가면서 남해 민족에 관해 듣고 싶은데…… 알려주지 않을래?"

"네. 우선 다짜고짜 공격하는 야만인은 아니에요. 위협사격이라고 하나요? 땅을 공격해서 멈춘 순간, 어디선가 목소리가 들렸어요."

"위협사격…… 정말로 군대 같군."

"『무슨 용건인지는 몰라도 이 숲은 통행할 수 없다. 당장 떠나라』라고 했어요. 그래도 던전에 가야 한다고 말하니까—."

그들은 어떤 이유가 있어도 해안으로 보내줄 생각이 없는 듯했다.

숲속에서 전투가 벌어졌는데 나오 일행이 뭘 하기도 전에 완전히 포위당했다고 한다.

지형적 이점도 상대가 쥔 상태라서 나오 군은 적대가 아닌 후퇴를 선택했다.

"항복한다고 말하니까 숲속에서 한 여자가 나타나서 바깥까지 안내해 줬어요."

"매복, 게릴라전 전문가인가……."

"몸 전체를 통 좁은 갑옷으로 무장해서 체형을 보고 여성인 줄 알았어요."

"안내해 줬다고 했지? 나오 군은 평범하게 들어가지 않았어?"

"길에 함정이 많았거든요. 다행히 제가 간파해서 무사히 들어가기는 했지만, 그래도 시간이 오래 걸려서……."

“함정도 있나…….”

“솔직히 전력으로 싸웠어도 점차 소모당하다가 졌을지도 몰라요. 그만큼 연계가 철저했어요.”

흐음, 혹시 진짜 게릴라 부대인가?

그렇다면 어느 나라지? 일단 이 대륙에는 가르데우스와 메일런트라는 두 대국이 있지만, 그 외에도 작은 나라가 몇 군데 있다고 들었다. 그중 하나가 파견했을까?

어쨌든 우리의 행군은 계속됐고 무사히 국경을 넘었다.

출발하고 사흘 후. 허허벌판이 이어지는 대륙 남부의 변경 지역에 접어들고 얼마 지나지 않아 마침내 길 앞으로 숲이 보였다.

우리는 숲 앞에서 마부 겸 전령 누나와 헤어져 해안까지 걸어갈 계획이었다.

거리는 2킬로미터 남짓이지만, 울창한 숲과 함정, 그리고 틀림없이 있을 습격을 생각하면 방심할 수는 없었다.

“함정이 있다면 내가 나설 차례인가?”

“오랜만에 보겠네요, 카이본 씨의 그 마법.”

“엄밀히 말하면 마법은 아니지만.”

오랜만에 나오 군 앞에서 선보일 어빌리티는 예상하다시피 [소나].

어빌리티의 성질상 야외에서는 효과가 떨어지지만, 건물

이 밀집한 곳이나 이번 경우처럼 나무가 많은 곳에서는 제 효과를 발휘한다.

땅에 검을 꽂자 충격이 내 메뉴에 상세한 맵을 보여줬다.

"이건…… 무슨 함정으로 도배를 했어? 보통 사람이면 당할 만도 해."

"카이 씨, 혹시 그 힘으로 상대방의 위치는 알 수 없나요?"

"이상하게 사람 같은 반응은 어디에도 없어."

"그렇다면 오히려 기회일지도 모르겠네요. 아마도 어떤 술법이나 함정으로 진입을 감지할 거예요. 그걸 역이용한다면……."

"그렇군. 그럼 다들 내 뒤만 똑바로 따라와."

아무래도 숲 어귀에는 함정이 없는 모양이었다.

하지만 조금만 들어가도 온갖 경로에 교묘하게 함정이 숨겨져 있었다.

"여기서…… 여기로 점프. 다들 내 발자국대로 움직여."

"알겠어요. 에잇…… 읏차."

덜렁덜렁. 뭐가 덜렁덜렁한지는 말하지 않겠습니다.

"호잇! 착!"

"하하하, 10점 만점."

그렇게 무사히 함정을 피해 숲 안으로 들어갔다.

이윽고 돌아보아도 숲 밖이 보이지 않을 만큼 들어왔을 때였다.

마치 주위 전체에 스피커라도 있는 것처럼 어디서 나는지 모를 목소리가 울렸다.

『또 너냐? 이번에는 다른 동료를 데리고 왔나 보지만, 소용없는 짓이다. 당장 떠나라.』

"……! 인기척은 감지되지 않았을 텐데."

『우연이 아니라 함정을 간파하며 들어왔나……. 너는 조금 위험하군.』

한 번 더 검을 꺼내서 땅에 꽂으려고 한 순간, 빛의 화살이 검에 부딪쳤다.

충격으로 팔이 튕겨 올라가지만, 무기가 파괴되지는 않았다.

"난데없이 공격하는 건 너무하지 않아?"

『먼저 무기를 꺼낸 건 너다. 비겁하다고는 하지 않겠지?』

"카이 씨……, 마안으로 살펴봐도 반응이 없어요."

"기척, 마력 흐름에도 이상이 감지되지 않아. 이건…… 어떤 힘으로 은신하는 걸지도 몰라."

『다음은 무기가 아니라 신체를 노리겠다. 좋은 말로 할 때 당장 숲을 떠나라.』

"우리는 이 앞에 있는 바다로 가고 싶어. 그쪽이야말로 바다에 관한 정보가 있다면—."

그 순간. 배에 강력한 충격을 받고 뒤로 크게 물러났다.

고개를 들자 지금까지 서 있던 곳에 검붉은 갑옷을 입은 전사가 있었다.

저걸 갑옷이라고 해도 되나……? 꽤나 근미래적인 형태군.

"대장, 이 녀석은 여기서 제거하지. 이 녀석, 바다를 조사할 생각이야."

『어쩔 수 없지……. 조금 거친 방법이지만, 강제로 제거하는 수밖에. 원망하지는 마라.』

그 선언과 동시에 사방에서 빛의 화살이 날아들었다.

곧바로 류에가 결계를 펼쳐 방어. 하지만 막은 순간 섬광이 주변을 비추고, 어느샌가 창을 든 전사들이 나타나서 마치 짠 것처럼 내 팔다리, 그리고 피할 곳까지 예측한 듯 창으로 찔렀다.

"큭! 레이스, 위!"

"아…… 꺄아!"

날아드는 빛. 그리고 폭발물일까? 내 반격보다 먼저 연막이 깔렸다.

"아잇, 열 받아! 전부 얼려서―!"

『1번, 3번, 점화. 대피.』

"류에, 막아!"

"으악! 이건 뭐야?!"

마법을 발동하려는 순간, 발치로 던져진 통이 파열하며 이상한 냄새가 퍼졌다.

"으엑, 머리 아파! 집중을 못 하겠어!"

"마법 방해…… 류에, 약이야!"

회복약을 던지고 다가오는 창을 전부 몸으로 받아냈다.

그리고 잡아서 크게 돌렸다.

그렇게 전사를 몇 명 던져 버리고 간신히 자세를 바로잡았다.

"이거 참…… 이 녀석들 텔레파시라도 통하나? 왜 이렇게 손발이 척척 맞아?"

"끄응…… 즉효성 독으로 집중을 방해하다니, 제법인데……."

"저도 아까부터 활을 못 겨누겠어요."

"죄송해요, 저도 아무것도 못 해서."

전사들은 어느샌가 모습을 감췄다. 내 움직임을 읽고 막다른 골목으로 몰아세우듯 공격해 왔다.

『순순히 숲에서 나가라. 더 싸우면 사망자가 나올 거다.』

"미안하지만…… 그럴 수는 없어. 그래도 사망자를 원하지 않는 건 우리도 똑같아. 그러니까…… 만약 경상으로 끝나지 않아도 불평하지 마."

곧바로 무기에 [약자 선정] 어빌리티를 끼워 넣었다.

내가 힘을 조절하면 상대방에게 치명상을 주지 않는 어빌리티.

사람을 죽이지 마라. 하지만 전부 쓸어버려라. 그렇게 생각하며 크게 팔을 휘두르자—.

"이제야 전부 모습을 드러내셨군……."

"큭! 어떻게 된 거야! 숲이…… 쓸려나갔어?!"

조금 전까지 숲에 울리던 목소리였다.

외모는 스무 살도 안 되어 보이는 인물. 칠흑에 기하학적 녹색 줄이 들어간 갑옷을 입었고 흰색 머리카락이 엿보이는 소녀 같은 체형.

그리고 방금 날카로운 보디 블로를 꽂은 검붉은 갑옷 전사와—.

"이렇게 많이 숨어 있었나……."

"하나, 둘, 셋…… 열아홉 명이나 있었구나. 다 같이 연계하니까 모르겠어."

근미래적 갑옷을 입은 여성들이 쓰러진 나무들 사이에서 아연실색하고 있었다.

"후퇴하자……. 지리적 이점을 완전히 잃었어. 물러나야 해."

"대장, 이 녀석은 어쩌고? 모래사장에서 싸우기는 위험해."

『대장』이라는 소녀는 냉정하게 판단을 내렸다.

"이성적으로 물러설 때도 아는군. 미안한데 놓아줄 생각 없어. 이번에는 공격을 맞힐 거야. 그토록 냉정하다면 내가 손쓸 수 없는 상대라는 것쯤은 파악했겠지?"

"큭! 만약 아직 도망갈 방법이 있다면?"

다음 순간, 뒤에서 지켜보던 남은 사람 중 두 명이 이쪽으로 달려왔다.

그 팔에 방금 본 폭발물을 끌어안고—.

"류에!"

"괜찮아. 이미 얼렸어."

하지만 위험을 감지한 류에가 그 통과 여성들의 다리를 얼렸다.

자폭 공격을 시켰어?!

“너 무슨 생각이야?!”

“그러도록 만든 건 너다!”

“정말로 싸우는 것 말고 방법이 없어……?”

“바다를 건드리게 둘 순 없다…….”

“교섭하지……. 우리도 함부로 남의 구역을 헤집을 생각은 없어. 하지만 이대로 가면 그렇게 되겠지. 교섭을 수락해. 지금 이 자리의 결정권은 나한테 있어.”

가면처럼 무표정하면서도 단정한 얼굴이 나를 가만히 응시했다.

투명하게 비치는 진홍색 눈동자. 그 인형 같은 용모 때문일까, 어딘지 모르게 촌장님이 연상됐다.

“카이 군……. 이 아이들의 마력 반응이 허리, 저 무기밖에 없어.”

“뭐……?”

“그러네요……. 이건 마치—.”

그 순간, 나는 퍼뜩 이 말을 입에 담았다.

“너희, 자기 모델명과 마스터의 이름을 알려줄래?”

그렇게 그녀들에게 말한 순간, 여성들의 행동이 멈췄다.

류에와 레이스도 생뚱맞게 무슨 소리를 하냐는 표정으로

나를 쳐다봤다.

하지만 나오 군은 이 말의 의미를 이해하는지 놀란 표정을 짓고 있었다.

"너…… 우리가 『무엇』인지 아나……?"

"정답인가. 어때, 이야기를 들어볼 생각이 들어?"

"대장, 잠깐 멈춰! 마치 노린 것처럼 나타났잖아. 믿으면 안 돼!"

그러자 검붉은 갑옷 전사, 주먹에 뭔가 장갑(裝甲)을 덧댄 여성이 경고했다.

"넌 뭐야? 그런 말은 어디서 들었지? 우리를 조사하고 다녔나?"

"아니, 피차 처음 보는 사이지. 하지만 너희랑 아주 닮은 존재를 한 명 알거든."

"이건 명령이야. 지금은 이 인간의 이야기를 들어. 다들 귀환하자. 그리고…… 출입 허가는 당신, 은발 남자뿐이야. 그 외의 인간에게는 허가할 수 없어."

"알았어. 하지만 교섭에 따라서는 인정해야 해."

"어디까지나 교섭에 따라서야……."

대장이라는 소녀의 말에는 거스를 수 없는지, 검붉은 갑옷 여성, 그리고 주위에 있던 다른 이들도 말없이 발길을 돌려 마치 정렬하는 것처럼 줄 서서 걸었다.

"카이 군…… 방금 그 말은 대체……."

"도박이었는데 이게 통하네. 다 같이 들어갈 수 있게 거래할 테니까 기다려줘."

"카이본 씨, 저 사람들은 설마……."

"인공적인 존재야. 나도 자세히는 모르지만, 그런 지인이 한 명 있어."

"촌장님의 동족……인가요? 듣고 보니 마소가 흡수되지도 않네요."

"그런가 봐. 그럼 다녀올게."

앞을 걷는 그녀들을 따라가자 차츰 바다 냄새가 났다.

하지만 동시에…… 이 세상에서는 맡을 일 없던, 공장이나 기계가 많은 곳에서 나는 인공적인 냄새도 섞여 있었다.

"잡동사니…… 아니군. 심하게 낡았지만, 전부 기계인가?"

숲이 끝나고 드러난 하얀 모래사장에는 어마어마한 양의 쇳덩어리가 나뒹굴고 있었다.

촌장님의 포드보다 훨씬 손상이 심각해 보이는데…….

"저게 뭔지 아는 눈치네, 인간."

"카이본. 내 이름이야."

"오비탈 인터페이스 내장 MR 사령관형. 인간을 모방해서 대장이라고 불러."

"오비탈…… 회로, 전달…… 그 조직 행동의 정체가 그거야?"

촌장님과 같은 방식으로 표현하면 OIMR형인가.

아마도 다른 동료에게 순식간에 지시가 전달되기 때문에

그런 연계가 가능했겠지.

"도착했어. 그럼 이야기해줄래? 당신 목적과 우리에 관해 아는 사실을."

"알았어. 우선은—."

그녀의 질문에 대답하려고 한 그때, 얌전히 해안으로 돌아온 전사들 사이에서 한 여성이 득달같이 다가왔다.

"당신 닥터야?! 아니면 마이스터?! 어, 어떻게 좀 해줘! 내 동생기(機)가 얼마 못 버텨! 제발, 고칠 수 있으면 고쳐줘!"

헬름을 벗고 단조로운 표정인데도 필사적으로 호소하는 모습에…… 가슴이 아팠다.

"미안하지만 나는 그냥 알기만 할 뿐이야……. 너희를 도울 지식은 없어."

"뭐……? 하지만 당신은 알고 있잖아!"

"진정해. 내가 이야기할게. 너는 돌아가 있어."

"대장…… 알겠습니다."

여성은 모래사장을 터벅터벅 걸어 사라졌다.

"상황은 대충 보면 알겠지……? 우리는 이 바다에서 찾고 있어. 아직 발견하지 못한 동포, 그리고 우리를 구해줄 사람을. 우리에게는 잠수 능력이 없어. 그래서 시간을 들여서 바다를 막고 물을 빼는 중이야. ……그게 이 해역의 출입을 막는 이유고."

"그랬군……."

"그래서 카이본, 당신 목적은 뭐야?"

"이 해역에서 배를 띄워 이 앞 어딘가에 있다는 퍼스트리아 대륙으로 가고 싶어. 그러니까 너희 목적과 상반돼."

"그래……? 그럼 허가 못 해. 교섭 결렬이야."

일촉즉발의 분위기. 하지만 어쩌면…….

"메디컬 인터페이스 탑재 H 0형. 이 타입, 알아?"

전에 촌장님이 말한 『자신의 모델명』. 그리고…… 그 존재의의.

그녀는 말했다. 『나는 동족을 치료하기 위한 존재』라고.

내가 그 단어를 입에 담은 순간, 대장과 옆에 대기하던 전사가 대뜸 머리를 숙였다.

"지금까지 결례를 범해 죄송합니다. 저희에게는 그 기종의 동포가 필요합니다. 지금 어디에 있나요! 저희에게는 남은 시간이 거의 없습니다!"

"제발 알려줘! 때린 건 사과할게! 부탁이야, 3일 전에도 두 명이 기능을 정지했어!"

"서디스 대륙이라는 곳에 숨어 살아……."

"멀어……, 너무. 이래서는 이미……."

"그래도 잠깐 이걸 봐줘."

이미 유예가 없는지 그녀들은 필사적이었다. 나는 당장 아이템 박스 깊은 곳에 보관해 둔 『촌장님 체내에 있던 기관』을 꺼내서 보여줬다.

"이건! 설마…… 동포를 죽이고—!"

"아니, 반대야. 그녀의 몸을 치료할 때, 지금 기술로는 완전히 고칠 수가 없어서 이걸 떼어냈어. 요점만 말하면 저장 공간을 늘리기 위한 어쩔 수 없는 조치였지."

"그래……? 그걸 조금만 조사해 봐도 될까?"

부품을 대장에게 내밀었다. 그러자 마치 데우는 것처럼 두 손바닥으로 그것을 감쌌다.

"대장, 어때?!"

"기다려. ……괜찮아, 아직 쓸 수 있어……."

"돼, 됐다! 그럼 빨리 접속해서—."

"기다려. 이건 어디까지나 카이본의 소유물이야. 아직 허가를 얻지 못했어."

냉정하게 대답하면서도 목소리는 떨리고 있었다. 그녀가 애원하는 눈초리로 나를 쳐다봤다.

"이름으로 봐서 확장성이 뛰어나겠지? 이 부품도 쓸 수 있겠어?"

"이해가 빨라서 좋네……. 이걸 양보해 준다면 카이본을 마스터로 등록하고 충성을 맹세해도 좋아. 바란다면 이 세상도 손에 넣어줄게."

"나도 마스터로 인정해 줄게……. 여기 있는 멤버면 이 대륙 정도는 제압할 수 있어."

"말은 고맙지만 무력이라면 차고 넘쳐. 그걸 양보하는 대신 이 앞 바다를 조사하는데 협력해 주지 않을래? 그게 있으면 일단 안심할 수 있지?"

앞바다는 수영장처럼 건물 잔해와 바위로 둘러쳐서 막혀 있었다. 아마 수십 년에 걸쳐 댐처럼 쌓았겠지.

"그거로 충분하다면 고마워……. 그래도…… 그쪽의 이익이 너무 적어."

"필요해지면 생각하지 뭐. 방금 그 애 동생이 멈추기 전에 시작해줘."

"대장, 나는 남은 포드를 한곳에 모아서 동력을 확보할게. 그리고…… 카이본이었지? 고마워, 정말로 고마워. 배 때린 건 미안해."

"아냐, 괜찮아. 더 아픈 펀치도 맞아 봤거든."

예를 들면 비오, 비오, 그리고 비오.

"대장님. 이제 내 동료들을 불러도 돼?"

"괜찮아. 전원에게 지시를 전달했어. 나는 지금부터 조정에 들어갈게."

"알았어. 그럼 나는 애들을 마중하러 갈게."

이미 나무가 대부분 사라져서 혼자서도 길 잃을 염려는 없어 보였다.

해변을 걷는데 아마 대장의 이야기를 전해 들었는지 많은 이들이 녹슬어 변색한 포드에 매달려 기쁘게 말을 걸고 있었다.

……아마 저 안에 소중한 동포가 잠들어 있겠지.

그녀들은 얼마 되지 않는 동포가 잠드는 모습을 지금까지 어떤 심정으로 지켜봤을까…….

§ § §

숲 밖으로 나오자 나오 군과 내 일행이 걱정스러운 표정을 짓고 있었다.

돌아오자마자 다들 한목소리로 무슨 짓을 당하지 않았느냐고 물었다. 순간 『**나는 무언가 당한 것 같다**[#1]』라고 말하려다가 장난으로 그치지 않을 것 같아서 관뒀다.

"전부 들어올 수 있게 허락을 받았어."

"저는 만일을 위해 여기서 대기하겠습니다. 나오 님은 다른 분들과 동행해주십시오."

"네. 그럼 마차를 지켜주세요. 다녀올게요."

해변으로 가면서 그녀들이 어떤 상황이었는지 설명하자 역시 세 명 모두 동정하는 반응은 보였으나, 땅을 불법 점거하고 무력시위를 한 이상 뭔가 처벌을 받을 가능성이 있다고 했다.

……섣불리 적대하지 않는 편이 좋지 않을까? 그 사람들

#1 나는 무언가 당한 것 같다 게임 『아머드 코어 넥서스』에서 인체 개조를 당해 정신이 붕괴한 인물이 남긴 대사.

강한데?

“도착. 물건이 많지만, 함부로 손대지는 말아줘.”

“오…… 뭔가 이상한 냄새가 나…… 기름 냄새인가?”

“오래된 마도구 같은 건가 보네요. 재생술로 도울 수는 없을까요?”

“저는 여기서 대기할게요. 어쩌면 나라에서 전령이 올지도 몰라요.”

내가 도착하자 방금 측근 전사가 와서 맞이해줬다.

“돌아왔나? 대장은 한동안 못 움직여. 안내와 설명은 내가 하지.”

“앗, 아까 그. 너한테는 개별적으로 붙은 이름은 없어?”

“없어.”

검붉은 전사가 왠지 퉁명하게 말하지만, 이름이 없다는 건 조금 불편하다.

그래서일까, 류에가 뜬금없이 이런 소리를 했다.

“내가 별명 지어줄까!”

“넌 뭐야?”

“류에라고 해. 그 모델명이라는 걸 알려줘. 생각해 줄 테니까.”

“L.U 구성 인터페이스 내장 NA형 후속 모델.”

“으…… 너무 긴 데다가 하나도 못 알아듣겠어…….”

“그 이름에는 무슨 뜻이 있나요?”

"나도 몰라. 우리는 정식으로 가동하기 전에 유기됐어."

구세계에 무슨 일이 있었는지는 모르지만, 『병기』라는 측면이 강해 보였다.

『L.U』가 『라지 유니온』, 대연합을 뜻한다면 그녀도 사령관 기체겠지.

"으음, 으으음…… 카이 군 교대."

"응? 나? 그럼 일단 루나면 되지 않아?"

"아하, 포함된 문자를 이름으로 쓴 거네요."

"……혹시 개체명이 필요하면 쓸지도 몰라. 안내 시작한다?"

해변을 걸으며 이런저런 부품에 관해 해설을 듣지만, 솔직히 잘 모르겠다.

그래도 이 해역에 많은 유물이 잠들어 있고 표류물도 많다는 이야기는 알 수 있었다.

아마 그게 퍼스트리아 대륙의 물건이겠지…….

"이 바다 앞에 대륙? 미안하지만, 측량 가능한 동포는 먼 옛날에 기능이 정지했어. 다만, 당시 기록에 따르면 이 앞 바다는 도중에 단절됐다고 해."

"뭐……? 그럼 표류물은 어디서……."

"몰라. 하지만 곧 동포들이 눈을 뜨면…… 조사해 볼 수 있겠지."

그녀는 기쁜 눈치로 말하면서 안내를 계속했고 우리는 그 뒤를 따라갔다.

§ § §

“대장, 안내 끝났어. 응? 왜 그래? 상태라도 안 좋아?”

“생각 이상으로 동력 변환율이 안 좋아. 모든 포드의 노후화가 심각해.”

“그래? 가능하면 관측 모델만이라도 우선적으로 깨우고 싶어.”

“응, 알겠어. 그래도…… 시간이 좀 걸릴 것 같아.”

대장에게 돌아오자 촌장님이 쓰던 포드와 비슷한 기계가 놓여 있고, 저마다 배선으로 연결되어 대장의 몸으로 동력을 보내는 것처럼 보였다.

초보의 눈으로 봐도 배선이 엉망으로 보이는데…… 그녀들은 자신과 관련된 장치에 대해 지식이 없나?

적어도 촌장님은 잘 알지 못하는 눈치였다.

“흠…… 대장님, 이 기계 배선을 좀 고쳐 봐도 될까요?”

“뭐 아는 거라도 있어? 우리도 이것저것 검증하면서 알아낸 것뿐이야.”

내 지식이라고 해 봤자 학교 교재로 전자 실험 키트를 만져본 게 전부다.

끽해야 장난감을 개조한다거나 그 정도.

“맞아…… 여긴 바닷바람을 고스란히 맞지. 부식도 빠르겠어…….”

"카이 씨, 저라도 오래된 부품 정도는 재생할 수 있을 거예요. 다리아 씨에게 재생술을 이것저것 배웠거든요."

"정말로?! 그것만으로도 충분히 도움이 돼."

"그, 그럼 나도 뭔가……."

"류에는 어, 음……."

류에 씨는 지금 딱히 필요 없어 보이네요…….

그때, 잡동사니에서 뻗은 선 하나가 눈에 들어왔다. 그 선은 커다란 탱크를 경유해 높은 피뢰침 같은 물건에 이어져 있었다.

"대장님, 저건 뭐죠?"

"동력 확보 장치야. 효율은 안 좋지만, 벼락이 떨어질 때 발생하는 전자파를 모아."

"아하, 벼락을 직접 모으지는 않는다는 거죠?"

"직접은 너무 강해서 안 돼. 그래도 벼락의 여파로 발생하는 에너지는 이용하기 적절해."

"그렇군요. 좋아, 류에가 할 일이 생겼어. 저 큰 바늘에서 조금 떨어진 곳…… 저기 갯바위 근처에 벼락이 떨어지는 마법을 써줄래?"

"번개 마법은 내 분야가 아니지만, 그래도 괜찮으면 해 볼게."

"부탁해. 저거에 직접 떨어지지 않게 조심해."

"좋아, 맡겨줘!"

나와 레이스는 배선이나 거기 접촉하는 부분, 그 외에 잡동사니에서 녹을 제거하고 배선을 깔끔하게 정리해 나갔다. 선이 서로 닿거나 꼬이거나 하며 아주 엉망이었다.

이럴 때 다리아가 있으면 좋겠지만, 아쉽게도 그 녀석은 서즈가르드에 있다.

"……지금쯤 다리아 쪽은 뭐 하고 있으려나."

그렇게 묵묵히 작업하는데 레이스가 녹슬거나 변형된 물건을 어느 정도 수복하여 이번에는 그녀들의 몸을 고치기로 했다.

역시 오랜 기간 움직인 탓에 관절이 망가지거나 부식된 모양이었다.

"하나부터 열까지 고마워. 동력 전도율이 21퍼센트 향상됐어. 게다가 저 머리 흰 아이가 벼락을 떨어뜨려준 덕분에 에너지 잔량이 36퍼센트에서 67퍼센트까지 회복했어."

"그거 다행이네요. 방금 준 부품은 상태가 어때요?"

"대단해. 노후화나 손상이 전혀 없어. MI 탑재 모델은 좋은 환경에 있었나 봐."

"……네. 그 사람은 행복해 보였어요."

"이야기를 듣고 싶어. 그 아이가 어떻게 살고 있는지."

조정 중이라서 몸을 움직이지 못하는 그녀를 위해서 촌장님의 사정과 왜 촌장님이 그 부품을 내게 줬는지 들려줬다—.

"마지막으로 그 사람은 여행을 하다가 만약 자기 동족과 만나면 건네 달라면서 그걸 제게 맡겼죠."

"……그 아이는 마스터를 얻고 사명에 따라서 사람을 도우며 평화롭게 살고 있구나……. 참, 부러워. 우리는…… 마스터를 얻지 못했는데."

굉장히 서글픈 목소리였다.

그녀들은 감정이 잘 드러나지 않지만, 이야기하는 사이에 조금씩 감정의 기복을 알 수 있게 됐다.

어쩌면 촌장님도 많은 아이와 지낸 덕분에 그토록 감정이 풍부해졌는지도 모른다.

"이런 시대가 아니었다면 당신들은 싸움 속에서 쓰러져 갔을지도 모르죠……. 기왕이면 스스로 자기 마스터가 되어 자유롭게 살아 보면 어때요? 실제로 지금 당신들은 동포를 위해서 행동하고 있잖아요."

"생각해 둘게……. 그래도 역시 지침이 있으면 좋겠어. 우리는 그렇게 만들어졌는걸."

"후우…… 오랜만에 마력을 많이 썼어. 대장은 상태가 어때?"

"수고했어. 대장님은 지금 최종 조정이 필요해서 집중하려고 혼자 있어."

"흠흠, 그렇군. 레이스는…… 아, 돌아왔다."

"도, 돌아왔어요……. 마, 마력이 거의 텅텅 비었어요……. 지치네요……."

류에와 레이스가 일을 일단락 내고 돌아왔다.

레이스는 특히 지쳤는지 웬일로 피로한 기색이 얼굴에 짙게 묻어났다.

옳지옳지…… 오빠가 MP 회복 포션 나눠줄게…….

“아, 나도 줘. 야아, 이거 오랜만에 마시네.”

“앗, 이건…… 신예기 음료인가요?”

실은 꽤 맛있어서 가끔 온 더 록으로 마셨습니다.

“후우…… 많이 나아졌어요. 저분들 몸 곳곳이 상해서 치료하니까 굉장히 기뻐해 주시더라고요. 힘든 줄도 모르고 너무 무리했어요.”

“부러워…… 내 회복 마법으로는 효과가 없던데.”

레이스가 온 방향을 보자 사람들이 기뻐서 방방 뛰며 자기 몸을 확인하는 모습이 보였다. 저들에게는 관절염이 나은 느낌일까?

“좋아, 그럼 지금 할 수 있는 일은 다 했어. 나오 군에게 부탁해서 전령을 보낼까?”

“전령? 뭘 전달하려고?”

“곧 바다를 쓸 수 있으니까 배를 이쪽으로 보내도록 부탁해야지.”

준비는 마쳤다. 다음은 항해를 위해 움직일 때다.

“다들 집합했지?”

그날 밤. 별이 빛나는 해변에 집합하는 구시대의 유물들.

편의상『기인(機人)』이라고 부를까.

해변에 흩어졌던 그녀들이 약속이라도 한 것처럼 집합해 대장 앞에 정렬했다.

아마도 그녀들 사이에서만 이루어지는 통신으로 소집했겠지.

"어둠 속에 빛나는 눈들…… 조금 무서워."

"하하하…… 아마 저 사람들은 어둠 속에서도 앞이 보이겠지."

"아, 그건 저도 돼요. 보세요."

그러더니 돌아본 레이스의 눈도 마안을 발동해서 붉게 빛나고 있었다.

살짝 우쭐하는 표정이 귀엽다.

"방금 내 안에 MI 디바이스를 설치했어. 지금부터 시운전을 할게."

대장의 설명을 듣고 기인들이 기뻐하며 웅성거렸다.

몇십 년, 혹은 몇백 년이나 이 순간을 고대했겠지.

"제공자인 카이본은 이 바다의 끝을 조사하고 싶다고 해. 그러니까 처음 재기동하는 자는 관측 모델로 결정했어. 물론 다른 멤버도 순차적으로 조치할 거야. 혹시 이의 있어?"

"아뇨! 없습니다! 팍팍 깨워주셨으면 합니다!"

먼발치에서도 그녀들의 들뜬 분위기가 전해졌다.

하지만…… 이런 존재까지 낳는 이세계, 아마도 레이니 리네아리스가 살았을 시대는 어떻게 멸망했을까.

아니…… 애초에 레이니 리네아리스의 정체는 무엇인가?

스테이터스에 개입하는 힘…… 설마 정말로 신이라는 말인가?

"후…… 우리는 그만 잘까? 나오 군이 야영 준비를 했을 거야."

"으으, 그래도 배고파서 잠이 안 와. 낮부터 아무것도 못 먹었잖아."

"그러네요……. 저도 포션을 마신 후로는 아무것도……."

그리고 말을 마치기 무섭게 레이스의 배가 꼬르륵거렸다. 새빨개진 레이스.

그리고 그것을 보고 웃더니 자기 배도 꼬르륵거리는 류에.

"그럼 텐트로 가서 뭐라도 먹을까? 음식이라면 많이 있으니까."

대장에게 쉬러 가겠다고 말하자 놀란 얼굴로 『맞아, 인간은 매일 잠을 자지』라는 반응이 돌아왔다. 정말로 오랜 세월 인간을 곁에 두지 않았나 보다.

그렇게 이 신비한 기인들과의 하루는 끝을 고했다.

§ § §

다음 날 아침. 텐트에서 나온 나는 놀라운 광경에 직면했다.

"으아아! 뭐예요, 우르르 몰려와서?"

"일어났어."

"일어났다."

"정말로 아침이 되니까 일어났어."

"대장에게 보고하자."

기인분들이 마치 텐트를 관찰하듯 밖에서 대기하고 있었다.

그렇게 인간이 특이한가……. 살짝 불편한데…….

아직 다른 일행은 일어나지 않았지만, 아침놀로 빛나는 바다를 보며 산책을 나갔다.

아무래도 기인들은 밤낮을 가리지 않고 경계를 서거나 해상 댐에서 작업하는 모양이었다.

이만한 규모라면 철거하지도 못하겠지. 잘못하면 모래사장까지 바닷물에 잠길지 모른다.

"오, 대장님. 안녕하세요?"

"아, 카이본. 마침 잘 만났어. 잠깐 따라와."

"어딘데 그래요?"

"잠든 동포를 모은 곳이야. 지금 관측 모델이 눈을 뜨려는 참이야."

"그렇군요. 축하해요."

"지금 1차로 그 외 8명을 조치하는 중이야. 정오 전에는 눈을 뜰 테고, 나도 보급을 해야 해. 이 속도로 가면 앞으로 일주일 후에 전부 재기동할 거야."

"잠든 동료가 꽤 많네요."

"맞아. 개중에는 한 번도 눈뜬 적 없는 동포도 있어. 해저에 계속 잠든 채로. 그러니까 겨우 태어나는 거야. 맞아, 우리는…… 하나의 종족으로서 살아가기로 했어."

아침 햇살을 받으며 대장은 자랑스럽게 선언했다.

우연히 만나서 연관됐을 뿐이지만, 한 종족의 탄생을 마주한 행운에 감사해야겠다.

그렇게 나는 퍼스트리아 대륙의 정보를 알아내기 위해 관측 모델이라고 불리는 기인의 각성을 지켜보러 갔다.

"기동 확인. 오랜만이야, 관측 모델."

"기동 확인……. 오비탈기와 동기화, 승인…… 현 상황을 이해했다. 인간, 감사할게."

마치 묘지처럼 늘어선 포드 중 하나에서 한 여성이 일어났다.

헬멧 같은 것을 썼고, 남색과 청색 갑옷을 입은 기인.

"어뮤즈먼트 시티 배속기 관측 모델. 원한다면 땅끝까지도 조사하지."

"그렇게 말씀해주셔서 고맙습니다. 사후 보고지만, 이 대륙의 북쪽 항구에서 이 해안으로 배를 한 척 보내도록 전령을 보냈어요. 괜찮다면 동승해서 관측해 주셨으면 해요."

"알았어. 과거에 철거한 댐을 정리해 배가 정박할 수 있게 수위를 높일 것을 추천해."

"그래. 만전을 기하려면 그래야겠어."

정말로 이해력이 빨라서 좋다.

잠든 기간의 기록을 바로 동기화해서 현재 상황을 파악하는 이 능력…… 사용법에 따라서는 세계가 변할지도 모른다. 아마도 그게 가능한 건 이 대장뿐이라고 생각하지만.

"철거한 댐이라고 했죠? 그 땅을 메운다는 뜻인가요?"

"그럴 생각이야."

"아마도 정박지의 넓이는 충분하겠지만, 원래 그곳만 깊어진 영향으로 대형 수생생물이 눌러앉아 작업을 방해하는 일도 있었어. 문제가 될까?"

"수생생물…… 죄송한데 한 번 볼 수 있을까요?"

§ § §

"물었어요, 카이 씨! 세 마리째예요! 여기를 메우겠다니, 절대로 안 돼요!"

"레이스, 레이스! 발밑 조심해! 또 바다에 떨어질라!"

"괜찮아요! 으으…… 이건 제법 힘들겠네요……."

철거한 댐은 대형 어종의 천국이 되어 있었다.

물론 레이스 누님은 거기에 낚싯대를 드리우고 즐기시는 중이다.

야아…… 물 반 고기 반이군. 청새치 같은 고기가 쑥쑥 잡혀 올라온다.

"레이스 씨…… 즐거워 보이네요?"
"하하하…… 나오 군, 저거로 잔기 만들어줄게."
"저, 정말요?! 참치 잔기라고 하니까 고향 생각이 나네요."
"하하하, 그럴 줄 알았어."
나오 군과 둘이서, 즐거운 시간을 보내는 류에와 레이스를 바라보며 멍하게 서 있었다.
"인간이란 신기해. 저런 큰 생물에 집착하다니."
"아, 관측 모델 씨."
"그 명칭은 익숙해지질 않아. 나는 옛날 인간의 오락 시설에 배속돼 있었어. 그때 명칭으로 불러주면 좋겠어. 『미네르바』야."
"미네르바 씨…… 알겠어요."
"그런데…… 저 수생생물은 귀중한 단백질 공급원인가? 우리는 기본적으로 효율이 좋은 전자파로 에너지 공급을 해서 이해하기 힘들어."
"제 지인인 MI 탑재형은 매일 고기를 쌓아 두고 먹던데요?"
"고기, 즉, 그것도 단백질과 지방을 포함한 물질이군."
"네. 소고기예요."
"그래…… 미각 데이터는 우리에게 축적되지 않지만, 어쩌면 오비탈기를 통해서 MI형과 동기화할 수 있다면 우리도 미각을 얻을지 모르겠어……."
"그거 좋네요! 전부 깨어나면 촌장님한테 가 보세요."

"그래. 나중에 오비탈기에게 건의해 볼게."

그렇게 말하고 떠나는 미네르바 씨를 보며 나오 군이 불쑥 중얼거렸다.

"안드로이드…… 같은 건가 보네요. 대단하다는 말밖에 안 나와요."

"『기인』이야. 저 사람들의 문명이 사라진 단계에서 물건에서 사람으로 바뀌었다고 생각해."

"그러네요. 이 세계는 모르는 일이 아직 많아서 정말 즐거워요……."

"……나오 군. 너 혹시…… 이 세계에 남고 싶어졌어?"

문득 그런 생각이 들었다. 그는 집으로 돌아가기 위해서 그 많은 시련을 극복하지 않았나.

하지만 나오 군에게서는 이 세계에 대한 강한 관심, 애정이 언뜻언뜻 보였다.

"아마 그건 바라면 안 되는 일이겠죠. 저는 돌아가려고 지금까지 노력했고 동료들도 그런 저를 위해서…… 이제 와서 그만둔다는 말, 어떻게 해요……."

"남아도 괜찮지 않아……? 돌아가는 건…… 여기서 살다가 정말로 미련이 없어지면, 이 세계를 누군가에게 맡길 수 있다고 생각했을 때 가도 되지 않아?"

"미련…… 아직 잘 모르겠어요. 그래도…… 이제 조바심은 내지 않으려고요."

내 동생에게는 그렇게 빨리 돌려보내려고 했으면서, 나는 무책임하다.

하지만 고민한다면 조금 편해지는 방법을 제시해도 되지 않을까.

그를 기다리는 사람이 있다면 그 사람들에게 사과해야겠지만.

"응? 낚시꾼이 늘지 않았어?"

"앗, 정말이네요. 기인 사람들도 흉내를 내나 봐요."

"그나저나 정말 대단한데……. 저 정도면 한동안 밥걱정은 없겠어."

"아하하…… 그러네요."

바닷바람을 받으면서 즐겁게 떠드는 이들을 바라봤다.

대장님 말씀으로는 오늘만 아홉 명의 동포가 눈을 떴다나.

"나오 님~! 카이본 님~! 잠깐 시간을 내주실 수 있을까요~?"

그러던 그때, 전령 누나의 목소리가 들려서 무슨 일인가 하고 불러들였다.

"가르데우스로 전령용 마물을 보냈는데 방금 답장을 가지고 돌아왔습니다. 배는 지금부터 닷새 후에 이곳 해안에 도착한다고 합니다."

"그렇군요. 전령 감사합니다."

"그리고 죄송하지만, 저는 다른 임무로 가 봐야 합니다. 거점이 될 야영 도구도 드릴 테니까 저는 먼저 귀환하겠습니다. 그런 연유로 나오 님도 함께 돌아가 주실 수 있을까요?"

"아, 네. 그럼…… 지금 당장, 가나요?"

"예. 폐하와 단장님도 가급적 빨리 돌아오기를 희망하실 겁니다."

"그런가요……. 아쉽네요. 참치 잔기는…… 다음에 만들어 주실래요?"

귀환 명령에는 거스를 수 없나.

지금 이 대륙도 격동의 시대를 맞이하고 있다. 나오 군도 그 격동의 소용돌이 속에 있는 사람이니까.

하지만— 선물 정도는 줘도 되겠지. 다행히 나오 군도 아이템 박스를 가졌다.

"죄송합니다. 한 시간만 시간을 주실 수 있나요? 나오 군에게 선물을 주고 싶어서요."

"알겠습니다. 그 정도라면 문제없어요."

"잔기 싸줄 테니까 챙겨 가. 아이템 박스의 이점은 갓 만든 상태로 유지된다는 거니까."

조카한테 선물을 들려주는 삼촌이 된 기분으로 레이스와 류에가 낚은 청새치 같은 뭔가를 손질했다.

생각해 보면 이 세계에 오고 정말 많은 요리를 만들었다.

그립네. 처음 만든 건 류에 집에서 식사를 대접할 때였나.

"카이 군, 왠지 기분이 좋아 보여."

"잠깐 생각하고 있었어. 이 세계에서 지금까지 만든 요리를."

"후후, 그래? 그게 『봉보레』? 였나? 그리고 『하이라이트 찜 요리』?"

"아깝게 틀렸어. 봉골레랑 하이라이스풍 찜 요리야."

"맞아, 그거! 세월 참 빨라……. 그게 벌써 거의 2년 전이야."

"그랬지…… 그걸 만든 게 류에 집에서 살기 시작한 이틀째인가?"

"카이 군, 괜찮으면 또 만들어줘. 레이스한테도 맛을 보여주고 싶어."

"물론, 얼마든지 만들어줘야지."

추억으로 이야기꽃을 피우며 참치, 정확히는 청새치 잔기를 만들었다.

그리고—.

"완성했어, 나오 군. 많이 있으니까 가는 길에 전령 누나랑 같이 먹어."

"네, 넷! 와…… 감사합니다. 아마 다음에 카이본 씨랑 만나려면 시간이 좀 걸리겠지만, 그때는…… 카이본 씨와 대결해 보고 싶어요. 그러니까…… 꼭 무사히 돌아오셔야 해요."

"그래, 물론이지. 그리고…… 자, 이번에는 정말로 순수한 선물이야. 반지가 아니라 팔찌지만. 어때?"

그리고 나오 군에게서 돌려받은 반지 대신에 아기다르에서 산 뱅글을 건넸다.

칠보 공예를 닮은 화사한 디자인의 팔찌였다.

"우와, 예쁘네요. 소중히 다룰게요, 카이본 씨!"

"하하, 그럼 진짜 헤어질 시간이야. 가르데우스 사람들한테도 안부 전해줘."

"네! 카이본 씨, 몸 건강히 다녀오세요!"

모래사장을 뛰어가는 나오 군을 배웅하며 추억에 잠긴다.

그 온천에서 만났을 때부터 화산 던전을 공략할 때까지.

……그랬지. 나오 군은 나를 믿어줬다.

그럼 마지막까지 『좋은 마왕』으로서 내 역할에 충실해야겠지—.

§ § §

나오 군과 헤어지고 벌써 닷새가 지났다. 그 후로도 대장님은 쉬지 않고 동포를 깨웠고 이제 기인은 총 쉰 명에 달했다.

지금은 향후 방침을 정하려고 우리에게 바깥세상의 이야기를 듣는데 주력하고 있었다.

그녀들이 남쪽 해변을 해방하면 대륙 남쪽에도 항구가 생길지 모르며 당연히 어업도 해금된다. 해양 생물이 풍족한 곳이니까 앞으로 이곳의 발전이 기대된다.

"카이본, 지금 시간 있어?"

"미네르바 씨. 무슨 일이죠?"

"경계를 서다가 배를 봤다는 보고를 받았어. 일단 먼저 알려 두려고."

"정말인가요! 정확하구나, 정말로 딱 닷새 만에 도착하다니."

"나도 확인하고 올 생각이야. 저쪽 책임자와 대화가 필요한데, 우리에게 원한도 있을 테니까 사이에서 중재해 줄 수 없을까?"

"나도 부탁할게. 관계 악화를 우려해서 살상은 피했지만, 그래도 적대한 건 사실이야. 가능하면 평화롭게 해결하고 싶어."

"그 부분에서는 타협점이 있을 거예요. 여러분은 작업 효율이 뛰어나잖아요? 이곳을 개발할 때 노동력을 제공하는 조건으로 화해할 수 없을지 물어보죠."

"고마워. 그 정도 봉사는 마땅히 해야지."

류에와 레이스에게도 이 정보를 전하자 최근 완전히 바캉스 분위기였던 머리에 정신이 번쩍 드는지 허둥지둥 옷을 갈아입고 짐 정리에 나섰다.

"너무 퍼질러져 있었어! 그래…… 드디어 바다를 조사할 수 있구나."

"미네르바 씨가 말하기로 바다 앞에 거대한 해구라고 해야 하나, 거의 바다를 가르는 절벽이 있다고 해. 여기서부터 80킬로미터 정도 떨어진 곳이야. 대륙 간 거리를 생각하면 가까운 편이지만…… 그 앞은 어떻게 되어 있는지 몰라."

"바다를 가르는 절벽…… 뭔가 힘이 작용하는 걸까?"

"신경 쓰이네요……. 솔직히 바다 가운데 절벽이 있는 모습은 상상하기 어려워요."

그렇게 옷을 갈아입고 마중 준비를 마친 뒤 나가자 배 한 척이 다가오고 있었다.

미리 땅을 메워서 수위를 높인 덕분에 배는 육지 가까운 곳까지 들어왔고 금방 책임자가 나왔다.

책임자는 이것이 국가 소유의 상선이며 과거에 이 해역 조사에도 참가한 적이 있다고 했다.

그는 이곳 일대를 봉쇄한 기인과 화해할 길이 열렸고 어업도 가능할지 모른다는 보고에 대단히 기뻐하는 눈치였다. 이 타협안으로 그녀들을 향한 비난이 조금이라도 줄어들면 좋으련만…….

"이제 먼바다로 나갈 텐데…… 아시다시피 일정 거리까지 가면 배의 동력이 멈춥니다. 그래서 그곳까지밖에 태워드릴 수 없습니다만……."

"우선은 거기까지만 가죠. 동승자 중에 마도사와 마안을 가진 사람도 있어요. 원인이 뭔지 밝혀낼지도 몰라요."

"오오! 그거 희소식이군요! 안 그래도 국왕 폐하께서 이동 수단으로 용 세 마리를 빌려주셨습니다. 만약 필요하다면 그걸 타고 더 멀리 날아가서 조사할 수도 있겠죠."

"역시 준비성이 철저한 분이네요."

그렇게 나, 류에, 레이스, 그리고 관측을 담당할 미네르바 씨가 올라탄 배가 출항했다.

“인간의 배인가. 의외로 쾌적하군. 여기서부터 30킬로미터 앞까지 미약한 역장이 발생해. 그 영향으로 내 관측 능력이 떨어져. 아마도 그곳부터 서서히 배의 동력이 고장 나겠지.”

“그렇군요. 만약 몸에 이상이 생기면 바로 알려주세요.”

역장? 퍼스트리아 대륙으로 가는 길을 막는 건 단절된 바다만이 아니라 그 마도구의 기능을 앗아가는 역장도 있다는 뜻일까.

“류에, 레이스, 어떻게 생각해?”

“생각할 수 있는 가능성은 전에 서디스 대륙에 있던 결계. 아마 그것과 비슷한 뭔가가 있을지도 몰라.”

“그렇다면 역장을 발생시키는 존재가 있다는 뜻일까요?”

“흠…… 아무튼 거리도 그렇게 멀지 않으니까 긴장은 늦추지 말자.”

하지만 의외로 항해는 순조로웠다. 우리는 특별한 이상도 겪지 않고 문제의 해역, 역장의 경계에 도착했다.

“닻을 내려라! 죄송하군요. 이곳부터는 용을 타고 조사할 수밖에 없습니다.”

“아뇨, 괜찮아요. 미네르바 씨, 이 위치에서 뭔가 알 수 있나요?”

“지금 관측 중이야. 흠…… 이 역장, 재밍 효과는 강하지 않군. 외부에서 안쪽을 보지 못하게 방해하지만, 밀도는 높지 않아. 카이본, 나도 용이란 것을 타겠다. 내부에서는 더 자세히 조사할 수 있겠어."

"알겠습니다. 아차, 용은 세 마리밖에 없다고 했지. 2인승은 불안한데……."

미네르바 씨가 바로 용에 올라탔다. 처음 하는 경험에 살짝 들뜬 표정을 짓고 있었다.

"저, 저기…… 그럼 제가 배에 남을게요. 마안으로 배의 동력을 조사하고 싶어요. 그리고…… 역시 맨몸으로 하늘을 나는 건 좀 무서워서……."

"그래? 그럼 배를 맡기고 가도 될까?"

"네. 그래도 조심하셔야 해요. 막아주는 것도 없으니까 떨어지면 바다로 곤두박질칠 거예요. 상상만 해도 무섭네요……."

몸을 떠는 레이스를 흐뭇하게 보면서 나와 류에도 각자 용에 올라탔다.

"그럼 잠깐 이 앞을 보고 올게요."

"알겠습니다!"

용이 드넓은 하늘로 날아올랐다. 이렇게 용을 타는 건 쾨니히 이후로 처음이다.

"미네르바 씨, 어떤가요?"

"생각대로야. 이 역장 안으로 들어오면 시야도 제법 선명해져. 하지만……."

수평선을 보며 나는데 갑자기 바다가 끊기는 광경이 눈에 들어왔다.

뭐야…… 이건 마치 대지가 평평하다고 믿던 시대의 상상도, 세상의 끝자락 같지 않은가.

"이게 뭐야……. 세계가 여기서 끝나……?"

"카이 군 큰일이야! 바다가 없어! 하늘이, 하늘이 바다 앞으로 이어져 있어!"

"나도 봤어……. 하늘만 있고…… 대륙은커녕 바다도 없어!"

설마…… 정말로? 우리 여행의 종착점이 이런 곳이라고?

"조금만 더 가 보자……. 최대한, 바다의 끝까지……."

"으, 응…… 카이 군, 괜찮아?"

"조금 충격받았어. 이런 광경…… 상상도 못 했으니까."

포기하지 않고 바다의 끝, 말 그대로 바다가 끝나는 곳까지 용을 몰았다.

"카이 군…… 이대로 이 하늘을 날아가 볼래?"

"시험해 볼까……?"

"잠깐. 이 앞은 나도 알 수 없는 다른 역장…… 아니, 기록이 있나……? 내가 먼저 가지. 잠시만 기다려."

미네르바 씨는 그렇게 말하더니 바다의 끝을 넘어 하늘로 날아갔다.

하지만 그때, 급격하게 미네르바 씨의 용이 통제력을 잃고 추락해 바다보다 아래로 떨어졌다.

"뭐, 뭐야?! 류에, 수면을 얼려!"

"알았어!"

당장 얼어붙은 바다 위로 급강하해서 미네르바 씨를 향해 어둠 마도를 발동했다.

상승 기류…… 제발 늦지 마라!

"아니…… 마법이 도중에 사라져?!"

하지만 그 소망도 이루어지지 않고 미네르바 씨와 용은…… 보이지 않게 됐다.

"어, 어떡해…… 왜, 왜?!"

"이 앞 하늘은 마법이 무효화돼……. 이 용은 마법의 힘도 써서 날았던 건가."

"아마도 그럴 거야……. 마물은 마력과 생명력이 밀접하게 이어진 생물이니까……."

"미네르바 씨가 만약 먼저 가지 않았다면……."

죽은 건, 우리였다……?

"내가…… 관측을 부탁해서…… 겨우 눈을 떴는데……."

"으으…… 사람들한테 뭐라고 사과하지……."

넋이 나가서 하늘의 끝만 망연자실 바라봤다.

그런데 콰직콰직, 하고 뭔가가 깨지는 소리가 들렸다.

"미안해. 내 실책이야. 용의 생체 반응이 사라졌어."

"미네르바 씨?!"

"그, 그런 곳에서?!"

맙소사, 바다가 얼어서 절벽이 된 곳에 손을 박으며 미네르바 씨가 올라왔다.

"이건 마력 소실이 아니야. 변질이지. 저게 뭔지…… 우리는 알아. 한 번 해변으로 돌아갈 것을 제안해. 대장과 함께 한 번 작전을 짤 필요가 있어."

"알아……?"

"그래. 하지만 지금은 돌아가지. 얼음 위는 불안해."

§ § §

갑판으로 돌아온 우리는 상황을 보고했다. 용을 한 마리 잃었다고 사과하면서 레이스에게 배의 동력과 관련해 알아낸 점이 있냐고 물었으나, 역시 원인은 알 수 없다고 했다.

그리고 해변으로 돌아온 우리는 미네르바 씨가 보고하는 옆에서 가만히 기다렸다.

"틀림없어?"

"틀림없어. 그건 『악성 마력』이야. 그게 저 끝 하늘을 채우고 있어."

"어떻게 된 거지……. 그게 결국 어떻게 됐는지 우리 기록에는 없지만……."

"그 악성 마력이란 게 대체 뭐죠?"

"카이본, 공해라는 개념은 알아?"

"네. 그거라면 알죠."

지구에도 있었다. 그것이 갖가지 난치병의 원인이 된다는 것도.

"우리가 만들어진 시대에 악성 마력은 심각한 문제였고 온 나라가 해결하려고 시도했어. 그래도 결국은 봉인할 수밖에 없었어. 그게 왜 그런 곳에……."

악성 마력…… 전에 같은 이야기를 누구에게 들은 적이…….

"『오염돼서 마치 세균처럼 자립성을 가진 마력』……이라고 했던가요?"

기억났다. 슌의 조카인 줄리아가 그 악성 마력에 오염됐었다.

그건 칠성의 마력에 노출된 탓이라고 들었는데…….

"어쩌면…… 그곳을 돌파할 수 있을지도 몰라."

그리고 나는 어떤 방법 하나를 떠올렸다.

줄리아는 칠성에서 나온 마력에 오염됐다.

그 흘러나온 마력은 촌장님의 말에 따르면 『악성 마력』이라는 구세계의 공해를 닮았다.

미네르바 씨는 끊긴 바다 앞에는 『악성 마력』이 차 있다고 말했다.

그렇다면…… 칠성은 그 『악성 마력』에 내성이 있지 않을까?

"그렇게 추론해 봤는데, 어떨까요?"

"그 칠성이란 게 뭔지 모르지만, 악성 마력으로 변질되어 광포해진 생물이라면 분명히 있었지. 만약 그런 존재라면 내성이 있을지도 모르지만……."

"그래도 그런 마물을 쉽게 길들일 수는 없을 거야. 우리 시대에도 그건 재해로 지정됐고, 이곳 동포 중에는 실제로 싸워 본 아이도 있어."

"그렇죠. 그건 적이고 절대로 공존할 수 없는 존재예요. 그래도…… 예외가 있어요."

"아! 알았다, 카이 군! 쾨니히 말이구나!"

그렇다. 내가 생각한 방법은 칠성의 힘을 얻은 쾨니히를 타고 가는 것.

문제는 쾨니히가 멀리 떨어진 땅, 세미피나르 대륙 어딘가에 잠들어 있다는 점이었다. 일단 내 의지가 전해진다는 것은 전에 오잉크를 옮겨주면서 증명됐지만.

"계약한 마물이라면 불러들일 수도 있는데…… 카이 군, 시험해 볼까?"

"그래. 해 볼게."

신체 부위처럼, 신경의 가장 먼 부분에 명령을 내린다.

눈을 감고 몸 구석구석에 말을 걸듯이…….

『들려……? 만약 들린다면…… 나한테 와줄 수 있을까?』

대답은 없었다. 하지만…… 명령은 분명히 내렸다고 생각한다.

며칠 기다려도 소식이 없으면 세미피나르까지 한 번 돌아가야겠지…….

쾨니히에게 과연 대륙을 건널 정도의 비행 능력이 있을까.

애초에 정말로 내 마음을 들어줬을까.

그건 확실하지 않다. 하지만 만약 이쪽으로 오고 있다면…… 며칠, 적어도 일주일은 상황을 보는 편이 좋겠지.

"쾨니히, 와 줄까? 우리를 까먹지는 않았을까 몰라."

"괜찮을 거예요. 짧은 기간이나마 고락을 함께한 사이잖아요."

"나도 그렇게 생각해. 그럼…… 오늘부터 또 당분간 해변에서 대기할까?"

"네, 그래요."

"알았어."

그렇게 대답하면서 두 사람은 빠른 발걸음으로 수풀 속으로 이동했다.

그리고 수영복을 입고 돌아왔다.

또오오! 또 바캉스 분위기야!

눈 호강해서 좋긴 하다만!

§ § §

"카이본, 긴급 사태야! 류에랑 레이스와 같이 대피해!"

휴식할 겸 가볍게 수영을 즐기는데 대장이 당황한 기색으로 달려왔다.

“위험도를 헤아릴 수 없어……. 이 시대에 이런 위험한 존재가 있었어……?”

“관측 완료. 즉시 선박에 도주 경로를 전달하고 올게. 대장, 여기는 맡길게.”

해변에서 기인들이 심각한 얼굴로 하늘을 향해 무기를 겨눴다. 하지만 그 앞에 보인 것은―.

“말도 안 돼……. 아직 두 시간도 안 지났는데?”

다시 칠성 플래시드 드래곤의 모습이 되어 예전보다 훨씬 큰, 이 해변 일대를 덮어 버릴 만큼 큰 날개를 펼친 우리 집 드래곤이 웅장하게 날고 있었다.

『오랜만에 뵙습니다, 주인님.』

“대장님! 무장 해제! 쾨니히도 위협 금지! 아군, 우리 전부 아군이야!”

일촉즉발의 상태로 대치한 쌍방에게 서로가 아군이라고 전달했다.

“뭐? 이 정도로 악성 마력을 품은 생물을 길들였어? 이건 세계를 붕괴시킬 수준이야.”

“그렇긴 하죠……. 많이도 컸구나. 어쨌든 잘 왔어.”

바다에서 나와 옷을 갈아입으며 쾨니히에게 격려의 말을 건넸다.

소란을 듣고 달려온 류에와 레이스도 성장한 쾨니히를 보고 눈이 휘둥그레졌다.

『주인님의 부름을 받고 도착했습니다. 이 몸을 쓰면 영원한 밤을 날아 주변에 영향을 미치지 않고 최대한 빠르게 이동할 수 있습니다.』

……그거 설마 우주는 아니죠……?

우리 드래곤이 점점 초고성능이 되어 가네.

“이번에 너를 부른 이유가 있어. 실은—.”

이 바다 끝에 관해서. 세계의 끝이나 다름없는 곳에 펼쳐진 하늘에 관해서.

평범한 마물은 날 수 없는 영역. 그리고 칠성에 관련된 역장에 관해서.

그것들을 설명하는데 내가 다른 용을 탔다는 대목에서 쾨니히가 슬픈 목소리를 냈다.

『그 미네르바라는 인물을 태우고 그 영역을 날아 달라는 말씀이십니까?』

“그래. 부탁해도 될까?”

『생판 모르는 자를 태우는 것이 썩 내키지는 않지만, 그리 원하신다면 따르겠습니다.』

“하하…… 너무 그러지 마. 그 사람은 지평 끝까지 세계를 내다보는 힘이 있어. 거기에 어떤 곳이든 갈 수 있는 네 힘이 있으면 내 목적이 이루어질지도 몰라.”

『제가 괜한 말을 했습니다. 주인의 비원이라면 기필코 기대에 부응하겠습니다.』

역시 용의 제왕 같은 존재로 성장해서 그런지 자존심도 만만찮게 강해진 모양이었다.

……다음에 그 황녀, 파르닐이라도 만나게 해 볼까? 어떤 반응을 보일까.

『멋져! 내 나라에 살아. 내 전용 기룡으로 삼아줄게!』

……같은 소리나 할 거 같다. 그러다가 한 대 맞고 날아가는 거지.

『그럼 출발하겠습니다.』

폭풍을 일으키는 날갯짓 때문에 사람들이 모래 위를 뒹구는 가운데, 쾨니히는 순식간에 바다 끝으로 사라졌다.

미네르바 씨, 설마 떨어지지는 않겠지……?

"카이 군, 대륙을 찾으면 우리도 쾨니히를 타고 가지?"

"그거야 당연히 그렇지?"

"그럼 객차 같은 거라도 준비하는 편이 좋지 않을까? 그 하늘에서는 내 마법으로 방어도 못 하고 추울 거야."

"아, 맞네요. 그냥 타는 것보다 객차가 있는 게 무조건 좋아요."

맨몸 비행을 무서워하는 레이스도 동의하여 이 틈에 바람막이가 될 탈것을 만들고자 기인들에게 도움을 구했다.

§ § §

그로부터 약 두 시간 후, 지평선 너머에서 쾨니히가 돌아왔다.

천천히 착륙한 쾨니히에게서 미네르바 씨가 휘청거리며 내려왔다.

"체내 밸런서에 이상이 생겼어……. 잠깐만, 편한 자세로 회복하게 해줘."

"괜찮아요……?"

『인간의 한계를 알지 못하고 너무 무리했나 보군. 내 잘못이다.』

"상관없어. 덕분에…… 좋은 걸 찾았으니까."

미네르바 씨의 손가락이 고속으로 움직였다. 그러자 근처에 있던 철판 조각에 긁힌 자국으로 자세한 지도, 거의 항공사진에 버금가는 그림이 그려졌다.

"이건…… 하늘이죠?"

"그래. 그 영역에서도 문제없이 날 수 있었어. 바다의 종착점에서 남남서로 3,204킬로미터 지점에서 이걸 관측했어. 우선 보고부터 하려고 접근하지는 않았지만."

"저, 정말로? 바다가 아니라 하늘이지?"

"설마…… 이런 일이 있을 수 있나요?"

"원리는 해석 불가능. 모종의 역장으로 격리됐다고 예상

돼. 이 그림은 진실이야."

미네르바 씨가 그린 물체. 그것은…… 하늘에 뜬 거대한 그림자.

대륙 자체가 하늘에 떠 있다는 믿기 힘든 광경이었다.

"육안으로는 관측이 어려울 만큼 저속으로 서서히 이 대륙에서 멀어지고 있어. 현재 이 대륙에 표류하는 물품을 보면 전에는 바다 위에 있었거나 바다로 이어져 있었다고 추측돼."

"굉장하네. 나도 이런 규모의 부유 대륙이 있을 줄은 몰랐어. 수고했어, 관측 모델. 포드 사용을 허가할게. 잠시 회복에 전념해."

"카이본, 나는 지금부터 잠들 거야. 다음에는 언제 만날지 모르지만, 네 은혜는 잊지 않을게."

그러고 조용히 떠나는 미네르바 씨에게 감사했다.

……드디어 찾아냈다. 설마 이렇게 난감한 곳에 있을 줄은 몰랐다.

그래도…… 마침내 우리는 그곳으로 갈 수 있다.

"오잉크…… 한때 네가 포기했던 땅에 드디어 갈 수 있어."

동료를 찾아서 세계를 여행했다는 오잉크에게 최고의 여행 이야기를 들려줄 수 있겠다.

상선 선장님에게 우리는 용의 힘으로 가겠다고 전하고 다시 한번 기인들에게도 감사 인사를 전했다.

"우리는 당분간 이곳에서 항구 개발에 종사할게. 그래도…… 그게 끝나면 MI 탑재형을 만나러 가려고 해."

"이 대륙에 새로운 나라를 세우는 방법도 있지만, 너희 이야기를 듣고 여행을 하고 싶어졌어. 게다가 선박 여행은 재미있을 것 같아. 낚시에도 흥미가 생겼어."

"그리고 우리도 미각이 있으면 좋겠어. 맛있다고 말하는 음식을 먹어 보고 싶어."

미래 계획을 말하는 그녀들을 보고 내 가슴까지 따스해졌다.

그래. 이 세계는 계속된다. 앞으로도 쭉.

어떤 특정 존재가 세계를 쥐락펴락하게 둘 수는 없다.

"만약 서디스 대륙으로 건너간다면 우선 서즈가르드 왕국을 찾아가세요. 그곳 왕성으로 가서 카이본이 보냈다고 말하고, 성녀라는 사람과 접촉하면 분명히 촌장님…… MI 탑재형과 만나게 해줄 거예요."

"서즈가르드 왕국의 왕성…… 기억했어. 그럼 안전한 여행이 되기를 기원할게."

방금 완성한 객차를 탔고, 그것을 쾨니히가 발로 잡아 옮겨주기로 했다.

힘 조절은…… 이 정도면 괜찮겠군.

"또 봐~! 저 큰 바다 구멍은 남겨줘~!"

"여러분, 꼭 다시 올게요. 몸조심하세요!"

천장이 끼익 소리를 내며 살짝 우그러지고 몸이 붕 뜨는 느낌이 들었다.

심한 진동과 함께 천천히 모래사장이 멀어졌다.

남은 이들이 가지런히 정렬해서 경례하는 곳으로 나도 답례를 보냈다.

그리하여 마침내 우리는 이곳, 세컨더리아 대륙을 떠나게 됐다—.

2장 시작과 끝의 대륙

“곧 바다가 끝나. 마법도 못 쓸 테니까 일단 모포를 꺼내 둘게.”

“고마워, 카이 군. 역시 이런 높이에서 날면 춥구나.”

“듣기는 했지만, 정말로 바다가 끝나네요……. 보고도 믿어지지 않는 풍경이에요.”

쾨니히가 잡은 객차에서 마침내 바다의 끝자락이 보였다.

바다가 갑작스레 사라지고, 남은 자리에는 한없이 펼쳐지는 하늘. 세계가 부서진 게 아닌가 의심될 정도로, 마치 게임이 버그를 일으킨 듯 현실감 없는 광경.

“우와…… 위아래도 없이 전부 하늘이야. 왠지 느낌이 이상해.”

“그리고 이 앞에 퍼스트리아 대륙이…….”

“드디어 여기까지 왔네요.”

게임 시절의 무대가 된 대륙이라면 어딘가에 아는 지형도 있을지 모른다.

기대와 불안, 상반된 감정을 끌어안고 세계의 끝을 나아간다. 이윽고—.

『주인님, 대륙이 보입니다. 마침 내리기 좋은 곳이 있으니 착륙하겠습니다.』

쿵, 무거운 충격이 퍼졌다. 그리고 신비한 분위기가 감도는 그 대륙에 첫발을 내디뎠다.

첫인상은 사막. 그렇게 느낀 이유는 눈앞에 펼쳐진 모래 때문이었다.

"그래도 여기는…… 사막이 아니지?"

"그래 보여. 봐, 풍화한 조개껍데기도 떨어져 있어. 원래 이곳도 해변이었는지 몰라."

"바다와 이어지지 않아서 이렇게 된 걸까요……."

바닷물이 빠진 광대한 모래밭. 그런 장소에 내린 우리는 쾨니히에게 말을 걸었다.

"잘했어, 쾨니히."

『황송합니다.』

"여긴 어쩌면 나의…… 아니, 세계의 적이 숨어 있는 본거지일지도 몰라. 쾨니히, 너는 일단 여기를 벗어나서 세컨더리아 대륙 어딘가에 숨어 있어."

『괜찮으시겠습니까? 행차 길을 닦을 수도 있습니다만…….』

"아니…… 전에 동료를 조종하는 적이 있었어. 그 몸에도 칠성의 힘이 깃든 이상, 어쩌면 그걸 빼앗으려는 적이 나올 수도 있어."

"맞아. 나도 이제 네가 카이 군을 공격하는 모습은 보고 싶지 않아."

"어딘가에 숨어 있어 주세요. 마음은 감사히 받을게요, 쾨니히."

『행여 무슨 일이 있으면 언제든지 불러주십시오……. 저는 주인님과 여러분의 날개입니다.』

그 말을 남기고 쾨니히는 다시 하늘로 사라졌다.

만난 이후로 너에게는 줄곧 도움만 받는구나.

"그나저나…… 원래는 바다였어도 지금은 사막이나 다를 바 없지?"

"그러게. 끝이 안 보여. ……설마 대륙 전체가 이렇지는 않겠지?"

모래 위를 걸었다. 바싹 마른 나무 동강이에 뭔지 모를 뼈. 그리고 가끔 하늘에서 불어오는 바람에 모래가 휘날렸다. 하지만 그렇게 걷는 사이에 신기한 기시감이 느껴졌다.

"여기가 대륙 북쪽이라고 가정하면…… 설마 『라이즈 아크 해안』인가……?"

"아! 나 거기 기억나! 역시 여기는 바다, 바다가 있었던 거야."

"신예기 지명인가요? 저는 기억이 안 나지만, 두 분은 아는 곳인가요?"

"아직 확실하지는 않지만, 만약 도중에 사원이 나오면 틀림없이."

『라이즈 아크 해안』. 여름에 추가된 필드로, 바다라는 장소와 같은 시기 도입된 수영복 아이템 때문에 많은 플레이어로 북적였던 곳이다.

하지만 그 반면, 던전 난이도가 높아서 바캉스 기분으로 찾아온 많은 플레이어가 호되게 당한 역사가 있는 장소이기도 하다.

그렇게 완만한 곡선을 그리며 모래언덕을 우회하다가 우리는 그것을 발견했다.

"『잔물결 템플』…… 풍화해서 다 깎여 나갔군."

"그럼 여기가 정말로 라이즈 아크 해안이라는 거네……. 좀 쓸쓸해."

"많은 추억이 담긴 곳인가 보네요……."

적잖은 충격을 받았다. 하지만 역시 게임 시절의 무대라는 확신이 생겼다.

그렇다면 어딘가에 있을 것이다. 플레이어들의 거점, 센트럴 타운이…….

"여기는 대륙의 거의 북쪽이야. 우선 센트럴 타운을 목표로 가 볼까 해."

"그래, 거기는 가 봐야지. 하지만 그 전에 잠깐만 주변을 조사할까?"

"그래요. 이 대륙에서 무슨 일이 있었는지 아는 사람이 있을지도 몰라요."

"그럼 일단 해변을 벗어나서 자연이 남아 있는 곳을 찾자."

곧 모래밭을 빠져나오자 푸른 식물이 자란 산길이 나왔다.

길이 있다는 것은 무언가가 다닌다는 증거. 우리는 그것을 찾아서 길을 따라갔다.

이렇게 보고 있자니 어쩐지 신기한 감각에 사로잡혔다.

어디를 둘러봐도, 심지어 이 길조차도 먼 과거에 본 적이 있는 기분이었다.

"향수……라고 하나? 신기한 기분이야."

"나도 왠지 옛날 생각이 나. 다 같이 모험하던 시절이……."

"언젠가 해야 할 일을 모두 마치면 알려주세요. 이 땅에서 어떤 일이 있었는지."

"응. 어디를 가든 추억이 있을 테니까, 안내할 곳도 수두룩해."

차츰 식물이 많아지고 공기가 맑아졌다고 생각하던 때였다.

나뭇잎이 부스럭댔다고 생각한 순간, 누가 달려가는 소리가 들렸다.

"사람이다! 쫓아가자!"

"알았어! 이봐~! 거기 너~! 잠깐만 멈춰 봐~!"

경계심이라고는 찾아볼 수 없는 목소리였지만, 길을 달려가던 사람이…… 소년이 멈춰 섰다.

앳된 외모…… 복장으로 보아서는 단순한 촌민 같았다.

"다, 당신들은, 누구세요……? 어떻게 이 앞으로 갔어요……?"

"혹시…… 방금 해변, 아니, 사막은 봉쇄된 거야?"

"해변……! 호, 혹시…… 당신들은 밖에서 온 사람인가요?"

내가 『해변』이라고 말한 순간, 아이가 놀라움과 기대가 번진 얼굴로 나를 쳐다봤다.

"맞아! 우리는 있지, 밖에서 이 대륙으로 왔어!"

"정말요?! 그, 그럼 이야기를 들려주세요!"

"그럴게요. 사람이 많은 곳으로 가서 이야기해도 될까요?"

"네! 우리 마을로 안내할게요! 다들 깜짝 놀라겠지?"

소년을 따라간 우리는 숲속의 작은 마을에 도착했다.

그리고 그곳에서 한 집으로 안내받았다.

"아빠, 엄마! 손님을 데리고 왔어!"

"켄트! 무슨 일이니? 그리고 그분들은……."

"설마 새로 온 행상인인가요? 그렇다면 촌장님 댁으로……."

"아니야! 이 사람들, 대륙 밖에서 왔대!"

아주 평범한 마을 주민으로 보이는 부모님이 우리를 맞이했지만, 뭔가 미심쩍은 표정을 짓고 있었다. 그럴 만도 한가…… 작은 마을 같으니까 처음 보는 사람을 경계하겠지.

"또 그런 소리를……. 이 아이는 가끔 허황된 얘기를 한다니까."

"정말로 죄송합니다. 제가 촌장님 댁으로 안내해드리죠. 그나저나 이번 담당자분은 참…… 젊기도 젊고, 아름답군요……."

"아니라니까! 저기는 사막이 아니라 해변이래도!"

아이의 부모님은 이야기를 믿지 않는 것처럼 상황을 자의적으로 해석했다.

“아뇨, 그 아이가 한 말은 사실입니다. 우리는 방금 이 대륙에 상륙했어요.”

그렇게 밝힌 순간, 찬물을 끼얹은 것처럼 집 안이 조용해졌다. 그리고 여전히 묘한 얼굴을 한 아버지가 『촌장님께 안내하겠다』고 말하며 빠르게 걸어 나갔다.

“아이한테 이야기에 맞춰주는 건 아니시죠? 죄송하지만, 수상한 사람은 촌장님께 데리고 가는 게 규칙이라서요.”

“아뇨, 저도 바라던 일입니다.”

기이한 눈길을 모았다. 소박한 마을에서 우리 복장은 눈에 띄어 다들 입을 모아 『어디서 왔을까』하며 수군거렸다.

“카이 군…… 여기는 뭘까? 정말로 신예기의 세계……일까?”

“아득히 먼 세월이 지났을지도 몰라…….”

“그러네요. 게다가 마을 안에 유적…… 같은 잔해도 많이 보여요.”

한때는 건축물이었을 것으로 추정되는 폐허. 그것들을 이용한 집이 눈에 띄었다.

역시…… 이 대륙에서도 문명이 한 번 리셋된 것일까?

그렇게 마을 가장 안쪽, 많은 잔해에 둘러싸인 큰 집 앞에 도착했다.

“실례합니다, 촌장님 계신가요?”

"아, 켄트네 아버지. 할아버지라면 방금 마을 집회에서 돌아오셨어요."

"잘됐네요. 잠깐 올라가도 될까요?"

"네, 들어오세요. 거기 세 분은…… 중앙 지역에서 오셨나요?"

"아마 그렇겠죠……. 실례하겠습니다."

나이가 열여섯쯤 되어 보이는 여자아이를 따라서 집 안으로 들어갔다.

곧 큰 방 앞에 도착해서 소녀의 아버지가 말을 걸었다.

"촌장님, 『특별한 손님』을 데리고 왔습니다."

그러자 방 안에서 인기척이 나더니 긴장감을 띤 목소리가 들려왔다.

"들어오시오, 손님."

"실례하겠습니다……."

문을 연 순간, 안에 있던 노인이 쥔 지팡이에서 빛의 고리가 날아들었다.

"잡았다! 그래서 이자들은 어떻게 여기로 왔나?"

"켄트가 어디서 데리고 왔어요. 죄송합니다."

"음…… 하지만 이제 안심해도 돼. 역시 미리 신호를 정해두기를 잘했구먼."

마치 처음부터 우리를 붙잡을 생각이었던 것 같은 대화였다.

그리고 지금 우리에게 감긴 빛의 고리는…… 역시 게임 시절에 보던 것.

"죄송합니다. 이걸로는 우리를— 못 막아요."

"그리운걸. 『바인드 스틱』이었나? 제법 비쌌는데."

"아하, 그런 물건인가요?"

마치 실이라도 끊는 것처럼 구속이 뚝뚝 뜯겼다.

"아니?! 자네들은 대체 뭔가! 우리 마을에 무슨 목적으로—."

"아뇨, 그냥 이야기를 듣고 싶어서 왔는데…… 믿어주지 않았나 보네요."

"이야기……? 무슨 소리인가?"

"그게…… 또 켄트가 그 사막에서…… 교묘한 말에 속아 넘어간 모양이라."

"속이기는 누가 속여? 우리는 어린애한테 거짓말 같은 거 안 해!"

폐쇄적이고 배타적. 하지만 당연한 반응을 하는 어른들.

그래도 구속을 힘으로 풀어 버리자 조금은 이야기를 들을 생각이 들었나 보다.

"저희는 이 옆 대륙, 세컨더리아 대륙에서 용을 타고 이 땅에 도착했습니다. 여기는…… 퍼스트리아 대륙이 맞죠?"

"퍼스, 뭐……? 촌장님, 이 사람들이 대체 무슨 말을 하는 거죠?"

이 대륙의 이름조차 잊혔는지, 켄트의 아버지가 어리둥절한 표정을 지었다. 하지만 그와 대조적으로 촌장님은—.

"잠깐 물러나 있게. 이 손님과 이야기를 해 보겠네."

"네……? 아뇨, 하지만……."

"됐네, 물러나게."

아버지를 방에서 내보내고 촌장님이 빤히 우리를 바라봤다.

"손님…… 이 대륙을 퍼스트리아라고 부르셨습니까?"

"네. 여기는 퍼스트리아 대륙이에요. 그건 틀림없습니다."

"그 이름을…… 어디서 아셨습니까?"

"바깥 대륙에서요. 제가 여기 살았을 무렵에는 여기가 그런 이름인 줄은 몰랐어요."

"허! 설마 당신은…… 고대 민족의 생존자?!"

그 순간, 촌장님이 다시 지팡이를 꺼내서 우리를 경계했다.

고대 민족? 설마 우리와 같은 게임 시절 인간이 이 대륙에 있기라도 한가?

"촌장님, 알려주세요. 이 대륙에 관해서 전부. 저희는…… 오랜 여행 끝에 간신히 이 대륙에 도착했어요. 절대로 당신들에게 해를 끼치지는 않아요. 부탁합니다."

침묵. 그래도 내 간청은 그의 마음에 망설임을 낳은 듯했다.

알려줬으면 한다. 이곳은 게임이 끝을 맞이하고 어떻게 됐는지.

나는 어느새가 게임이 끝난 순간에서 천년이나 지난 세계에 떨어졌다.

류에조차 천년을 살았다. 사실은 더 오랜 시간이 지났을 가능성도 있었다.

풍화한 던전. 부상한 대륙. 세계에 풀려난 칠성.

조금이라도 좋다. 뭔가…… 정보를 줄 수는 없는가.

"손님은 이 금제의 지팡이를 풀었지요. 어지간한 강자가 아니고서야 할 수 없는 일입니다. 하지만 그런 사람을 내가 모를 리가 없죠. 바깥 대륙에서 왔다는 건 사실이겠군요."

"그리고…… 그 강한 사람으로 넘쳐나던 시대에 저는 이곳에 살았어요."

"역시 고대 민족이구먼……."

그는 단념한 것처럼 이야기했다.

전승. 신화처럼 알쏭달쏭한 이야기. 하지만 그건 우리에게 충분한 정보를 줬다.

"『그란디아 어스』. 이 땅의 오래된 이름입니다. 힘 있는 마물이 각지를 지배하고, 많은 전사가 그들에게 도전하는 시련의 땅이었다고 전해지죠."

"그란디아 어스……."

그 이름도 내 기억에는 없었다. 하지만 그 게임의 제목은 『그란디아 시드』였다. 이건 틀림없이 우연이 아니다.

"우리 조상들은 그런 전사가 아니라 그저 여기서 사는 주민에 불과했습니다. 우리는 일용할 양식을 구하며 평화롭게 살았다고 합니다."

그렇다면 그들의 조상은 마을에 살던 NPC라는 뜻일까?

"전사들은 어디로 갔죠……?"

"어느 날, 이 대지에서 힘 있는 마물이 사라지고 꿈꾸던 평화가 찾아왔지요. 한 검사가 『칠성』이라고 불리는 존재를 물리쳤다며 전사들이 떠들썩했다고 합니다."

"아! 그 전설은 나도 알아! 어디서 들었더라……."

"어쩌면 고대 민족의 생존자가 하계로 내려갔는지도 모르죠. 평화가 찾아온 세계에는 많은 전사가 남았다고 합니다. 하지만…… 목적을 잃은 힘은 서로를 잡아먹는 법이지요."

거기서부터는 솔직히 냉정하게 듣기 힘든 내용이었다.

내 행동은 분명히 세계를 해방했다. 하지만 그 결과, 플레이어가 낳은 캐릭터들이 대량으로 이 세계에 남겨지는 결과를 낳았다.

플레이어와 게임 내 규칙이라는 울타리 안에 갇혀 있던 캐릭터들.

강대한 힘을 가진 자들이 고삐가 풀린 채 세계에 풀려나면 어떻게 되는가.

"일부는 대륙을 떠났다고 들었습니다. 그리고 남은 대부분의 사람은 서로 약탈하고, 나라를 세워 싸우며 오랜 시간에 걸쳐…… 서서히 줄어들었죠."

"그 싸움의 결과가……, 황폐한 대지란 말인가요……?"

"그것도 하나의 원인이라 합니다. 하지만 그것만은 아니지요. 이 땅 중심에는 거목이 있었습니다. 그런데…… 싸움이 되풀이되다가 그 나무를 잃고 세계가 빠르게 황폐해졌고, 이

읏고 천재지변이 일어나서 우리는 격리되었다고 전해집니다."

『거목』이란 무엇인가. 물론 나는 안다. 센트럴 타운 중앙에 있었던 나무며, 게임의 상징인 동시에…… 최종 던전이기도 한 곳이었다.

그리고 내가 마지막으로 도전한 칠성, 『신』이 기다리는 신계 필드로 통하는 유일한 길이기도 했다.

첫 마을에 있는 유명한 장소가 마지막 던전이라는 설정으로 당시에는 화제가 됐었다. 그런데 그 거목이…… 사라져?

"고대 전사의 소란. 잃어버린 거목과 거기서 벌어진 재앙. 그런 전승만이 우리에게 전해지고 있습니다. 당신들은 그 시대에 외부로 나갔던 전사…… 그렇죠?"

"아마 비슷한 상황일 거예요……."

내가 이 대륙의 황폐화라는 도화선에 불을 붙인 건 아닐까.

그런 생각도 들었다. 하지만…… 역시 싸움을 일으킨 건 그 사람들이다.

그렇게 선을 긋고 가슴에 쌓인 앙금 같은 감정을 단숨에 내뱉었다.

"지금 센트럴 타운, 거목이 있던 도시는 어떻게 됐나요?"

"싸움의 중심인 그 땅은 거목이 사라지며 가호를 잃고 지금은 마물 소굴이 되었습니다. 머나먼 옛날에는 퇴치하려던 자들도 있었다고 하나, 역시 뜻을 이루지는 못했어요……."

"그래……? 그 마을을 해방하면 너희도 기뻐해 줄래?"

류에가 그렇게 물었다.

그래, 그게 옳다.

플레이어는 없어도 플레이어가 낳았다는 사실에는 변함이 없다.

그리고 살아남은 우리가 그 책임을 조금이라도 지려는 건 틀리지 않았다.

게다가…… 기분이 좋지 않잖은가. 우리 마을이 마물에게 빼앗겼다는 것이.

“정말로 가능하다면 그만큼 기쁜 일이 없겠지요. 다른 땅에 사는 자들도 기뻐할 겁니다. 그곳은 본래 우리 조상이 살았다고 전해지니까요.”

그 대화 중에 나는 이 촌장님의 스테이터스를 엿봤다.

【Name】보겐

【종족】휴먼/범인(凡人)

【직업】촌장

【레벨】1

【칭호】촌장

【스킬】없음

모든 것이 너무 낮았다.

종족에 『범인』이 들어간 자는 캐릭터 같은 성장이 불가능하지 않을까.

반대로 지금 바깥 세계에 있는 사람들은…… 많든 적든 고대 민족, 플레이어 캐릭터의 피가 섞였다는 방증일까? 만약 천년이 아니라 수천 년도 전에 전사들이 바깥 세계로 사라졌다면 그 피가 섞여서 퍼졌어도 이상하지 않다.

"죄송한데 이 인근의 지도를 받을 수 있을까요? 대가도 제가 낼 수 있는 거라면 뭐라도 내겠습니다."

"지도인가요. 전에 행상인이 사용하던 지도가 있습니다. 값은…… 식량으로 치러주시면 고맙겠군요. 행상인이 일주일 정도 늦어지고 있는 터라……."

"그거라면 맡겨주시죠."

§ § §

촌장님 집 밖에서는 장정들이 불안한 얼굴로 간단한 무기를 들고 기다리고 있었다.

하지만 촌장님이 안심해도 된다고 말하자 무기를 거두었다.

"다들 들어주게. 여기 계신 세 분은 이 대륙의 밖에서 왔다고 하네. 나는 이분들의 이야기를 믿기로 했네."

그러자 방금 헤어진 켄트가 『내 말이 맞잖아! 모래밭에 모르는 탈것이 있었어!』라고 말하는 소리가 들렸다. 그래, 증거를 찾아서 우리를 감싸주려고 했구나.

촌장님 말에 반신반의하면서도 마을 사람들이 서서히 다가왔다.

"저, 정말로 밖에서…… 이 세계 밖에도 다른 세계가 있어?!"

"용을 타고 날았다고? 내가 봤을 때는 전부 도중에 추락하던데."

"우리도 그걸 경험했어요. 하지만 그 하늘을 날 수 있는 용도 있었어요."

의심에 답하면서도 우리는 마을 사람들에게 식량을 나눠줬다.

그리고 결과적으로 그것이 우리가 밖에서 온 사람이라는 가장 큰 증거가 되었다.

이 대륙에서는 식품 가공이 그다지 발전하지 않아서 통조림이나 소시지, 육포나 밀가루 등은 굉장히 귀했고, 그것을 아낌없이 나눠준 것이 무엇보다 확실한 증명이라나.

"형! 형이 마물 도시에 간다는 게 사실이야?!"

"맞아, 켄트."

"그럼 조사해줬으면 좋겠어. 행상인 아저씨가 그 도시에서 사람을 봤대!"

"켄트, 또 그 이야기냐? 아까는 큰 실례를 했습니다……. 이 아이가 마물 도시에 너무 관심이 많으니까 장난으로 한 소리겠죠."

"진짜라니까! 다른 상인 아저씨도 사람 같은 걸 봤다고 했어!"

마물이 점거한 지 오래인, 고대 민족이 살던 도시.

그곳에 사람이? 그렇다면 마물에 대항하는 힘이 있다는 뜻이다.

"우리도 그 도시에 갈 예정이니까 조사할 가치는 있다고 봐요."

만약 아직 누가 남아 있다면. 그게 정말로 게임의 끝, 신예기의 끝부터 지금까지 살아 있는 사람이라면 정보를 캐내기에는 더없이 좋은 인물이다.

나는 마을 사람들과 이야기하면서 이 대륙에서 해야 할 일을 생각했다.

그렇게 이 대륙에서 보내는 첫 번째 밤이 깊어갔다—.

"그럼 저희는 센트럴 타운으로 가 볼게요."

"도시에 다가가면 다가갈수록 마물이 자주 나온다고 합니다. 여러분도 조심하십시오. 어젯밤 같은 즐거운 시간을, 다시 함께 보내기 위해서라도."

이튿날 아침. 아직 해가 다 떠오르지 않은 시각에 우리는 왔던 곳 반대편 문에서 배웅을 받았다.

촌장님에게 받은 지도와 내 기억을 대조한 결과, 이 앞은 게임 시절『야광의 계곡』이라고 불린 지역으로 추정됐다.

사실 그다지 강한 마물이 사는 지역은 아니었지만, 지금은 시대가 다르다.

우리도 방심하지 말자고 다짐하며 마을을 떠났다. 그런데—.

"우와, 그리워! 홉고블린이랑 아머드 비야!"

"어…… 저는 처음 보는 마물이네요……?"

"이건 있지! 내가 태어나서 처음 해치운 쪼끔 강한 마물 우두머리야!"

"하하하…… 첫 던전 보스였을 거야, 아마."

엄청 약해. 게임 시절에 비해 현저히 약한 마물이 살고 있었다.

아니 글쎄, 레이스가 로 킥 한 방으로 고블린 무리를 쓸어버리고 있다니까요?

"강한 마물이 전부 중앙으로 이동하면서 약한 마물이 변경으로 쫓겨났나?"

"카이 군, 이거 봐. 포션을 떨어뜨렸어! 여전히 쥐꼬리 같은 회복력이야!"

류에는 웃으면서 드롭 아이템을 까고 있다. 그러지 마, 마물이 불쌍하잖아.

하지만 상상 이상으로 마물이 자주 나왔다. 위협적이지는 않지만, 여간 성가시지 않았다.

"이걸로 일곱 번째 전투인가? 역시 칠성 봉인으로 대지의 힘이 약해졌나?"

"으음…… 여기서는 우리도 평범하게 마법을 쓸 수 있으니까 대륙 밖 하늘에 있는 악성 마력? 이 여기에는 많지 않을 거야. 그래도 다른 대륙에서도 칠성이 봉인돼 있으면 마물 활동이 활발했지? 어쩌면 악성 마력은 봉인된 칠성에게서 흘러나와 땅 깊숙이 침투하고, 그 결과 마물이 활발해지는 건지도 몰라. 그리고 이곳처럼 언젠가 대륙 밖까지 흘러나가서 이계로 변하는 게 아닐까?"

"그렇군……. 그럼 이 대륙은 다른 곳보다 많은 악성 마력이 흘러나온다는 뜻인가?"

"그건 아니에요. 저도 아까부터 신경 쓰여서 대륙 지하의 마력 흐름을 마안으로 확인했는데, 흐름이 반대예요. 대륙 밖에서 중앙으로 가고 있어요."

"그럼 아마 센트럴 타운으로 가고 있을 거야. 아마 악성 마력을 빨아들이는 뭔가가 있다고 생각해."

……그 말인즉, 이 대륙의 칠성이 봉인되어 있다는 보장은 없다?

"카이 군, 이 앞부터는 주의해. 악성 마력이 센트럴 타운으로 모이고 있다면…… 아마 만만치 않은 마물이 득실거릴 거야."

"듣고 보니 그러네. 그래도 여기까지 온 우리라면…… 분명히 극복할 수 있겠지. 게다가 거기가 마물 손아귀에 넘어갔다는 게 기분이 별로 안 좋아."

오랜만에 힘이 샘솟았다. 되찾으라고. 우리의 추억을, 시작의 마을을, 세계를.

류에도 같은 마음인지 당당하게 웃으며 힘차게 고개를 끄덕였다.

"맞아, 반드시 되찾자. 이제 이 계곡을 지나서 강을 따라 올라가기만 하면 돼. 어디 쉴 만한 곳을 찾아서 야영하고, 내일 단숨에 도시까지 가는 거야."

그 말에 동의하면서 걷다가 큰 폭포 뒤쪽에 동굴이 있어서 하룻밤을 보내기로 했다.

이 동굴, 게임일 때도 있었지. 여기서 야영하는 날이 올 줄이야.

다음 날. 음이온(유사과학)이 충만할 것 같은 동굴에서 눈을 떴다.

"그럼 바로 출발할까? 여기서 도시까지는 그렇게 멀지 않아."

"여기서 직접 살아서 그런가, 류에가 더 길을 잘 아는 것 같아."

"아, 카이 씨는 간접적으로 이 세계를 관측했다고 하셨죠?"

"응. 지금보다 간략한 상태로. 물론 보면 딱 알아볼 수 있지만."

"그렇구나. 그럼 여기서부터는 내가 앞장설게. 좋아, 출발이다~!"

흠…… 역시 이 대륙은 다른 대륙보다 확실히 좁게 느껴진다. 게임 시절보다는 훨씬 넓지만, 그래도 섬나라라고 불리기에도 부족한 규모가 아닐까.

도시가 가까워질수록 나타나는 마물도 강력해졌다. 하지만 역시나 우리 적수는 되지 못했다. 당연하겠지…… 우리는 게임 시절보다도 강해졌으니까.

그렇게 마침내 우리는 가도로 나왔다.

초목이 돌바닥 위로 자라면서 이게 가도인지 산길인지 분간이 안 가는 수준이었다.

그러나 그것은 틀림없이 센트럴 타운으로 이어지는 수많은 길 중 하나였다.

"보인다……. 왜일까, 『돌아왔다』라는 느낌이 들어."

"정말로 그래……. 이 풍경을 수십 번, 수백 번은 본 기분이 들어."

"신기하게…… 저도 그립다고 느껴요."

돌문. 벽을 온통 덮어 버린 넝쿨.

그리고 그 앞으로 보이는 것은…… 익숙하지만 황폐한, 언제나 거닐던 길.

한때는 많은 플레이어가 노점을 열던 거리다.

우리는 마침내…… 그리운 센트럴 타운으로 돌아온 것이다.

§ § §

"의외네……. 건물은 생각보다 원형을 유지하고 있어."

"아…… 자주 모험이 끝나면 들르던 식당……. 아하하…… 전부 남아 있어……."

"조심하세요……. 조금 전부터 뭔가 기척이 느껴져요. 앞쪽 건물에서, 뭔가가……."

너무나도 그립다…….

컴퓨터 모니터 너머로 보던 것과는 현실감과 선명함이 너무 다르고, 사소한 디테일과 크기도 달랐다. 하지만…… 그런데도 한눈에 알아볼 수 있을 만큼 똑같았다.

"저기는 원래 퀘스트 알선소지? 잠깐 조사해 볼게."

어빌리티 [소나]를 발동해 이곳…… 도시라고 할 만한 규모의 장소에 마력 파동이 반사되며 정확한 지도와 마물의 위치를 내게 알려줬다.

"많군……. 게다가 보스급으로 큰 반응이 여기저기 있어."

"정말로 완전히 점거해 버렸구나……. 모조리 해치우자."

"네. 우선 처음으로 저 건물에서—."

다음 순간, 문이 벌컥 열리더니 갑옷을 입은 고블린 무리가 나타났다.

검은 피부. 고블린 중에서도 상위종이다. 게다가…… 몸을 감싼 갑옷도 원래는 플레이어가 만들었을 최고품질의 장비다.

"라코르 스틸을 쓴 붉은 갑옷에 다마스쿠스 코트. 고블린 주제에 좋은 거 입고 다니네."

"돼지 목에 진주 목걸이야. 레이스, 엄호 부탁해. 얼려서 한 번에 처리할게!"

"네! 두 분 다 조심하세요!"

대륙 바깥, 종말의 하늘에서 모인 악성 마력의 영향을 받았을 고블린들은 인간과 별반 다를 바 없는 움직임으로 우리 공격을 피하고 진형을 짰다.

하지만…… 그게 통하는 건 어디까지나 너희가 아는 인간뿐이다.

우리를 공격하려고 한 순간, 모든 고블린의 발이 얼며 빛의 비가 쏟아졌다. 그 공격에 괴성을 지르는 고블린들에게 이번에는 내 검이 날아들어 단 일격에 머리 여섯 개가 날아갔다.

"가능한 한 도시는 파괴하고 싶지 않아."

"이 건물에 사는 마물은 이게 전부 같아요. 내부를 조사할까요?"

"아니, 조사는 나중에 할게. 드롭 아이템만 챙기고 다음 적을 해치우러 가자."

"찬성. 어떡할까? 꽤 넓은데 두 팀으로 나뉠까? 나랑 레이스가 같이 움직일게. 이 길에서 갈라지면 교회 앞 광장에서 합류할 수 있어."

그 제안을 듣고 다시 한번 맵을 보자 교회 앞 광장에 큰 마물 반응이 있었다.

"그렇게 하자. 가는 길에 마물이 우글거리니까 조심해. 교회 앞에는 큰 반응도 있으니까 꼭 합류한 뒤에 덤빌 것. 도중에 있는 강력한 마물은 나중으로 미룰 것. 알았지?"

길을 가다가 서로 종류가 다른 마물이 게임처럼 공존하는 모습이 보였다.

게다가…… 하나같이 고난이도 던전에 살던 마물이었다.

"인간들은 서로 못 잡아먹어서 안달이었다는데……, 너희는 사이가 좋구나."

이미 몇 번째인지 모를 마물의 습격을 막고 혼자 중얼거렸다.

마지막 날. 그날 로그인했던 플레이어는 역시 이 세계에 오지 않았으리라. 하지만 캐릭터들은 이 세계에 남겨졌다.

정체한 세계에서 다들 극한의 힘을 얻은 뒤였다. 그런 존재들이 세계에 남은 채 목표를 잃으면 어떻게 되는가…….

"약탈, 전쟁…… 그리고 대륙 밖으로 떠난다……. 그렇게 생각하면 우리나 류에, 레이스, 거기다 우리 팀의 부캐들은…… 여기서 벗어나기 위해 다른 곳에서 눈을 뜬 건가?"

우리만 고립된 상태에서 눈을 뜬 것은 누군가의 의지다.

그것은 적어도 이 세계를 노리는 자와는 또 다른 존재일 것이다.

"슬슬 합류 지점인가. 일단 생각은…… 저걸 해치운 다음에 할까."

교회 앞 광장. 모든 플레이어가 반드시 방문하는 장소.

처음 만든 캐릭터는 이 교회에서 여행을 시작하고, 도시 밖에서 죽은 플레이어도 이 도시를 홈으로 설정한 경우 이 교회가 리스폰 지점이 된다.

틀림없이 모든 유저가 이용한 적 있는 추억의 장소다.

그곳에 지금 대형 트럭보다 두 배는 커 보이는 도마뱀이 떡하니 버티고 있었다.

"기간트 랜드 드래곤……;치고는 너무 크고 무슨 오라까지 나오네……. 근데 또 [상세 감정]을 보면 종족은 맞다고 나오고……. 이게 악성 마력의 영향인가?"

어쩌면 이런 존재가 진화한 끝에 칠성이 됐을지도 모르겠다.

건물 뒤에 숨어서 상황을 살피는데 반대쪽 길에서 류에와 레이스가 나타나서 나와 똑같이 금방 건물 뒤로 대피했다. 나는 교회 앞 수풀 속을 이동해 그녀들과 합류했다.

"카이 군, 카이 군! 저거 뭐야?! 나 저런 거 본 적 없어!"

"저도…… 저 마물에는 솔직히 겁이 나네요. 자꾸 오한이 들어요."

류에가 목소리를 낮추면서도 흥분해서 주장했고, 레이스도 얼굴이 창백했다.

그렇겠지. 적어도 지금 확인한 저 마물의 레벨은…….

“아캄 정도라면 압도할 수준으로 강해, 저 녀석.”

“그건 보통 일이 아니잖아? 어떡해, 싸워?”

“저기…… 그런 적과 제가 싸울 수 있을까요……?”

“레이스. 너는 이미 아캄을 뛰어넘었어. 내가 장담해.”

레이스를 격려했다. 그건 거짓말이 아니라 진실이었다. 레이스는 투기 대회와 서즈가르드의 싸움에서…… 이미 아캄의 레벨을 넘어섰다.

그리고 류에도 오래 오르지 않았던 레벨이 올라서 강해졌다.

이미 두 사람 다 나에게 버금가는, 어쩌면 뛰어넘을지도 모를 힘을 가졌다고 전했다.

“류에. 모든 힘을 다해서 이 주위에 결계를 쳐. 피해가 커지지 않게.”

“알았어. 카이 군, 전력을 다할 생각이지?”

“레이스는 내가 공격한 뒤에 적이 죽지 않으면 재생술로 마력을 흡수. 그리고 있는 힘껏 마무리해.”

“그럴게요.”

그리고 싸움을 시작하기 전에 혹시 몰라서 어떤 것을 시험해 봤다.

금기다. 미안하지만 이곳을 탈환하기 위해서는 수단을 가릴 생각은 없다.

【커스 기프트】 발동

대상자 기간트 랜드 드래곤 [생명력 극한 강화] 반전 부여

만약 통한다면 30초면 생명이 다한다.

비겁해도 좋다. 그럴 마음만 생기면 쳐다보기만 해도 상대를 죽일 수 있다. 하지만—.

"쳇…… 지속 대미지보다 자연 회복량이 훨씬 커."

아쉽지만 이 속도로는 HP를 깎아서 해치우기는 불가능하다.

역시 강대한 일격으로 한 번에 깎을 수밖에 없어 보인다.

【웨폰 어빌리티】

[멸룡검]

[빙제의 가호]

[절대 강자]

[모든 능력치 +20%]

[모든 능력치 +15%]

[크리티컬 확률 +15%]

[크리티컬 확률 +20%]

[주는 대미지 +15%]

[주는 대미지 +20%]

[어빌리티 효과 2배]

간단하게, 단순히 대미지만 늘리는 구성으로 바꿨다.

하지만 이렇게까지 해도 죽는다는 보장은 없었다.

믿어지지 않지만, 그냥 도시 안에 있기만 한 주제에 이 녀석은 플래시드 드래곤이나 칠성을 흡수한 펜넬조차 뛰어넘는 능력치를 가졌다.

거기에 더해 어이없는 회복력. 이건…… 더욱 신중을 기해야 할까.

"두 사람에게 가호를 내릴게. 저 용은…… 용신 다음갈 정도로 강해."

"뭐……? 아니, 이런 도시 안에만 있는 마물이?"

"믿어지지 않아요……. 정말로 이길 수 있을까요?"

【커스 기프트】

대상자 레이스 [극광의 치유] 부여

대상자 류에 [마력 극한 강화] 부여

대상자 카이본 [찬탈자의 증거(용)] 부여

【포스드 컬렉션】

대상자 기간트 랜드 드래곤 [대지의 수호] 찬탈

【스킬 배니시】

[대지의 수호] 삭제

"아…… 하나 지웠더니 두 개는 못 뺐네."

아무래도 상대가 가진 스킬을 모두 지울 수는 없는 모양이다.

그래도 방어력과 자연 회복을 깎았으니까 충분하고도 남을 성과다.

"좋아, 준비 완료. 한 번 더 정리할게. 시작하면 류에가 결계. 그리고 내가 최강의 일격을 선사한다. 그거면 최소한 다운될 테니까 레이스는 그사이에 마력 흡수. 류에는 일어나기 전에 용을 더 얼려서 발을 묶고, 거기서 레이스가 마무리. 마안으로 어느 정도 약한 부위도 보일 테니까 거길 노려."

"으, 응. 좀 긴장되지만…… 지금이라면 할 수 있을 거 같아."

"네. 이미 확인은 끝냈어요. 머리, 그리고 꼬리와 몸 사이에 있는 큰 돌기가 약점 같아요."

"류에, 그 부분은 얼리지 마. 다음에 저 용이 반대쪽을 돌아보면 작전 개시야."

긴장감이 팽팽해진다. 평소와는 다르다. 이곳에는 나뿐 아니라 류에와 레이스도 있다.

두 사람에게 무슨 일이 생기면……. 불안으로 내 발이 무거워진다.

하지만 동시에 『어떻게든 둘을 지킨다』는 마음이 가슴에 불을 붙였다.

그리고 천천히 용이 반대 방향을 향한 순간— 류에의 결계가 전개됐다.

순식간에 달려가서, 내게 휘둘러진 꼬리를 밟아서 가로등으로 뛰어오르고 한 번 더 높이 뛰었다.

검을 휘둘러 내 몸을 고속으로 회전시켜 그 기세를 살려 기술을 날렸다.

머리부터 목 아래가 크게 찢어지고 어마어마한 피가 광장에 흩뿌려졌다.

용은 움직일 때마다 격통이 퍼지는지 나를 보며 절규했다.

"쓰러지지 않나."

다시 달려가자 용은 목을 움직이지 않으려고 마구잡이로 앞다리를 휘둘렀다.

그중 하나를 검으로 막으면서 깊이 베어 다리 아래로 파고든다.

그리고 다른 쪽 앞다리에 검을 꽂고—.

"『번 스트라이크』."

얼마 없는 검을 사용한 속성 공격. 불이 작열하는 칼날에 왼쪽 앞다리가 파열하며 용의 거구가 쓰러졌다.

그리고 파열과 동시에 [빙제의 가호] 효과로 서서히 목과 앞다리가 얼어붙기 시작했다.

어디까지나 살얼음. 하지만 곧 거기에 힘을 실어주듯 주위에 퍼진 혈액이 얼며 용의 몸이 바닥에 묶었다.

"아직 멀었어어어!!! 얼어얼어얼어! 전부 얼어라!"

류에의 마도가 마침내 용의 체내까지 닿아 상처를 넘어

두 눈에서도 얼음 가시가 자라났고, 아울러 앞다리가 얼음 가시로 뒤덮였다.

몸을 움직이지 못하는 채 피해가 몸속으로 침투하나, 아직 체력은 떨어지지 않았는지 온몸을 격렬하게 진동해 얼음을 부수기 시작했다.

"한 번 더!"

전력으로 검을 올려치며 『천단(강마)』를 발동했다.

이어서 검을 내리치며 발생하는 참격을 날리기 전에 주먹으로 턱을 강하게 쳐올려 드러난 목의 상처로 기술을 시전했다.

가장 상처가 큰 목을 향한 집중 공격. 네가 아무리 거대해도 이건 좀 아플 거다.

마침내 고개를 땅에 떨어뜨린 용이 피를 콸콸 토해냈다.

거기에 다시 류에가 얼음 마도를 발동해 입을 완전히 피얼음으로 틀어막는다.

호흡이 막히고 온몸이 상처 난 상태에서 마지막 쐐기가 박힌다.

몸에서 검붉은 불길을 일으키는 레이스가 달려와서 머리에 온 힘을 실은 일격을 내리꽂았다.

살을 찢고 뼈를 부수는 소리와 함께 레이스의 팔이 완전히 머리로 들어가 버렸다.

"류에, 성마도로 구속! 레이스는 한 번 물러나서 마궁 준비! 아직 안 죽었어!"

검을 다시 상단으로 들고 머리를 계속 내리찍는 사이 류에가 구속을 발동했다.

거기에 레이스가 날린 붉은 광선이 수없이 온몸을 관통한 끝에, 겨우 멈췄다.

그리고— 완전히 용의 몸이 사라진 뒤 익숙한 소리가 머릿속에 울렸다.

"역시 이젠 예전처럼 레벨이 폭발적으로 오르지는 않는구나……."

그래도 한 번 전투로 레벨이 2나 올랐다. 그리고 류에도 무심코 머리를 감싸 쥘 정도로 레벨 업 반동을 받은 모양이었다. 그렇다면 레이스는……?

"아, 아파아파아파…… 아파요……. 머리가…… 깨질 거 같아요."

"하하…… 잠깐만 참아. 레벨 업 반동이니까."

확인해 보자 레이스는 지금 전투로 레벨이 21이나 올랐다.

……무시무시하군. 도시에 있는 보스 한 마리만으로 이렇게 질기다니.

앞으로 이와 동급인 개체가 몇 마리는 더 있다고 생각하니 전력이 부족하다는 생각이 들 정도였다.

"후우, 후우…… 카이 씨, 겨우, 멈췄어요……."

"레이스, 수고했어. 어려운 상대였지만, 정말로 잘 해줬어."

"나도 이렇게 주의력이 필요한 싸움은 오랜만이야. 카이 군도 익숙하지 않은 지휘하느라 수고했어."

"정말로 이겨서 다행이야. 그래도 강한 데 비해서…… 어빌리티도 드롭 아이템도 없군."

"그치! 나도 엄청 좋은 검이나 장신구라도 떨어뜨릴 줄 알았어!"

농담조로 억울해하는 류에를 보고 겨우 몸에서 힘이 빠졌다.

정말 강했다. 이게 지금 센트럴 타운을 둘러싼 환경이라면…… 앞으로 싸움은 장기전이 될 것 같다.

그때, 레이스가 아직 마안을 발동한 사실을 알아챘다.

"레이스, 뭔가 이상한 점이라도 있어?"

"아, 네. 용이 죽을 때 마력 흐름을 관찰했는데…… 저쪽 교회로 마력이 흘러드는 것처럼 보였어요. 어쩌면 교회를 지키던 게 아닐까요……?"

"흠, 교회를 경비해……? 여기에 뭐라도 있나?"

의심스러운 교회. 우리가 시작된 그리운 장소.

그곳의 문을 열자…… 상상도 하지 못한 광경이 눈에 들어왔다.

"뭐, 뭐야?! 나무뿌리……? 이래서는 안으로 들어가기도 힘들어!"

"이게 무슨…… 밀림 속도 아니고……. 어디서 뻗은 거지?"

"어, 으음…… 원래는 이런 곳이 아닌가 보죠……?"

성당이 나무뿌리로 뒤덮였다.

바닥만이 아니었다. 마치 거미집처럼 사방팔방으로 뻗은 뿌리가 의자나 가구 따위를 들어 올리고 온 공간에 들어찼다.

실내인데도 밀림 속처럼 칼로 식물을 쳐내며 제단으로 나아갔다.

"이 제단으로 내려와서 신부님과 대화한 뒤 우리의 모험이 시작됐어."

"나는 신부님 이야기도 안 듣고 그냥 밖으로 뛰쳐나갔지만!"

아, 그건 아마 내가 이벤트를 스킵해서 그럴 것이다. 류에 입장에서 보면 그런 상황이 되나. ……솔직히 두 번째 튜토리얼을 일일이 보기는…… 좀 그렇잖아?

"레이스 때는 밖으로 나온 순간 엘, 오잉크, 슌, 다리아까지 있었을 거야. 구냐는 공방에 틀어박혀 있었지만."

"구냐는 잘나가는 대장장이였으니까. 매일 바빴어."

"구냐 씨…… 그분이 마지막 동료, 맞죠?"

그래, 맞다. 그 녀석은 귀중한 생산직 중에서도 특히 수요가 많은 대장장이였다.

단조 숙련도가 굉장히 높고, 게임을 접기 전까지는 항상 로그인해 있어서 인기가 있었다.

그 반면, 장난기 섞인 장비를 만드는 일도 잦았지만.

"그나저나 이 뿌리는 뭐지……?"

"이 뿌리를 따라가면 안쪽으로 이어진 문이 있는데 거기는 들어가 본 적이 없어."

"음? 거기는…… 아마 고해소인가 뭔가야. 나도 들어간 적은 없어."

정확히는 침입 불가 지역. 단순한 배경일 뿐 실제로는 들어갈 수 없는 장소. 하지만 이 세계에 그런 침입 불가 지역은 존재하지 않는다.

류에는 아무렇지 않게 문을 열고 안으로 한 걸음 내디뎠다.

"여기는 더 꽉 찼어……. 다행히 벌레나 이상한 생물은 없어 보이지만."

거목이 사라진 도시. 봉인된 교회. 그 안에 들어찬 나무뿌리. 뭔지는 몰라도 연결된 느낌이 들었다.

뿌리를 헤치며 복도를 나아가다가 지하로 이어진 계단이 나왔다.

그곳을 내려가자 이번에는 마치 땅속처럼 흙벽으로 이루어진 지하도가 있었다.

"왜일까…… 온몸이 간질간질한 이상한 기분이야."

"저도예요……. 뭘까요? 이 앞에 뭔가 있는 걸까요?"

"슬슬 짜증 나는군……. 둘 다 내 뒤로 와. 한 번에 길을 뚫을게."

어느샌가 나무뿌리가 시커멓게 변했고, 조금씩 꾸물거리는 것처럼도 보였다.

그 기분 나쁜 뿌리를 단번에 제거하자 제일 안쪽에 화려한 문이 보였다.

“후…… 문 연다?”

“탐색으로 이렇게 두근거리는 게 몇백 년 만인가 몰라! 보물이 나올까?!”

“하하하, 확실히 던전 공략 같기는 해.”

“정말로 두근거리네요. 이런 곳에 있다면 신성한 물건일까요?”

문을 열었다. 안쪽은 나무뿌리의 침범을 받지 않은 듯했다.

그곳에는 위층에 있던 제단과 비슷한 물건이 있었고 그 위에는—.

“앗, 커다란 견과류야, 카이 군.”

“정말이네요. 아몬드와 흡사한데…… 엄청 커요.”

“보물은 아니지만…… 혹시 먹으면 강해지나? 쪼개서 먹어 볼까!”

“잠까아아안! 둘 다 난데없이 먹으려고 하지 마! 일단 조사할 시간을 줘.”

흥분이 최고조에 달했는지, 어깨춤을 추며 망치와 조리 도구를 꺼내는 두 사람을 기겁하며 말렸다. 류에는 몰라도 레이스까지…….

“이거로 행인두부라도 만들면…… 아, 아니야. 아이템 박스에 한 번 넣어서…….”

“행인두부가 뭐야? 만들어줘.”

"두부라면 전에 먹었죠. 달지 않은 바바루아예요. 저는 잘 모를 맛이었지만, 간장을 뿌리면 맛이 확 살아나요."

"둘 다 잠시만 먹는다는 생각에서 벗어나 줄래? 조사부터 해 볼 테니……까……."

……뭐야. 이런 곳에서 보게 될 줄이야.

"하하…… 이렇게 가까운 곳에 있었나. 게임에서는 못 가는 곳에? 장난이 심하네."

"응? 카이 군, 왜 그래? 이상한 얼굴로."

"아는 물건이었나요?"

"처음 봤어……. 그래도 알아."

아이템 박스에서 이 커다란 견과류…… 아니, 씨앗을 꺼냈다.

"이거, 내가 맡아 둬도 될까?"

"으, 응…… 그래도 혼자서 먹으면 안 된다?"

"카이 씨, 왜 그러세요……? 그게…… 대체 뭔데 그래요?"

아이템 박스에 다시 넣고 그곳에 표시된 이름을 봤다.

이걸 두 사람에게 보여줘도 아무것도 느끼는 바가 없겠지. 왜냐면 모르니까.

하지만 나는 안다. ……아니, 우리 플레이어는 안다.

"이 아이템의 이름은……『그란디아 시드』야."

그렇다…… 게임의 제목이며 마지막까지 관련된 물건이 발견되지 않은 존재.

어쩌면 모든 플레이어가 찾아 헤맸다고 말해도 될 아이템이었다.

"그란디아 시드……? 그게 뭐 하는 물건이야? 먹을 수 있어?"

"혹시…… 심으면 효과를 발휘하나요?"

"아하! 거기서 열리는 열매가 엄청난 보물이구나! 어디에 심어 보자!"

"어, 어어…… 그래. 나도 심는 편이 좋다고 생각해……."

소실된 거목. 만약 이 씨앗이 그 나무와 관련이 있다면…….

한때 거목이 있던 곳에 이것을 심는 게 옳다…… 그런 생각이 들었다.

……이건 예상이 아니다. 단순한 감. 게이머의 감이다.

그리고 이 씨앗을 잃고 주변의 뿌리는 활동을 멈춘 것처럼 보였다.

그렇다면…… 우리가 이걸 심으면 무슨 일이 벌어질까?

"그러고 보니 신계에는 거목이 없으면 못 가지. 설마……."

"설마 카이 군, 신계에 갈 생각이야?"

"응. 만약…… 마지막 칠성이 있다면 그곳이 아닐까 해서."

"마지막 칠성…… 악성 마력을 얼마나 빨아들였을지……."

"반대 아니야? 마력은 거기까지 못 가. 오히려 격리돼서 약해졌을지도 몰라."

교회를 나와서 거목이 있던 장소, 도시 중앙으로 갔다.

도중에 큰 마물을 만났지만, 방금 싸운 용과 비교하면 너무 약했다.

아니, 충분히 강했지만, 잔뜩 긴장한 것에 비하면 맥이 빠지는 싸움이었다.

역시 그 교회를 지키는 특별한 마물이었나?

"점점 도시가 황폐해져. 중앙에서 거목을 베어 버렸다고 했지?"

"슬프네요. 저나 류에 같은 인간이…… 많이 죽었다고 생각하니까."

"그런 셈이지. 이 부근은 팀의 홈이나 개인 거주지가 있는 구역이었어. 아마 다들 여기서 깨어나서 여기서 살았을 거야. 그래서 알력이 생겼겠지……."

곧 눈에 들어온 곳은 게임 시절보다 훨씬 넓은 거주 구역이었다.

많은 저택과 집이 늘어섰지만, 그것들 모두…… 원형이 남아 있지 않았다.

마치 분쟁 지역의 도시 같았다. 황폐해진 거리는 걷기만 해도 가슴이 죄였다.

"조금만 더 가면 돼. 저 구역 중앙에 거목이 있고……."

"응. 그리고 그 바로 옆에…… 우리 집이 있었어."

"우리……? 혹시 다른 동료들과 함께 지냈나요?"

"맞아. 구역의 한복판이었으니까. 저택을 지을 때 이 땅을 따낸 팀 마스터…… 구냐한테 다들 감사했었어. 누가 뭐래도 주변에 과시할 수 있거든."

"아하하, 그랬지! 다들 우리 집 앞을 지나갈 수밖에 없어. 그래서 최대한 호화롭게 지어서 엄청나게 자랑했었어."

"……몇몇 사람은 내가 있다는 이유로 거길 짝퉁 악마성, 『짭마성』이라고 불렀지."

정말이지 무례한 녀석들이다. 언젠가 만나면 두두두두두두에[#2] 형벌에 처해야지.

"이 근처가 세계수가 있던 광장이야. 지금은 완전히 초토화됐군."

"심각하네……. 내가 정화해 볼게."

"그래요. 이래서는 식물도 못 자라요."

류에가 검을 들고 『디스펠 어스』를 발동하자 검붉게 변색한 흙과 말라 죽은 거목 일부가 모두 모래로 변했고, 거기서 더 분해되어 깨끗한 흙이 되었다.

그리고 땅에서 작은 싹이 올라오는 것을 보고 류에가 숨을 내쉬었다.

"후우…… 아마 누가 여기에 많은 시체를 묻었을 거야. 많이…… 오염됐어. 그래도 악의는 느껴지지 않아. 아마도…… 누가 명복을 빌어줬겠지."

"그렇군……. 그럼 이 씨앗을 심어 볼게."

#2 두두두두두두에 게임 『악마성 드라큘라』 시리즈에서 점프 킥을 연발하는 소리. 스피드런에서 이용된 이후 하나의 밈으로 자리 잡았다.

"응, 괜찮을 거야. 후후, 어떻게 보면 밑에 있는 건 다 거름이니까!"

"류에, 고인한테 그런 말 하면 못써요!"

류에의 블랙 유머가 은근히 웃겨서 웃음을 참으며 씨앗을 심었다.

뭐, 지금 이걸 심는다고 당장 싹이 트지는 않겠지.

하지만— 그 직후, 다시 익숙한 소리가 머릿속에 울렸다.

[시스템]

그란디아 시드를 대지로 되돌려주어 세상의 섭리와의 접속이 회복됩니다.

홈을 이용할 수 있습니다.

팀 커맨드를 이용할 수 있습니다.

공유 창고를 이용할 수 있습니다.

"진짜야……?"

"응? 왜 그래? 설마 벌써 싹이 나왔어?"

"그건 아닌 거 같네요. 카이 씨……?"

나는 떨리는 손으로 메뉴 화면을 조작했다.

그리고 거기 나온 항목에 무심코 심장이 멎을 만큼 놀랐다.

텔레포 발동 가능한 멤버 목록

Daria 현재 지역: 서디스 대륙 서즈가르드

Syun 현재 지역: 서디스 대륙 서즈가르드

Oink 현재 지역: 세미피나르 대륙 아기다르

El 현재 지역: 세컨더리아 대륙 메일런트 제국

Ryue 현재 지역: 퍼스트리아 대륙 센트럴 타운

Raith 현재 지역: 퍼스트리아 대륙 센트럴 타운

Kaivon 현재 지역: 퍼스트리아 대륙 센트럴 타운

Gu-Nya 발동 불가

NAME
Daria
Syun
Oink
El
Ryue
Raith
Kaivon
Gu-Nya

3장 란란(도) 왔어~!

이건…… 설마 정말로 떨어진 동료를 소환할 수 있다는 말인가?

게다가 메일을 보낼 수도 있지 않을까?

하지만…… 그보다 가장 신경 쓰이는 말, 표기가 있었다.

Gu-Nya…… 발동 불가

이거다. 이건…… 무슨 뜻이지?

"너는…… 이 세계에 안 왔어? 아니면 이미……."

"카이 군, 왜 그러는 거야? 그렇게 땅만 봐도 아직 싹은 안 나왔어."

"뭔가 마음에 걸리는 점이 있으신가요?"

"아니, 그냥 좀."

우선 한숨 돌릴 곳으로 이동해야겠다.

이곳도 안전하지는 않았다. 실제로 지금도 멀리서 마물 그림자가 보였다.

"기왕 온 김에 우리 집도 가 보자. 무사하지는 않겠지만……."

"그래요. 흔적만이라도…… 보고 싶어요."

"좋아. 가 볼까?"

방금 홈 기능이 해금됐다고 나왔다. 설마 무사한가?

본래 홈은 시스템으로 보호되는 구역이지만…… 보다시피 주변 건물은 죄다 파괴됐다.

그래도 만약 우리가 존재한다는 이유로 시스템이 우리 저택만 지켜줬다면? 좌우지간 우리의 홈, 노른자 땅에 세운 저택으로 향했다.

우리 꿀돼지가 재력을 아낌없이 투자해 다양한 설비를 도입했었지…….

사실 따지고 보면 순수한 수익은 꿀돼지보다 슌이나 엘이 훨씬 많았다. 그래서 다들 많은 돈을 쏟아 부었다.

그 결과, 방대한 예산으로 등급을 높이고 또 높여 성이나 다름없는 규모가 된 우리의 집.

"그립군……. 아직 남아 있을까, 형태만이라도."

"그러면 좋겠다. 그리고 『알버트 씨』 묘지만이라도 만들어 주고 싶어."

"응? 그게 누구야?"

"그분도 동료인가요?"

"어라? 카이 군, 기억 안 나?"

누구야? 설마 게임에서는 인식하지 못한 사람이 있나?

"그 왜, 문지기 해주던 사람 있잖아. 포션 나눠주던 병사 아저씨."

"아, 아아~! 알아알아알아. 그 사람! 기억하지, 기억해."

그렇게 생각했는데 문지기 NPC 얘기였다.

일단 그 사람도 저택 설비 취급이고, 일정 기간마다 포션을 보급해줬다.

오잉크가 분위기가 산다는 이유로 도입한 설비였던가?

그밖에도 슌의 요청으로 전투 연습용 나무 인형을 놓기도 하고, 구냐의 요청으로 간이 공방을 건설하기도 했다. 정원 레이아웃은 엘과 다리아가 솔선해서 꾸몄지.

나? 나야 뭐, 항상 싸돌아다니면서 싸우기 바빠서…….

"앗! 카이 군, 레이스! 누가 있어!"

"응? 설마 정말로 사람이 있나?"

어렴풋한 기억을 되새기는데 류에가 갑자기 큰 소리로 외쳤다.

설마 마을 소년에게 들은 사람인가 싶어서 서둘러 그 인물에게 달려갔다.

그러자 전신 갑옷을 입은 인물이 배회 중인 고블린과 싸우는 중이었다.

"이거…… 이미 거의 다 잡았군."

"으음…… 정말로 아직 싸울 수 있는 사람이 있다니……."

우리가 다가가자 새로운 적이라고 생각했는지 그 인물이

우리에게로 칼을 돌렸다.

"누구십니까? 이런 위험한 곳에 사람이 있다니…… 목숨이 아깝거든 떠나십시오."

"걱정하지 마세요. 저희도 마물을 해치우면서 여기까지 왔습니다. 사실 이 저택에 볼일이 있어서요."

이 인물이 싸우던 곳은 우리 저택 코앞이었다.

게임 시절보다 현실감과 크기는 늘었지만, 저택은 변함없이 이곳을 지키고 있었다.

"와아…… 남아 있어! 그대로 남아 있어!"

"이, 이건…… 이런 멋진 저택에 사셨어요?!"

"자, 잠깐! 너희는 누구냐! 이곳은 열리지 않는 저택이다. 누구도 이 문을 열 수는—."

"열었어~!"

"왜 열려?! 잠깐, 기다려라! 이곳은 내가 대대로—."

"류에……, 기쁜 마음은 이해하지만, 이 사람 이야기도 좀 들어줄래?"

"그, 그래! 대체 어떻게 연 거야…… 나 참."

갑옷을 입었지만, 목소리로 보아 여성 같았다.

우선 우리가 어떤 목적으로 이곳에 왔는지부터 설명했다.

"살아남은 고대 주민? 무슨 뚱딴지같은 소리를……."

"사실이야. 여기는 옛~날 옛적에 우리 집이었어."

"이번에는 당신 이야기를 들려주세요. 여기서 사람을 봤다는 소문이 있던데, 그게 당신인가요? 당신이야말로 이런 곳에서 뭘 하고 있죠?"

보아하니 플레이어 같지는 않았다. 갑옷도 원래 관상용으로 성능보다 디자인을 중시해 빈말로도 실전에 쓸 만한 물건은 아니었다.

하지만…… 그녀는 이 도시에 사는 고블린 상위종을 물리쳐 보였다.

그녀도 고대 민족의 혈통을 이은 자일까?

"이건 내 일과다. 대대로 이 저택을 지키고 있지. 이곳은 다른 저택과 달리 유일하게 남은 장소. 분명히 특별한 가호가 있기 때문이다."

"대대로? 혹시…… 있잖아, 포션 좀 나눠주지 않을래?"

"뜬금없이 뭐야……? 그래도 남는 포션이라면 있지. 마셔라."

……아니, 이건 우연이겠지? 이 확인 방법은 좀 아니라고 보는데요?

"응! 이 맛, 틀림없어! 알버트 씨 포션이야! 이 조금 알싸하면서 졸음 방지 효과가 있는 맛! 알버트 포션이 확실해!"

"그, 그런가요? 저는 몰라서 도움이 못 되겠네요……."

게임에서 먹은 포션 맛을 내가 알 리가 있나.

다만, 홈에서 받는 포션은 보통 포션보다 회복 효과가 뛰어났던 것으로 기억한다.

……상인 정신 투철한 꿀돼지가 그걸 빼돌려서 팔았었지.

"알버트라고? 어떻게 그 이름을?"

"실례지만, 이름을 알려주실래요?"

"레티시아 시구르트 알버트. 우리 가명(家名)을 아는 당신이야말로 누구지?"

"나는 류에야. 아까도 말했지만, 나는 이 집에서 살았다니까?"

그러자 레티시아는 어떤 오래된 수첩을 꺼내고는 열심히 넘겼다.

꽤 낡은 물건인데 뭐라고 쓰여 있을까.

"매일 빠지지 않고 포션을 받으러 오는 성기사…… 류에라고?"

"아, 맞아맞아! 내가 성기사 류에야. 이제 믿을 수 있어?"

그러면서 류에가 자신만만하게 성기사 장비를 입고 검을 들어 보였다.

류에, 여기 온 뒤로 굉장히 들뜬 모양이다…….

"아이템 박스?! 정말로 고대 민족인가!"

"아, 이걸 보여주는 편이 빨랐나? 이제는 믿었지? 너는 알버트 씨 손자의 손자의 손자의 손자…… 후예라고 봐도 될까?"

드디어 믿을 만한 증거를 얻었는지, 그녀는 어안이 벙벙한 채 우리를 바라봤다.

……사실 투구를 써서 표정은 안 보이지만.

"저, 정말로 이 저택의 주인……인가?"

"정확하게는 우리 동료 모두의 저택이야. 그나저나…… 대대로 지켜주고 있었구나."

그녀가 고블린과 싸운 이유도 이해했다.

알버트라는 경비병 NPC는 거목에서 마물이 쏟아지는 정기적 이벤트에서 전투를 보조해주는 전투용 NPC이기도 했다.

그렇다면 그 후에도 다른 주민과 달리 싸울 힘이 있으리라.

"이렇게…… 이렇게 기쁜 날이 있을까……. 일족의 숙원이 마침내 이루어졌는가!"

"응, 맞아! 고마워, 우리가 없는 동안 쭉 지켜줘서."

"아뇨! 이건 수련이기도 합니다. 감사라니, 당치도 않습니다."

"그래도 고마워. 어쩌면 이곳도 마물에게 파괴됐을지도 몰라. 너랑 너희 조상님들에게 감사해야겠어. 지금까지 정말로 고마워."

그렇게 말하자 여전히 표정은 보이지 않지만, 그녀가 몸을 바르르 떨더니 쌩하니 달려갔다.

"저는 앞으로도 여기에 와도 괜찮을까요! 제 삶의 보람입니다! 오늘은 이 일을 집안사람에게 전해야 하지만, 내일 또 와도 될까요!"

"물론이지~! 조심해서 가~! 마물도 주의하고~!"

"네! 그럼 내일 뵙죠!"

그러고는 모여든 고블린을 날려 버리며 달려갔다.

……생각해 보면 NPC도 불사 속성이 있거나 엄청나게

HP가 높아서 웬만한 플레이어보다 강한 경우가 있었지…….

"그런 사정이 있었대. 다행이야, 알버트 씨는 고독하게 남겨지지 않았어. 저런 활기찬 자손이 있는 거 보면 말이야."

"굉장히 기운이 넘치는 분이시네요……. 그래도 몇 대에 걸쳐 지켜주다니, 고마운 분들이에요."

"그러게. ……아차, 이야기를 더 들었어야 했는데. 자세한 이야기는 내일 들어야겠군."

어쨌든 나는 기억과 똑같은 저택의 문을 천천히 열고 안으로 들어갔다.

저택 안은 오랜 세월 사람의 손을 타지 않았는데 특유의 먼지 냄새도 나지 않고, 그저 주인이 돌아오기를 기다린 것처럼 평범한 냄새가 났다.

이 저택만 노후화도 파괴도 되지 않고 남은 것을 보면 모종의 힘이 작용해서 시간을 멈췄는지도 모른다. 우리만 이 세계에 남겨진 것처럼.

저택이라고 해도 일반적인 귀족 저택과는 달랐다. 어디까지나 외부 장식이 그럴 뿐이고 인테리어는 게임 시절 그대로, 쉽게 말하면 오로지 편리성에 중점을 뒀다.

문을 열고 처음 우리를 맞이하는 것은 현관홀이 아니라 단순한 휴게실, 멤버가 모여서 떠드는 방이었다. 그 광경을 처음 본 레이스가 의아한 표정을 지었다.

"신기한 저택이네요……. 처음 보는 장식품…… 신예기 물건인가요?"

"응. 여기 있는 장식품은 대부분 우리가 모험을 떠나서 찾은 물건이야. 봐, 저기에 초롱이라는 빨간 조명이 있지? 저건 오잉크가 달아 놓은 거야. 돼지 그림이 있다는 이유로."

"실제로 보니까 난잡하기 짝이 없군……."

저택 안을 돌아보자 팀 멤버는 물론이고 부캐를 위한 방까지 마련되어 있었다.

게임에서는 계정마다 방이 배정됐는데 이 세계에서는 이런 형태로 구현됐나.

"제, 제 이름까지 있어요……. 기분이 이상하네요."

"내 방은…… 여전히 침대밖에 없어!"

"아마 레이스도 그럴 거야. 이건 내가 방을 거의 꾸미지 않은 탓이겠지."

"그랬구나…… 당시에는 그다지 관심이 없었지만, 지금은 이것저것 두고 싶어."

"그거 좋네요. 저는…… 이 선반에 책이나 술을 넣고 싶어요."

신기한 기분이었다. 하지만 언젠가 여기서 살 수 있게 되어서 마음대로 자기 방을 꾸민다면 그건 무척…… 무척 멋진 일일 것이다.

"그럼…… 둘 다 잠시만 기다려줄래? 사실…… 아까 씨앗을 심었을 때 이상한 메시지가 메뉴 화면에 나왔어. 한 번 시험해 볼게."

"응? 나는 아무것도 못 봤는데……."

"저도 메시지 같은 건 안 나왔어요."

"『팀』이라는 항목이 회색에서 흰색으로 바뀌지 않았어?"

"앗! 정말로 변했어! 우와……! 애들이 어디 있는지 나와!"

"어머…… 이런 편리한 기능이 있었나요?"

"그게 전부가 아니야. 어쩌면…… 또 편지를 보낼 수 있을지 몰라. 시험할 테니까 두 사람은 가만히 기다려줄래?"

만약 메일을 보낼 수 있다면. 심지어 『텔레포』를 쓸 수 있다면.

이곳에…… 멤버를 모두 집결시킬 수도 있지 않을까.

From: Kaivon

To: Oink, Daria, Syun, El, Gu-Nya

제목: 즉시 확인 바람

팀 커맨드가 부활했을 가능성 있음.

텔레포로 홈 귀환이 가능한지 시험해줘.

모두에게 같은 내용의 메일을 보냈다.

『텔레포』라는 마법은 자신의 현재 위치에서 홈, 바로 이 저택으로 순간 이동하는 팀 멤버 전용 마법이다.

전송을 시작하면 자신이 원래 있던 곳에도 마커가 남으므로 당연히 저택에서 돌아가기도 가능한데, 여기에는 다른 사용법도 있다.

예를 들면 내가 엔드레시아에서 홈으로 이동한다. 그리고 오잉크가 세미피나르에서 홈으로 이동했다고 가정하자. 그러면 서로가 사용한 텔레포 게이트를 써서 오잉크가 엔드레시아로 갈 수도 있다.

자유롭게 행선지를 정할 수 있는 마법은 아니지만, 단기간에 이곳저곳으로 갈 수는 있다.

이 방법을 이용해서 나는 그란디아 시드 서비스 종료 직전에 모든 레이드 보스인 각지의 칠성을 격파했었지. 보스랑 싸우기 전에 마라톤을 뛰는 기분이었다.

"……과연 어떻게 될까……."

"카이 군, 무서운 표정 짓고 왜 그래?"

"사실…… 텔레포를 쓸 수 있는지 실험 중이야."

"텔레포가 뭐야?"

"어? 류에, 몰라?"

설마 이건 플레이어에게만 주어지는 기억, 지식인가?

하지만 방금 시스템 메시지에 따르면 사용할 수 있을 것이다.

그로부터 몇 분 후. 메뉴 화면에서 오랜만에 메일 수신음이 울렸다.

그것도 네 번 연속으로. 어떻게 이렇게 타이밍을 잘 맞추지?

From: Oink

To: Kaivon

제목: 나와

(´·ω·`)메일이 왔다는 건 지금 근처에 있는 뜻이지?! 어디예요 당장 나와요!

From: Daria

To: Kaivon

제목: 어떻게 된 일인지

메일을 쓸 수 있는 건 알았지만, 설마 원거리에서 보내는 건가요?

From: Syun

To: Kaivon

제목: 이하동문

이하동문. 지금 다리아와 줄리아랑 밥 먹고 있어. 콜라 제조법 남기고 간 건 굿 잡.

From: El

To: Kaivon

제목: 뭐야?!

정말?! 메일 기능 살아 있었어?! 나 지금까지 한 번도 안

썼는데!

돌아온 메일 내용에 무심코 피식 웃었다. 하지만…… 구냐에게서는 돌아오지 않았다. 너는…… 역시 죽은 거야?

"1단계 성공. 이제는 이쪽으로 올 수 있느냐가 관건인데……."

"메, 메일이 보내져?! 나, 나도 써도 돼?!"

"조금만 더, 조금만 더 기다려줘."

"으으……."

아마도 다들 바쁠 것이다. 자기 마음대로 빠져나올 수 있는 입장도 아니다.

그렇다면 조금 더 저택에서 시간을 보내자. 그렇게 생각한 그때였다.

아래층에 있는 휴게실에서 큰 목소리가 들렸다.

"우와! 진짜 추억이다! 정말로 와졌어!"

"어?! 엘 목소리다!"

"엘 씨?! 어떻게?!"

"하하……, 성공한 모양이군."

계단을 급히 내려가자 드레스 차림인 엘이 놀라울 만큼…… 덜떨어진 표정이라고 해야 하나, 입을 떡 벌린 상태로 휴게실을 뛰어다니고 있었다.

"엘! 여긴 어떻게 왔어?!"

"아, 류에. 이게 어떻게 된 일이야?! 갑자기 메일도 되고,

여기도 올 수 있고! 뭐야, 카이 씨가 정말로 퍼스트리아에 온 거야?!"

"하하하…… 복장을 보니까 무사히 나라로 돌아갔나 보네?"

"아, 응. 오늘은 손님이 와서…… 아니, 그런 것보다 상황부터 설명해!"

혼란에 빠진 엘에게 이별 후 지금까지 있었던 사건을 간결하게 설명했다.

내가 찾은 그란디아 시드라는 아이템. 그것을 심자 생긴 효과.

그것들을 모두 이야기한 뒤, 엘은 소파에 앉으며 머리를 감싸 쥐었다.

"미안, 내 머리로는 못 따라가겠어……. 이건 세계가 본래 모습으로 돌아가고 있다는 뜻이야?"

"그럴지도. 혹시 이 대륙, 세계도 원래대로 돌아가려나?"

"이건 세계의 중대사야. 전쟁이 끝났나 했더니 이번에는 이런 일이……."

"그런데 빠져나와도 괜찮아? 나랏일로 누구 만나는 거 아니었어?"

"맞아. 그래도 오늘은 벌써 끝났어. 평소처럼 탑에 틀어박혔던 참이야."

"그렇다면 다행이고. 참고로 같은 메일을 다른 멤버한테도 보냈으니까 올지도 몰라."

그렇게 말하자 세 사람이 입을 모아서 『정말?!』이라고 기쁘게 소리치는 것이 재미있었다.

그리고 셋이 함께 빨리 준비하자며 다과를 차리기 시작했다.

“잠깐 밖에 나가도 돼? 도시가 어떻게 됐는지 보고 싶어.”

“방금도 설명했지만, 상태가 말이 아니야. 마물도 배회하니까 레벨 1로는 위험해.”

“으음, 그것도 그런가. 에휴, 역시 조금이라도 단련을 할 걸 그랬어.”

“다들 모이면 파워 레벨링이라도 할까? 여기 상당히 강한 마물이 돌아다녀. 꿀돼지라면 경험치 업 효과가 달린 장비도 있을 테니까 부탁해 봐.”

“그것도 좋겠네. 후후, 기대돼. 다들 실제로 보면 어떤 느낌일까?”

엘은 우리와 만날 때까지 쭉 혼자였다.

오잉크와도 다리아와도 슌과도 만나지 못하고 지냈다.

류에와 레이스처럼 이 녀석도 고독 속에서 살았는지 모른다.

“후아암…… 방에서 눈 좀 붙이고 와도 돼? 오늘 아침부터 바빠서…….”

“방으로 가신다면 안내해드릴게요. 2층이에요.”

“응. 고마워, 레이스. 정말로 저택이 이렇게 넓다는 게 놀라워.”

“그래, 쉬다 와. 만약 애들이 모이면 깨울 테니까.”

엘을 보내고 곰곰이 감정을 되새겼다. 그립다고. 정말로 돌아왔다고.

"놀랐어요……. 먼 곳에 있는 사람이 순식간에 나타나다니."

"방금도 설명한 대로 여러 조건이 필요해. 다만, 적어도 지금 단계에서는 오잉크나 슌이 있는 대륙으로도 눈 깜짝할 사이에 갈 수 있어."

"그래도 엔드레시아에는 못 가지? 내 집이 어떻게 됐는지 조만간 보러 가야겠어……."

"전부 끝나면 한 번 그 숲으로 돌아갈까?"

"응, 그러자. 레이스에게도 안내하고 싶어, 우리가 지내던 숲을."

"네, 꼭 가요. 전부 끝나면 반드시."

그곳에 셋이 함께 돌아가는 것은 확실히 기대된다.

화기애애한 분위기에 싸여 마음이 훈훈해진 그때, 주저하는 목소리가 들렸다.

"분위기 좋은데 미안하지만…… 무사히 도착했어, 카이본."

"으어! 슌이냐! 혼자야?"

"그래. 다리아는 밤까지 시간을 못 내서 확인차 혼자 왔어. 검증도 해 봤지만, 줄리아는 텔레포 게이트가 안 보인다고 해. 멤버 한정인가 봐."

"여전히 빈틈이 없군. 그럼…… 현재 상황을 설명할게."

슌이 살짝 어색한 얼굴로 입구 앞에 섰다.

"슌! 굉장해, 서디스에서도 올 수 있구나!"

"세 사람 다 잘 지내는 것 같아서 다행이야. 이야기는 대강 들었지만…… 이걸 어떻게 해석해야 할까. 지금 상황, 마치 누가 접대하는 느낌이 드는데."

"그렇지? 사라진 대수와 그란디아 시드. 그리고 이 타이밍에 우리가 모이는 조건을 갖춘다……. 나도 어떤 의도가 느껴진다고 생각했어."

분석반처럼 뭔가 새로운 요소가 나올 때마다 공략에 힘을 쏟던 슌이 합류하여 현재 상황을 더 냉정하게 볼 수 있었다.

슌의 말대로 지금 상황은 작위적이랄까, 뭔가 큰 흐름의 일부라는 생각이 들었다.

"네 이야기가 맞으면 남은 칠성은 하나. 그리고 천재지변이 일어나서 격리된 우리 세계가 마지막 대륙이고, 신계로 가는 유일한 길이 사라졌어. 그리고 그 실마리를 잡은 결과…… 세계를 묶던 자물쇠가 풀리고 팀 기능이 부활. 이건 거의—."

"누가 말하는 거겠죠. 우리에게 모든 일의 결판을 지으라고. 뭐, 사실 중간부터 들어서 무슨 이야기인지 잘 모르지만요. 안녕하세요, 여러분."

"……! 아, 너였어? 역시 그 모습은 안 익숙해, 오잉크."

슌의 고찰을 보강하며 끼어든 사람은 또 어느샌가 나타난 우리의 꿀돼지, 오잉크였다.

그 모습을 본 순간, 류에가 쏜살같이 달려와 오잉크에게 안겼다.

"오잉크다!"

"아이코…… 후후후, 류에도 오랜만이네요."

"후후, 아니야, 오잉크. 내가 꽉 안으면 오호~! 라고 해야지."

"그랬죠. 오호~!"

"오잉크. 이렇게 만나는 게 얼마 만이지? 힘든 일 많았지?"

"네, 본본도 오랜만이에요. 저한테도 처음부터 설명해주실래요?"

기왕 만난 김에 이번 일뿐 아니라 모든 것을 이야기했다.

오잉크와 헤어지고 세미피나르 대륙을 여행한 뒤 지금까지 이르는 이야기를.

"엘이 지금 2층에서 자고 있군요……. 빨리 만나 보고 싶네요."

"아, 맞아. 다리아가 아직 안 왔지만, 먼저 깨울까?"

"아뇨. 엘도 지금 무척 힘든 시기일 거예요. 조금만 더 자게 둬요."

"카이본. 이 저택 훈련장은 살아 있어? 나중에 대련이나 하자."

"그거 좋지. 전부 모이면 현재 전투력을 확인해 두고 싶어."

"꿈만 같아. 다 같이 이 집에 모이는 날이 오다니……."

과거의 거점으로 잇따라서 동료들이 집결했다.

그건 분명히 우리가 곧 무언가에 맞서야 하는 운명이기

때문이리라.

……옛날과는 정반대다. 혼자 칠성에게 덤비고 혼자 신을 꺾었던 그때와는.

"드디어……, 시작이겠지."

"그래. 그 전에 카이본, 하나 묻고 싶은데…… 구냐와는 연락됐어?"

"아, 맞아요. 그 사람은 어떻게 됐나요?"

"그 녀석만 팀 커맨드로 위치가 확인이 안 돼. 어쩌면……."

위치가 표시되지 않는 마지막 한 명.

생각할 수 있는 가능성은 이미 죽었거나 아직 이 세계에 오지 않았거나.

적어도 그 녀석은 부캐도 키우지 않았다. 엘처럼 일시적으로 이 세계에서 사라졌을 리도 없다.

그 사실을 전하자 역시 오잉크는 표정을 슬프게 일그러뜨렸다.

"아쉽네요. 모두가 모인다는 의미에서도…… 전투력 측면에서도."

"그렇지. 그 녀석이 있으면 장비 걱정은 없으니까."

"다행히 우리에게는 꿀돼지가 있어. 보나 마나 산더미처럼 축적해 놨겠지?"

"뭐, 그럭저럭 있죠."

"거기다 좋은 소식이 있어. 도시에 있는 잔챙이가 꽤 좋은 장비를 떨어뜨려."

"오, 진짜 희소식이군. 그럼 투기장은 어때? 거기도 뭔가 있을 법한데."

"오호라. 그래, 전부 모이면 향후 활동 방침을 정하는 편이 좋겠어. 슌, 다리아는 오려면 아직 시간이 걸리지?"

그립다. 팀 멤버끼리 레이드를 가거나 대항전을 하기 전의 분위기다.

전투력 부족은…… 이미 해소됐다고 봐도 무방하다.

그렇게 당분간 서로의 근황을 보고하고 어느 정도 전력 확인을 마친 뒤 해가 기울어갈 무렵. 드디어 최후의 한 사람, 다리아가 나타났다.

"이건…… 정말로 총집결이라고 봐도 될까요?"

"늦었네, 다리아. 줄리아는 뭐 해?"

"당신이 사라진 뒤로 돌아오지 않는다고 창백해져서 저를 찾아왔어요."

"으…… 그래? 하긴 그런가."

여전히 성녀님이었다. 그리고— 어떻게 보면 오잉크와 벽을 쌓은 인물이기도 했다.

과거 오잉크의 부탁을 내친 사람은 『히사시』가 아니라 지금 이 다리아니까.

변해 버릴 자신을 대신해 히사시라는 인격을 만든 자.

그리고…… 부탁을 거절하지 못하는 히사시를 대신해 오

잉크와 손을 끊은 자.

"오랜만이에요……, 오잉크."

"다리아…… 많이 변하셨다…… 이렇게 말해야 할까요?"

"그게…… 오잉크, 나도 설명할—."

"아뇨, 카이본. 이건 제가 설명할 일이에요."

다리아가 나를 제지하고 자기 입으로 변해 버린 자신과 스스로 만든 과거의 자신, 히사시의 인격에 관해 이야기했다.

"저는 제 의지로 당신을 거절했어요. 그건 정말로 죄송하게 생각해요. 하지만…… 그게 틀린 선택이었다고는 말할 수 없어요. 다만…… 당신의 심정을 고려했어야 했어요."

"저도 지금은 누군가를 대표하는 입장이에요. 지금이라면 아주 잘 알죠. 얼마나 내가 경솔했는지. 당신을 괜한 근심을 안긴 모양이네요, 다리아."

다리아의 작은 손을 오잉크가 살며시 잡았다.

이해하는 것이 당연하다. 너희는 본질적으로 닮았으니까. 동료를 누구보다 생각하고, 서로 지켜야 할 사람들이 있는, 가장 서로를 이해할 수 있는 입장이니까.

"슬슬 엘을 깨우지 않으면 나중에 불평하겠어. 잠깐 깨우고 올 테니까 너희는…… 뭐 먹고 싶은 거라도 생각하고 있어."

그리고 말 그대로 잠자는 공주님을 깨우러 2층으로 갔다.

……설마 정말로 이런 날이 찾아올 줄이야.

"바보야……. 너는 왜 여기 없는 거야?"

정말로 바보라니까…… 우리 팀 마스터는.

§ § §

노크 세 번. 대답은 없다. 그렇다면 네 번. 그래도 대답은 없다.

혹시 몰라 다섯 번. 역시나 대답은 없다.

푹 잠들었나. 아니면 외부 소리를 차단하나?

손잡이에 손을 대자 문은 저항도 없이 열렸다.

"와우…… 현실 세계라면 이런 방이 되나?"

엘의 방에는 많은 사진이 장식되어 있었다.

게임 시절의 스크린 샷이 실물 사진이 된 것이다.

물론 인테리어용으로 어떤 그림도 걸려 있었다.

"침대도 전용…… 거의 공주님 침대군. ……아, 지금은 진짜 공주님이지."

온라인 게임에서 공주라고 말하면 안 좋은 이미지[#3]가 먼저 떠오르지만, 이 녀석은 적어도 공주 플레이는 안 했지. 이 척 보기에도 비싼 가구도 직접 돈을 모아서 산 것으로 기억한다.

『당신의 자캐를 그려드립니다. 요금은 캐릭터 레벨×100만

#3 안 좋은 이미지 한국에서 여왕벌이라고 불리는 유형. 일본 온라인 게임에서는 여성 유저가 남성 유저들에게 공주처럼 보호받는다고 하여 공주 플레이라는 멸칭을 쓴다.

부터.』

이런 광고 문구를 내걸고 게임 화폐를 긁어모았다.

참고로…… 19금 일러스트일 경우 레벨×1000만이었다는 설이 있다.

그 돈으로 저택을 점점 개축하거나 우리를 경호원으로 고용해 이곳저곳을 돌아다녔다.

그렇게 생각하면 이것도 천방지축 공주님 플레이라고 볼 수 있나?

"엘, 일어나. 벌써 아래에 다 모였어, 엘."

침대에 잠든 그녀는 무척…… 아름답다기보다 귀여웠다.

흠, 무방비하군. 이번에는 손을 뻗어 어깨를 흔들었다.

"일어나십쇼, 엘 공주님. 이보세요."

"으……응…… 카이 씨잖아…… 뭐야, 보쌈?"

"에잇, 그만그만! 얼른 일어나기나 해. 전부 아래서 기다린다고."

잠옷 대신 입었는지, 게임 특유의 쓸데없이 노출도 높은 수영복을 입은 엘이 팔을 뻗었지만 휙휙 피했다.

으하하, 1레벨의 공격이 맞을 리가 없지! 제길, 그냥 잡혀 줄걸…….

"아…… 잠결에 그만. 처녀의 속살 그만 보고 돌아서 있어. 지금 갈아입을게."

"오케이. 근데 웬 수영복을 가지고 있어?"

"나, 여러 의상을 보관해 뒀었거든. 좋아, 다 입었어. 어때? 그립지?"

"오, 기본 지급 의상이잖아. 확실히 엘이라는 느낌이 들어. 그럼 같이 내려가자."

"그렇지? 어디, 감동의 재회를 하러 가 볼까."

엘을 데리고 아래층으로 돌아오자 사람들이 뭔가 진지한 얼굴로 대화를 나누고 있었다.

"피자야. 사람이 모이면 당연히 피자랑 콜라지."

"무슨 대학생도 아니고……. 기왕 본본이 만들어준다는데 더 공들인 요리로 해야죠. 예를 들어…… 저는 로스트비프가 좋겠어요. 채소를 잔뜩 곁들인."

"저도 오잉크 의견을 지지해요. 카이 씨가 만든 로스트비프는 정말 맛있어요."

"나는…… 스튜 먹고 싶어. 여기는 쌀쌀하니까 먹으면 좀 따뜻해질 거야."

"그렇다면 매운 요리는 어떤가요? 카이본한테 아마 두부가 있을 거예요. 저는 마파두부를 요청하고 싶네요."

"명색이 재회 기념 만찬인데 평범한 가정식을 고르게요? 아니, 본본이라면 분명히 본격적인 중화요리를 해주겠지만…… 제가 매운 음식을 잘……."

왜 그렇게들 진지하게 먹고 싶은 음식을 토론하고 계신가요?

"이 녀석들 모여서 한다는 소리가……. 엘 깨워 왔어."

"다들 잘 지냈어? 카이 씨……, 한 명 모르는 사람이 섞여 있는데?"

경쾌하게 인사하던 엘이 당황하면서 귀띔했다.

"아, 저 흑발 미인은 오잉크야. 다이어트에 성공했대."

"뭐, 진짜? 오잉크라고?"

엘의 머릿속에서는 아직 빵빵하게 살찐 꿀돼지 모습이겠지.

"엘! 오랜만이에요! 그 모습은…… 서드 캐릭터 엘이었죠?"

"우와, 말투도 이상해……. 오잉크, 엄청 미인이 됐네? 게다가…… 기억력도 좋고. 네 말대로 서드 엘이야. 뭐, 나는 네 번째지만."

설명만 들으면 헷갈리지만, 요컨대 반드시 만든 순서대로 세계에 나타나지는 않는다는 뜻이다.

"엘…… 오랜만이야."

"슌 귀여워. 잠깐 누나한테 올래? 무릎 위에 앉혀줄게."

"야, 하지 마. 내가 이래 봬도 500살도 넘었어."

"뭐야, 재미없게. 어른 다 됐네."

"후후후. 정말로 오랜만이네요."

"앗, 다리아다. 여전히 조그맣지만, 그 말투는…… 그거지? 오랜 세월이 지나면서 암컷 타락 했구나? 오랜만이야. 대신 무릎에 앉을래? 내가 어린애를 좋아해서."

쓸데없이 흥분했다. 아마 기쁨을 주체하지 못하는 것으로 보인다.

그리고 쓸데없이 눈치가 좋다. 다리아의 변화를 아무렇지 않게 받아들이다니.

엘이 사람들이 모인 소파에 재빨리 앉아 억지로 다리아를 무릎 위에 앉혔다.

다리아가 대단히 거북해 보이지만, 구태여 도망가려고는 하지 않았다.

"하아, 귀여워. 다들 정말로 오랜만이야. 뭔가 군침 도는 이야기가 들리던데, 오늘 밤에 뭐 먹을지 의논했어?"

"맞아요. 저는 마파두부를 먹어 보고 싶은데……."

"그거 카이 씨가 만들어? 너무 부담 주면 안 돼. 카이 씨 울어."

"음? 엘은 아직 본본이 한 요리를 먹은 적 없나요?"

"응. 그야 카이 씨가 요리를 잘한다는 얘기는 게임 채팅으로 알았지만, 한도가 있을 거 아니야. 힘들면 나도 도울까?"

어허. 나를 요리 좀 한다면서 세련됐지만 간단한 파스타로 여자 관심이나 끄는 어중이떠중이로 생각하시나?

"엘. 나 본업이 그쪽이야. 뭐든 만들 줄 아니까 기대하면서 절하고 있어."

"뭐? 정말? 뭐든 만들 수 있어? 그럼 나 진짜 어려운 거 시킨다? 바라치라시 먹고 싶은데 돼? 치라시즈시[#4] 친척 같

#4 치라시즈시 식초로 양념한 밥 위에 여러 회와 채소를 올린 요리. 바라치라시는 올라가는 재료를 네모나게 썰어 알록달록하게 꾸민 요리다.

은 건데."

"와, 그런다고 진짜 어려운 주문을 하네."

"야, 잠깐. 피자로 해, 피자. 저기 오븐 보이잖아. 이건 무조건 피자야. 내 아이템 박스에 최근 생긴 카페에서 얻은 콜라도 왕창 쌓여 있어."

"글쎄, 500년이 지나도 왜 입맛이 그대로예요? 저는 무조건 로스트비프예요."

"고기라…… 그럼 나는 스튜가 아니라 돼지고기 생강구이도 괜찮겠어!"

"으앙~!"

수습이 안 되니까 제가 알아서 할게요.

마파두부에 피자에 스튜, 로스트비프에 바라치라시.

돼지고기 생강구이도 있었나? 통일성이라고는 찾아볼 수 없는 라인업이군.

"오늘 정도는……, 전부 만들까."

그 재료를 전부 동시에 손질하면서 이 저택에 있는 조리도구를 확인했다.

멋진데. 전문적인 도구가 모여 있다. 원본이 게임의 오브젝트였던 탓인지, 하나같이 현대적이다. 근데 왜 휴게실에 부엌이 딸렸냐.

"후우, 이제 정리할게요! 우선 슌 의견인 피자는 무시할게요!"

"뭐?! 이런 횡포가 어딨어!"

"피자라면 언제 먹어도 되잖아요. 그냥 점심에 드세요."
"뭐……, 점심에 먹어도 되는 메뉴기는 하지."
"그렇죠? 다음, 마파두부는 여기 인원수만큼 두부가 있을지 모르니까 일단 보류하는 게 어떨까요? 본본에게도 준비할 시간을 줘야 하지 않겠어요?"
"일리가 있네요. 아직 일반적으로 구할 수 있는 재료는 아니니까요……."
"그리고 엘이 말한 바라치라시. 이건…… 괜찮다고 봐요. 저를 포함해서 일식이 그리운 건 다 똑같지 않나요? 게다가 레이스에게 들었는데 얼마 전에 참치 비슷한 생선을 잡았다고 해요."
"앗, 그러고 보니 그랬지! 으음, 카이 군 나라의 음식은 나도 궁금해."
"저도 그 요리는 모르지만, 참치를 쓴다면 꼭 먹어 보고 싶네요."
"그리고 마지막으로 로스트비프예요. 조리 시간 대부분은 오븐으로 굽기만 하니까 다른 요리와 병행하기 좋지 않겠어요? 그리고 소스에 따라서는 슌이 가진 콜라와도 궁합이 좋아요."
"그래, 고기에는 콜라지."
"그럼 이번에는 바라치라시와 로스트비프, 이 두 가지로 하죠. 이의 있는 사람?"

"이러쿵저러쿵 말하면서 자기 의견을 슬쩍 통과시키는 것 보면 오잉크도 책략가야."

"그렇지? 역시 우리 팀 참모라니까."

왠지 뒤에서 굉장히 진지한 대화가 들리는데?

미안. 이미 참치는 재워 뒀고, 피자 반죽은 발효 중이고, 로스트비프는 오븐 안에 있고, 두부도 인원수만큼 챙겨 놨다.

그리고 스튜도 전에 만들어 둔 화이트소스가 있다.

진지하게 의견을 정리해 오잉크가 대표로 찾아왔을 때는 이미 전부 기다리기만 하면 되는 상태였다. 그 사실을 전하자 오잉크가 으앙 하고 울어 버렸다.

§ § §

"아…… 이쯤 되면 여자의 자신감이 깨지네. 이게 다 돼? 본업이라고 해도 이렇게 동서양을 아우를 수 있어?"

"맛있어…… 맛있어…… 고기는 실컷 먹었지만, 역시 콜라에 맞는 맛은 같은 일본인이 아니면 몰라. 특히 이 진한 맛. 햄버거 비슷한 맛이 나."

"이 빨간 두부도 맛있어요. 맵긴 하지만, 이렇게나 맛있어지다니."

"정말이네요. 만들어 달라고 하길 잘했어요."

"본본, 이 로스트비프 옆에 있는 하얀 고기는…… 역시……?"

"오잉크, 이거 돼지야! 생강 소스를 뿌린 돼지고기!"

"나한테 어떠케 이럴 수 이써어어어어어."

"이게 바라치라시…… 참치에 맛이 배어들어서 비니거의 산미가 감도는 라이스와 절묘한 궁합을……. 이건 저도 좋아하게 될 것 같아요."

호평이었다. 야아, 힘쓴 보람이 있군요.

상다리가 부러질 만큼 차려 놓은 요리가 사람들의 입으로 사라졌다.

"응? 카이 씨, 여기 들어간 생선은 참치랑 방어랑…… 이거 도미지?"

"도미 친구일 거야. 정식 명칭은 아직 배우지 못했지만, 뭐 그게 그거겠지."

"아마 그렇겠지만…… 이 도미만 다른 생선이랑 간이 다르네? 왜?"

"엘, 너 옛날에 게임에서 고향 이야기했지? 지역 특산주 얘기할 때 말이야. 그때 에히메라고 들어서 도미밥 풍미로 해 봤어. 계란 노른자와 참깨, 간장 소스로."

"왜 남의 고향 요리를 자연스럽게 섞는 거야……, 정말. 이러면 반하잖아, 나랑 결혼하자. 메일런트 제국 황제가 될 수 있어."

"핫핫핫하, 자진 사퇴하겠습니다."

너, 농담을 해도 그런 소리 함부로 하지 마. 옆에서 오잉크가 정색하잖아.

그리고 레이스가 포크를 쥔 손에 힘이 들어가잖아.

그리고 류에가 진심으로 걱정스럽게 나를 바라보잖아.

"그, 그럼 내가 말한 요리는…… 뭘까? 모르겠어."

"류에는 나중에 아이스 빵 만들어줄게."

"와!"

"저, 저는…… 어떡하죠, 대표적인 요리가 안 떠올라요……."

"본본, 저는 치바 출신이에요. 기대할게요."

"그 쥐[#5] 귀나 갉아 먹어."

"으앙~!"

"다음에 하자, 다음에. 후토마키[#6]라도 만들어줄게."

"네? 그거 향토 요리예요?"

일반적으로 퍼진 요리가 향토 요리면 만드는 사람으로서도 쉽게 손이 안 간다.

"카이 씨, 다음에 만들 때는 밥 지을 때 귤 주스를 넣어줘. 이거 알아?"

"알아. 너희 고향에서 초등학교 급식으로 귤밥이라는 게 나오지?"

"맞아! 잘 아네?"

"그게 맛있어……? 나는 사양할게. 카이본, 그런 무서운

#5 그 쥐 치바에는 도쿄 디즈니랜드가 있다.
#6 후토마키 굵게 만 김초밥.

것보다 피자야, 피자. 가능하면 고르곤졸라 피자에 달콤한 꿀까지 준비해주면 더할 나위 없어."

"뭐예요, 슌? 그렇게 세련되고 여자애들이 좋아할 요리를 시킬 생각이었어요?"

꿈만 같은 광경이었다. 옛 동료와 현 동료가 한 식탁을 둘러싸고 함께 웃는다.

그건 한때 오잉크가 품었던 꿈과 같을지도 모른다.

한 명이 부족하지만…… 그건 어쩔 수 없겠지.

"다들 먹으면서 들어줘. 앞으로의 방침을 정하려고 해."

"꿀꺽…… 그래, 정하긴 해야지. 하지만 그 전에 한 번 더 지금까지 있었던 이야기를 들려줄래? 다 같이 들으면 뭔가 깨닫는 부분도 있을지 몰라."

"아, 찬성! 카이 씨, 들려줘. 이 세계에 오고 오늘까지 있었던 일. 대충 듣기로는 용신이란 것도 해치웠다며? 전부 듣고 싶어."

"전부라니…… 나도 이 세계에 오고 2년 가까이 됐는데, 그걸 전부?"

"응. 그런데 다시 생각해 보면 파란만장이라는 말로도 부족하겠구나……. 나는 공백기도 있었지만, 그래도 100년 이상 이 세계에 살면서 솔직히 큰 사건은 많이 없었어."

"그건 그렇군. 나랑 다리아는 500년이야. 우리도 제법 힘든 나날을 보냈다고 자신 있게 말할 수 있지만, 밀도로 따지면 너는 좀 비정상이야. 나도 처음부터 듣고 싶어."

……그렇다. 기간만 따지면 나는 매우 짧은 시간밖에 보내지 않았다.

"그렇다면…… 말해 볼까. 우리가 마지막 순간, 그 엉망이었던 카운트다운으로 서비스 종료를 맞이한 순간부터…… 오늘 이곳에 이르게 된 이야기를."

§ § §

"나는 정신을 차렸을 때 숲속에 쓰러져 있었어. 침엽수라고 하나? 삼나무 같은 게 빼곡하게 자랐고, 계절도 조금 전까지 한여름이었는데 쌀쌀했어. 아마 이쪽 세계에서는 가을 중순이었을 거야."

각성. 그리고 그 상황을 꿈이라고 판단하고 정처 없이 숲을 헤맸다. 그리고 난생처음 보는 거대한 뱀 마물과 마주쳤다.

그때…… 나에게 구원의 손길을 내밀어준 류에가 나타났다.

꿈이라고 생각했다. 내 분신인 그녀가 의지를 가지고 말하며 살아 있는 상황을.

거기서 산 1년은 틀림없이 내 소중한 추억이다.

"그게 류에가 카이 씨의 『선생님』인 이유였군요."

"그리워. 카이 군은 사실 마술사 재능이 엄청나게 뛰어나."

그로부터 1년. 세계의 기본적인 지식과 숲을 빠져나가기 위한 지식, 그리고 마술도 충분히 배웠다고 생각한 나는 숲을 나오기로 결심하고 류에에게 그 뜻을 전했다.

지금 생각하면 류에가 내 힘, 이질성을 깨닫지 못했을 리가 없었다.

그러니까 내가 더 빠른 시기에 숲을 빠져나갈 수 있었다고, 류에라면 알고 있었을 것이다.

그래도 나를 그 집에 살게 한 이유는…… 같이 있고 싶어서, 였겠지.

『함께 바깥세상으로 나가자』. 그 제안을 거절당하고 류에가 끌어안은 거대한 고통, 고뇌, 존재를 알았다.

그리고 나는 그 존재가 무엇인지도 모른 채 그저 밉다는 이유로, 소중한 사람을 묶어 두는 존재를 이 세상에서 없애겠다는 일념만으로 해치웠다.

"지금 생각해도 우리나라가……, 과거 엘프들이 한 행동은…… 굉장히 추악하고 악랄해요. 그리고…… 우리는 그 원흉이라고 할 수 있는 엘프와 함께 있었던 셈이네요."

"나도…… 만약 같은 상황이었으면 카이본과 똑같은 선택을 했겠지……."

"그런 표정 짓지 마. 지금 너희는 이렇게 나랑 같이 있어. 그거면 충분하잖아?"

"맞아. 게다가…… 그 덕분에 나는 카이 군이랑 만났으니까."

숲을 빠져나와 솔트 디쉬에서 변경백 삼남이 류에에게 집

적댄 사건.

다음 마을, 마인즈밸리에서 모험가로 등록하고 칠성에 관한 자세한 이야기를 들었던 일.

"그런데 결국 그 멍청한 귀족 삼남, 변경백은 어떻게 됐어?"

"변경백 작위를 몰수당하고 지금은 소금 상인으로 아들과 함께 착실하게 살고 있어요."

"그랬군. 귀족도 의외로 생활력이 강하네."

그리고 마인즈밸리에서 발생한 마물 범람.

지금 돌이켜보면 그건 갱도 던전화의 징조였는지도 모른다.

그 장소는…… 아마 요로키의 어떤 계획과 관련이 있었겠지.

해방자 육성. 그 마을에는 렌 군이 있었으니까.

사건을 해결한 뒤…… 나는 이 세계에 나 이외의 플레이어가 남아 있다는 사실을 알았다.

"오잉크는 신예기…… 아니, 창세기 인간을 찾고 있었지?"

"네. 신예기 인간, 플레이어를 찾는다면, 창세기부터 지금까지 산 사람을 찾는다면 정보가 들어올 거라고 생각했어요. 지금까지 그런 사람을 몇 명 봤지만, 그건 분명히 먼 옛날 퍼스트리아를 떠난 사람의 후예겠죠. 강한 힘을 가지고 오랜 수명을 가진 존재는 고대 민족의 피를 진하게 물려받은 탓일 거예요."

"그럴 테지. 그래서 나는 오잉크와 만나고 간접적으로 다리아, 순도 이 세계에 있다는 걸 알았어. 그리고…… 엘프들이 나라를 세웠다는 사실도."

"당신에게는 여행의 목적을 결정지은 사건이기도 하겠네요……."

"결과론이지만, 그 덕에 우리나라는 크게 변했어. 고마워, 오잉크."

그렇게 다른 귀족이나 상인과 말썽을 겪고 해방자인 렌군과 충돌한 뒤 나는 다음 대륙, 세미피나르로 건너갔다.

"엔드레시아에서 있었던 사건은 대충 이 정도야."

"처음 해치운 게 용신이라는 것도 웃기는군. 용케 해치웠어."

"다행히 드래곤 전용 어빌리티도 많았거든. 그 콤보도 쓸 수 있었고."

"아, 『추월(追月)』 콤보? 그렇군…… 그거라면 한 방에 끝낼 수 있나."

"이 세계의 성질을 생각하면 제한은 없는 거나 마찬가지야. 이게 통한다면 그 밖에도 최종병기가 될 공격법이 있을지도 몰라. 나는 소중한 사람들을 지키기 위해서라면 수단, 방법을 가리지 않을 거야. 한 방에 처치할 수 있다면…… 망설일 이유가 없지."

전에 펜넬을 죽인다는 이유만으로 『천단(강마)』를 깔아 둔 것처럼.

확실하게 처리할 수단은 반드시 준비해 둬야 한다.

"다음은…… 세미피나르에 도착하고 있었던 이야기야."

"아…… 제 이야기네요?"

"그래. 나와 류에는 오잉크와 헤어지고 세미피나르 대륙으로 건너갔는데, 그 항구 마을 길드에 인사차 들렀다가 어떤 사람을 만났어."

항구 마을의 길드 지부에서 나는 대륙 북쪽을 다스리는 영주 부크 웰드 씨를 만났다.

그는 우리를 환대한다며 밤의 거리로 유명한 윙레스트라는 곳으로 안내했다.

그리고 나와 류에는 고급 클럽 『프로미스 메이든』으로 초대받았다.

"『프로미스 메이든』. 의원이나 영주, 해외 관료를 접대할 때도 사용되어서 상류 계급에서는 모르는 사람이 없다는 곳이에요. 저도 몇 번 빌린 적이 있어요."

"프로미스 메이든…… 그거 거기지? 고급 앤티크 가구에 돈을 퍼붓는다는 가게. 우리나라, 세컨더리아 대륙에도 알려진 이름이야. 예술 도시 스피어 가든의 가구 공방을 후원하는 유력자 중 한 명이었을 거야. 매출 일부를 고아원에 기부하는 것으로도 유명한데, 그 클럽 오너도 그걸 알고 있었던 걸까? 매달 거금을 투자한다고 들었어."

이런, 그건 나도 금시초문이다.

비싼 가게라는 건 나도 알지만, 그렇게 먼 곳까지 알려진 곳이었나.

"카이 씨, 대단하지 않아? 그런 가게에서 접대를 받아? 혹시 하룻밤의 인연이라거나…… 말 못 할 이벤트 같은 거 없었어?"

"그런 곳 아니야. 격식을 갖춘 고상한 가게라고. 그래도 더 없이 행복한 시간을 보내기는 했어."

그 가게의 오너, 그랜드 마더라고 불리는 인물과의 만남.

밤의 거리를 실질적으로 다스리는 여왕. 다양한 세력이 대립하는 세계에서 힘의 균형을 유지하던 존재. 그런 인물에게 나는 함께 술을 마시지 않겠냐고 권유했다.

"목숨 아까운 줄 모르네. 괜찮아? 가게 뒤에서 양복 입은 형님들 안 나왔어? 머리는 안 잘렸고?"

"엘, 너는 마피아 영화를 너무 봤어. 그런 일이 있을 리가 없잖아. 나도 그렇게 대단한 사람인 줄 모르고 말을 걸었던 거야. 영주인 웰드 씨가 식겁하고 말리더라."

자, 이 대화가 오가는 동안 쭉 고개를 숙이고 귀까지 빨개진 사람이 있습니다. 네, 다 아시다시피 그랜드 마더 레이스 씨 되겠습니다.

나는 그날 밤 마을에서 암약하는 인물, 그리고 그들을 조종하던 내막을 이야기했다.

또…… 그녀가 왜 자기 모습을 속이면서까지 한곳에 머물러 있었는지도.

기다렸던 것이다. 마더…… 레이스는 언젠가 자신을 데리러 와줄 누군가를.

과거 공유 창고를 통해서 다양한 물건을 보내던 인물.

기억이 없는 자신을 지탱하던 흐릿한 버팀목. 그것을 주었을…… 누군가를.

창고 이야기가 나오자 엘은 겨우 이것이 레이스의 이야기라고 눈치챘다.

"뭐어어어! 나 이상한 말 안 했지?! 그리고 고마워! 그 거액의 투자금 중 일부는 우리나라에도 들어왔는데…… 솔직히 굉장히 큰 도움이 됐어……."

"아, 아뇨, 별말씀을……. 이건 좀 창피하네요……."

정신이 들자 식탁 위에 놓인 접시가 많이 비었다.

나는 뒷이야기를 이어가면서 두 번째 해방자, 나오 군과 만난 일부터…… 레이스를 노리던 존재, 아캄의 이야기를 마쳤다.

"어쩌면 고대 민족이 여기저기 나라를 세웠을지도 몰라. 왕가에는 그런 피가 짙게 흐르겠지. 실제로 왕가에서 전승된 무언가를『왕전(王傳)』이라고 불러. 왕전 마도, 왕전 검술이라는 식으로. 그건 모두 신예기에서 전해진 비기였겠지."

"그러네요……. 그렇다면 사람에 따라서 마법이나 기술을 다루는 폭이 다른 것도 이해돼요. 그건…… 물려받은 피에 따라서 달라지는 거겠죠."

"그렇게 따지면 아캄은 굉장히 강한 피를 이어받았나 봐."

우리는 머지않아 세미피나르 수도인 사이에스에서 큰 전환기를 맞이한다.

옛 해방자 이구조 요시다 씨와 레이니 리네아리스와의 만남. 그리고 칠성 플래시드 드래곤과의 싸움.

"사후에도 세계에 머무른다…… 대지의 지맥 깊은 곳에서 기다렸는지도 모르겠네요. 게다가 그 레이니 리네아리스라는 존재는 적어도 그 지맥, 정신세계 같은 곳을 자유롭게 드나들 수 있어요. 한때 제가 서즈가르드 대륙에 술식을 새길 때도 한순간이지만 대화한 적이 있어요."

"……가이아 이론으로 보면 그 레이니 리네아리스는…… 세계의 의지를 대변하는 아바타가 아닐까? 나도 정확하게는 모르겠지만, 카이본은 어때?"

"나는 우리가 쓰는 메뉴 화면에 표시되는 문장이 세계의 의지라고 생각해. 그리고 레이니는 거기에 개입한 유일한 존재야. 적어도 내가 아는 한에서는."

"그럼 높은 확률도 맞겠군."

그 후 나는 세계의 비밀을 단편적으로 알게 됐다. 구세계라고 불리는 시대와 이 세계를 지금도 손아귀에 넣으려는 존재를. 그리고 그것은 메뉴 화면에도 나타났다. 해방자들에게 주어진 『※※※※※의 사도』라는 칭호로.

그렇게 칠성을 해치우고 많은 만남과 이별을 거친 우리는 세미피나르 대륙을 떠났다.

"가장 추억이 많은 대륙이기도 해. 나에게 너무나도 큰 사건이 있었던 곳이야."

레이스와 만났고…… 잠깐이나마 그녀의 목숨을 빼앗았다.

세계의 비밀을 알았고…… 나의 비정상적인 성격, 광증에 가까운 본능과 직면했다.

그리고 마지막으로…… 오잉크와 레스토랑에서 만나 그녀의 마음을 전해 들었다.

"정말로…… 카이본의 여행길은 다사다난했구나. 용케 버텼어."

"저기, 지금도 세미피나르 대륙에 계신 오잉크 씨에게 묻고 싶은데요…… 지금 윙레스트가 어떤지 알고 계신가요?"

"알죠. 지금은 마을 대표로 엘스펠 씨가 차기 의원으로 입후보하려고 정력적으로 활동하고 있어요. 일하는 여성을 지원하고, 정계에 일반 여성의 의견을 더 수용하겠다는 이념을 내걸고 있어요. 참고로 지원자는 이루 요시다고요."

"어머나…… 그 아이들이……. 죄송해요, 딸이 무슨 실수를 하지 않는지 더 지켜봐 주세요."

"후후, 그럴게요. 그리고 언니인 이크스 씨는 얼마 전까지 모험가 길드가 연금술 길드에 파견한 연구자라는 신분으로 일하고 있었는데, 지금은 장기 휴가를 잡아서 대륙을 돌아보는 중일 거예요. 나중에는 알비스로 다시 돌아가겠다고 말했죠. 현재 길드가 주도해 부모를 잃은 아이를 위한 시설을 설립하자는 이야기가 있는데, 이크스 씨에게도 그 계획을 도와달라고 부탁할 생각이에요."

"훌륭한 계획이네요. 고아원은 지금도 곳곳에 있지만, 모두 선량한 사람이 운영한다고는 말할 수 없으니까요……. 저도 속아서 팔릴 뻔한 아이를 여러 명 거둬들였어요."

"오잉크, 그 계획은 나도 돕게 해줘. 감찰이든 처분이든, 뭐든 상관없어. 어린아이는 이익이나 욕망의 대상이 되면 안 돼. 지금 나는 다리아와 달리 유연성 있게 행동할 수 있어. 생각해 둬."

"너…… 줄리아가 돌아온 뒤로 아이들을 엄청 아끼더라."

"그럴 만도 하지. 우리나라는…… 아니, 나는 불행해질 아이를 보고도 못 본 척한 죄인이야. 그 속죄는 될 수 없겠지만…… 행복한 아이가 한 명이라도 늘었으면 좋겠어."

"다들 옛날이랑 변함없는 것 같으면서도 어른스럽게 생각하고 활동하는구나. 솔직히 나는 이제야 걸음마를 뗀 상태라서 창피해."

"나도 그냥 방랑 마왕인데? 어른스럽다는 말과는 가장 거리가 멀지."

"방랑하면서 세상 구하고 다녀 놓고 뭐래."

"하하하…… 일단 한 번 쉬자. 식탁도 정리해야지."

"아, 도울게요."

"좋아. 사실 방금 좋은 물건을 찾았어. 식후 티타임을 가지자."

정말로 긴 옛날이야기가 되었다. 나는 홀로 피식 웃으면서 식기를 치웠다.

§ § §

"후우, 정리는 대강 끝났나. 슌, 그놈의 콜라는 언제까지 마실 거야?"

"아직 피자가 남았잖아. 이 정도는 봐주라."

식탁을 정리하고 이야기를 계속하려고 자리에 앉았는데 엘이 자기 아이템 박스에서 뭔가를 꺼내더니 탁상에 늘어놨다.

"방금 풀린 공유 창고를 봤어. 게임 시절 컬래버 아이템 같은 게 산처럼 쌓여 있었어. 이거라도 먹으면서 차 한잔하자."

"전에 미사사기에서 산 찻잎으로 차를 끓여 왔어요."

"본본, 미사사기에 갔나요? 저도 거기 한 번 가보고 싶었어요. 녹차 산지로 유명한 곳인데…… 홍차로 가공도 하나 보네요."

이번에는 식탁에 티 세트가 올라왔다. 그리고 엘이 꺼낸 것은 게임에서 어떤 기업과 컬래버레이션을 하면서 추가된 아이템이었다.

……이게 뭐였지? 어디 과자였던 것 같은데 기억이 가물가물하다.

전투에 관련 없는 아이템이나 컬래버에는 영 관심이 없어서…….

"이게…… 뭐더라? 기억이 안 나. 카이본, 이거 뭔지 알아?"

"500년이 지났으면 까먹을 만해. 잠시만…… 나도 시판되는 과자는 잘 몰라서."

"하여간, 이래서 게임 폐인 남자들은……. 오잉크, 정답을 말해줘."

"죄송해요. 저도 컵라면 말고는 시판 음식을 거의 안 먹어서……."

"뭐야, 얘네……. 이거 그거잖아, 그거! 그, 으음……."

결국 아무도 생각나지 않는 듯했다.

"아이템 박스에 넣으니까 이름 나오네. 루○도[#7]래."

"아, 맞아맞아!"

"어머, 맛있네요. 시판 제품이면 싸게 구할 수 있는 물건인가요?"

"의외로 싸고 어디서나 팔았……을 거야, 아마도."

"음…… 카이 군 세계는 신기하구나. 마법도 없다고 했으면서."

귀중한 지구산 과자를 먹으며 우리는 홍차를 마셨다.

그리고 이야기는 서디스 대륙으로 넘어갔다.

#7 루○도 부르봉 루만도. 크레이프를 여러 겹으로 접은 형태의 과자.

"배에서 내릴 때는 화물 안에 숨었어. 사실상 밀입국이고, 혹시라도 류에 머리색이 들킬까 봐."

"그랬지…… 그래서 카이 군이 옷을 훌렁……."

"자, 스톱. 류에 씨, 거기까지."

"읍읍—!"

냉큼 류에의 입을 막았다. 남의 흑역사를 들춰내지 맙시다.

나는 서디스 대륙의 인습과 비뚤어진 역사, 그리고 상처 입은 류에의 마음을 구하기 위해서, 다리아와 재회하기 위해서 움직였다고 말했다.

그 숨겨진 마을과 든든한 협력자였던 아마미와 나눈 추억.

그리고…… 한때 내가 성급하게 손을 대서 다치게 한 레일라와의 재회.

"레일라 님의 쌍둥이 자매인가요……."

"내가 퍼스트 공주님이 아니었구나? 이미 공주님 친구가 있었네."

"퍼스트 공주님은 또 뭐야?"

"그나저나…… 본본은 이상하게 여성과 인연이 많네요."

"뭐, 아니라고는 할 수 없지. 미리 말해 두겠지만, 그 후에도 몇 명 만났어."

"류에도 레이스도 힘들겠어……. 도망 못 가게 미리 애라도 만들어 버릴래?"

"뭐, 뭐?! 엘, 무슨 소리를 하는 거야!"

"아, 아뇨…… 애라고 하면 그……."

"그 점에 관해서는 저도 설명할 필요가 있겠네요."

"아, 맞아. 오잉크는 모를 테니까 알려줘야지."

"혹시 우리 노화에 관련된 이야기? 그거라면 나는 알아. 이래 봬도 엘버슨이었을 때는 애 엄마였으니까."

화제가 잠시 바뀌어 다리아는 우리가 수명을 얻는 조건을 설명했다.

우리 신예기 사람은 나이를 먹지 않는다. 다리아의 말을 빌리자면 우리가 이 세계의 섭리에서 벗어난 존재이기 때문이며, 그건 레이스와 류에 같은 서브 캐릭터에도 해당한다.

하지만 수명을 얻어서 천수를 누리는 방법도 있다.

"내 세컨드 캐릭터와 서드 캐릭터가 맺어져서 딸을 낳았고…… 수명을 다해 이 세계를 떠났어. 만약 내가 두 사람을 육성했다면 보통 사람보다 더 오래 살았을지도 모르지."

"아하, 나는 캐릭터를 안 키워서 아이를 낳은 후로 평범한 사람과 똑같이 늙었구나. 아마…… 87살에 죽었을 거야. 레벨이 높으면 수명도 늘어나겠네."

"맞아요. 요컨대 우리는 아이가 생겼을 때 비로소 세계의 섭리 속으로 편입되고 수명을 얻어요. 그런 면에서 저는 수명을 얻기 힘들겠죠."

"보충하자면 우리나라는 유전자나 클론, 생명에 관련된 연구도 상당히 진보했어. 그럴 마음이 생기면 수명도 얻을 수 있겠지만…… 그럴 생각은 없어, 다리아도 나도."

"네. 우리에게는 나라와 이 세계를 지켜볼 의무가 있어요. 속죄임과 동시에 이건 우리의 책임이기도 하다고 생각해요."

다리아와 슌의 이야기를 끝까지 들은 일동은 그 말의 의미를 생각하는 듯했다.

영원히 살아가겠다는 각오. 영원을 버리고 인간으로서 사는 방법. 지금 당장 정하기에는 너무 어려운 주제지만, 언젠가…… 선택의 갈림길에 서는 날이 올지도 모른다…….

"그럼 본래 주제로 돌아갈까? 나는 우선 다리아랑 접촉해서 엘프 왕족과 만날 수단을 얻었지만…… 함정이었지. 야아, 그건 솔직히 힘들었어."

"자, 잠깐만요! 그렇게 말하면 제가 일방적으로 속인 것 같잖아요?! 알고 있었잖아요, 카이본도 알고 있었잖아요?!"

"그야 뭐. 입장상 너도 그럴 수밖에 없었지? 게다가 슌, 너도 그래야만 하는 이유가 있었고. 나도 같은 상황이라면…… 나라를 함락하라면 기꺼이 해야지. 그게 설령 오잉크네 나라라도……."

"흘려들을 수 없는 발언이네요……, 본본. 그 정도로 심각한 상황이었나요?"

슌은 자신의 마음을 죽이면서까지 류에를 봉인한 원흉인 엘프, 펜넬에게 따라야만 하는 상황이었다.

자신의 분신이라고 할 수 있는 두 서브 캐릭터의 딸, 줄리아가 칠성 봉인을 위한 희생이 되어 사로잡혀 있었기 때문에.

언젠가 찾아올 해방의 순간까지 펜넬에게 비위를 맞춰야 했다.

만약…… 나도 류에나 레이스가 봉인되어 스스로 어쩔 수 없는 상황이 되었다면 분명히 따르리라. 두 사람을 위해서라면 나는 분명히 어떤 짓이라도 할 것이다.

"아무튼 그렇게 됐어—. 그 애는 슌에게 딸 같은 아이야."

"악랄한 사람도 다 있네요. 그럼 죗값은 제대로 치렀겠죠?"

"맞아맞아. 어린아이를 괴롭히는 인간은 봐주면 안 돼."

"그래, 죗값을 치렀지. 그건…… 비뚤어질 대로 비뚤어진 사랑에 집착하던 멍청이였어. 똑바로, 헤매지 않고 지옥으로 떨어지도록 빌어줬어."

긍정은 하지 않는다. 하지만 모종의 경의는 있는지도 모른다.

그리고 슌이 자신의 가족을 위해서 움직였다는 사실과 동시에 나도…… 외면하던 현실, 고향에 남겨 둔 가족과 만났다고 전했다.

"동생을 돌려보낸 뒤에는 부흥 운동에 힘썼어. 관광 명소를 만들거나 하면서."

"성 지하에 생긴 거대 지저 호수는 이름을 모집 중이에요. 뭐 좋은 이름 없나요?"

"정말로?! 그럼 류에호로 해줘! 내 이름을 그 나라에 남기는 거야!"

"하하하…… 이렇게 말하는데 어때, 다리아?"

"너무 안이하다는 생각도 들지만……, 후보에 넣어 둘게요."

류에의 제안은 의외로 나쁘지 않다는 생각도 들었다.

흥…… 네가 죽은 곳에 류에 이름이 붙을지도 모른단다.

지나친 상이라고 생각하지만…… 류에가 그러고 싶다면야.

"아, 맞아. 다리아, 가까운 미래에 너희 나라로 촌장님의 동포 같은 집단이 들이닥칠 거야. 괜찮으면 촌장님 마을까지 안내해줄래?"

"동포…… 더 존재했나요? 알았어요, 유념해 둘게요."

"그럼 슬슬 끝이군. 서디스에서 많은 사람의 협력을 얻은 우리는 전후 처리와 부흥을 돕고 공화국과 왕국 사이를 중재하고 떠났어."

공화국의 많은 영주. 그리고 다리아와 슌, 아크라이트 경과 아마미.

숨겨진 마을에 사는 이들, 식당에서 일하게 해준 미스티 씨.

적뿐이라고 생각하던 대륙이었지만, 어느새 많은 사람에게 도움을 받고 있었다.

그리고…… 세컨더리아 대륙에 도착해서 해방자 나오 군과 재회했다.

원초의 해방자며 다른 해방자가 이 세계로 불려오는 원인, 술식을 전달한 자.

세계를 노리는 누군가의 힘으로 직접 이곳으로 온 무시무시한 힘의 소유자, 요로키.

사람의 마음을 조종하고 금기나 다름없는 지구의 지식, 핵의 개념을 들여온 그 인물은…… 말 그대로 세계를 죽이는 독이었다.

“무슨 짓을……. 그 개념만은 한 번도 입에 담은 적이 없었는데.”

“옛날 펜넬과 함께 연구하던 자인가요. 그러고 보면 펜넬은 처음부터 지구의 과학 지식을 어느 정도 아는 듯 보였어요…….”

“지구의 학자였을까? 만약 핵에 관한 지식이 퍼졌다고 생각하면 살이 떨려.”

“아…… 그렇구나. 지구의 과학은 여기서 굉장히 위험하겠네. 나, 이상한 말을 하지 않았을까 불안해졌어……. 물감색 배합 같은 걸 말했던 거 같은데.”

“그, 그 정도는 괜찮지 않을까요……?”

시간은 비가역적이다. 한 번 핵이 퍼지면 핵이 존재하지 않았던 세계로는 돌아가지 못한다.

위험성이 있다는 것을 알아도 반드시 누군가는 이용할 것이다.

평화적 이용까지 부정하지는 않는다. 하지만 그 힘을 다루기에는 이 세계는 아직…… 너무 어리다.

나라를 이끄는 입장인 오잉크, 다리아, 엘도 같은 생각을 하는 모양이지만…… 오잉크만은 그 표정 어딘가에 고찰하는 기색이 섞인 듯했다.

"내가 인정 못 해……. 다들 그것만은 명심해. 나는 그 힘에 당한 사람을 한 명 알아. 잘 들어, 예외는 없어. 만약 그런 정황이라도 보인다면 그때는……."

못을 박았다. 그 무서운 힘보다도 무서운 『공포의 상징(마왕)』으로서.

"내가 없애러 가. 그걸 아는 자 전부 이 세계에서 흔적도 없이 지워 버릴 거야. 그 사상을 이어받은 사람이나 그걸 안다고 의심되는 인간까지 모조리."

"……! 당연하죠……. 죄송해요, 잠깐 쓸데없는 생각을 했어요."

"그럴 마음이 없어도 생각이 드는 것까지는 어쩔 수 없잖아. 그래도 마법이 있는 세상에 그게 필요해?"

"그렇지도 않아요. 카이본의 이야기에 따르면 구세계라고 불린 세계는 멸망했어요. 마법도 만능은 아니라는 증거겠죠. 더 연구해 보고 싶네요."

"바로 그거예요……. 저는 본본이 말하는 악성 마력이 부정적 산물이라는 생각이 자꾸만 들어요. 구세계에서 태어난 어떤 금기와 관련된 게 아닌가 하는……."

"아니라고 단정할 수는 없지. 미안해, 협박 같은 말을 해서."

"아니에요. 저야말로 오해를 부르는 표정을 지어서 죄송해요."

그리고 요로키를 해치운 후, 해방된 칠성 에레클레르가 말한 내용. 왜 퍼스트리아 대륙이 게임이라는 형태로 대폭 축소된 채 차원을 넘어서 사라졌는가.

"애초에 세계를 그대로 게임으로 이용한다는 건 상식적으로 말이 안 돼요. 역시…… 제작진 중에도 원흉의 영향을 받은 인물이 있지 않았을까요?"

"이제는 알아낼 도리가 없어. 하지만 지금까지 해방자가 모두 일본에서 소환된 사실로 미루어보면 일본과 관련성이 있었을 가능성이 크겠지."

"그런데 너희……, 개발사 이름 기억나?"

그때, 슌이 모두에게 물었다. 개발사? 유명한 곳인데 까먹을 리가 있나.

"○○○이잖아? 그 정도는 기억하지."

"거기는 퍼블리셔야. 나는 개발사가 어디였는지 도무지 기억이 안 나."

"카이본은 알파 테스트부터 했죠? 기억 안 나요?"

"모르겠는데……."

"저도 기억이 안 나요. 아니…… 처음부터 몰랐다……?"

"잠깐, 그래도 나는 무슨 잡지에서 인터뷰 기사를 본 기억이 있어."

"그건 나도 봤어. 정확히는 몰라도…… 모르는 회사였다는 건 확실해. 자랑은 아니지만 이 중에서 제일 다양한 장

르의 게임을 손댔는데, 그런 나도 모르는 곳이야."

슌이 말한다면 그런 거겠지. 지금이야 이렇게 살고 있지만…… 나와 다리아를 포함한 우리 세 명 중에서는 가장 게임과 애니메이션에 빠삭했다.

그렇다면…… 오로지 이 세상을 위해서 태어난 회사인가……?

"게임 마지막 날, 운영진이 메시지를 보냈잖아. 그것도 적이 보낸 건가?"

"적어도 그 메시지를 보낸 사람은 게임에 애착이 있는 느낌이었는데."

"저도 그렇게 생각해요. 그런데 잠깐 언급한 『섣불리 손보면 지나치게 강력한 아이템. 게임의 근간에 관련된 데이터』라는 말. 그건 아마 탈검을 말하는 거겠죠?"

"하지만 지금 생각해 보면 아이템 수치가 왜 근간에 관련된다는 건지 모르겠어……."

그래도 내가 이 검으로 칠성, 게임 시절 레이드 보스에게 어빌리티를 빼앗은 것이 이 사태의 원인이었다고 생각하면…… 무관하지도 않은가.

"여기서부터는 고찰의 여지도 없군. 우리의 행동이 해답과 직결된 기분이 들어. 카이본, 오래 이야기하느라 수고했어. 향후 방침을 생각해 보자."

"중간부터는 나도 제대로 이해하지 못했는데…… 보이지

않는 신이 원흉이라고 단정할 수는 없다는 뜻이야?"

"보이지 않는 신은 자기에게 주어진 세계가 붕괴하지 않게 유지했을 뿐이니까요."

"솔직히 나도 전혀 모르겠어. 그런데 생각해 보니까 그자는 지구에도 영향을 끼칠 수 있을지도 모르지? 그럼 어차피 해치울 수밖에 없지 않아? 나, 지구에 부모님이랑 동생이 있어. 무슨 짓 당하면 싫잖아."

"후후, 단순명쾌해서 좋네요, 엘. 본본의 동생도 불상사를 당했으니까 가능성은 충분히 있겠죠. 사람을 골라서 이 세계로 보내는 힘은 가진 것 같아요."

그런가. 하긴, 그도 그렇군.

치세가 이 세계에 소환된 이유는 물론 소환한 파르닐의 영향도 있겠지만, 거기에 편승해서 의도적으로 인간을 선택한 누군가의 영향도 있을 것이다.

그렇다면 이 이야기는 이미 이 세계만의 사정이 아니다.

"나는 우선 이 도시를 해방하고 이 대륙에 남은 사람을 서서히 도시로 돌려놓고 싶어……. 분명히 전해지거나 남아 있을 거야. 과거 이 대륙에 일어난 사건의 전말이."

"도시 해방은 몰라도 사람을 불러들이지는 말아요. 또 이곳에서 싸움이 벌어질 수도 있어요. 마음은 이해하지만, 활기를 되찾는 건 다음으로 미루죠."

"그 말이 맞아. 카이본, 옛 모습을 찾는 건 원흉을 죽인

다음이야. 어쩌면 그때는 대륙도 원래대로…… 아니, 바다가 끝나는 이 망가진 세계 자체가 고쳐질지도 몰라. 그러면 사람들의 교류도 정상적으로 돌아가겠지."

"그렇군……. 내가 좀 앞서갔나 봐."

"근데…… 나 하나 제안, 아니, 부탁이 있는데 괜찮아?"

"엘, 뭐죠?"

"나 있지, 이 중에서 특출하게 약하잖아? 앞으로 있을 싸움을 못 따라가니까 두고 왔다, 라면서 버려지는 교자[#8] 같은 취급은 싫어. 그러니까……."

"강해지고 싶어."

"슌, 그 말투 따라 하지 말아줄래? 지금 나 진지하거든?"

"미안, 나도 모르게. 그래도 전력을 강화하는 건 좋은 생각이야. 실제로 이 도시를 해방하고 싶어도 다리아는 매일 올 수도 없어."

그러면서 슌은 염려하듯 다리아를 돌아봤다.

다리아는 몹시 미안한 표정을 짓고 있었다.

"현재 서디스 대륙 엘프들은 급격한 변화에 혼란을 겪고 있어요……. 왕족도 정력적으로 움직이고 있지만, 지금 그 나라를 지탱하는 건…… 옛날부터 존재하는 성녀라는 알기 쉬운 상징이에요……. 자유롭게 활동할 시간이 많지 않아요."

#8 교자 『드래곤볼』의 등장인물 차오즈. 교자의 중국어 발음에서 유래한 이름이다. 작품 후반부에는 「싸움을 따라오지 못해서 두고 왔다」라는 이유로 등장이 뜸해진다.

"그건 저도 그래요……. 마찬가지로 세미피나르 대륙은 지금 전환기를 맞이했어요. 오랜 시간 자리를 비우면 또 안 좋은 마음을 품은 자가 대두할지도 몰라요."

"너희 둘은 자국을 우선해도 돼. 변화가 생기면 메일 보낼 테니까 걱정하지 마."

그랬지. 두 사람은 적어도 자유롭게 돌아다닐 수 있는 신분이 아니다.

하지만 그렇게 따지면 엘도 비슷한 상황 아닌가?

"응? 나? 나는 저녁부터는 시간이 남고, 아버지도 오늘내일할 만큼 위중하지는 않으셔. 쭉 여기 있을 수는 없지만 딱히 못 올 이유도 없어."

"그럼 슌은 어때?"

"내 역할은 원래 무력 진압과 견제야. 하지만 우리 대륙은 지금 공화국과의 갈등도 점점 해소되고 있어. 줄리아가 걱정되는 것만 빼면 비교적 자유로워."

"줄리아는 지금 뭐 해? 그 후로 몸 상태는 어때?"

"요즘은 성에서 공부해. 학교는 아니지만, 희망자를 모집해서 차세대 연구원을 육성 중이야. 자랑은 아니지만, 꽤나 평가가 좋아. 몸도 문제없고."

"그래? 그럼 다행이야. 그래도 줄리아한테는 제대로 설명해 줘야 한다?"

"그래, 하고말고."

그렇다면 슌은 상주하고 엘은 매일 방문, 오잉크와 다리아는 뭔가 변화가 생기면 연락하고 스케줄이 맞으면 온다…… 이렇게 결론을 내리면 될까?

"일단 내가 도시 맵을 조사해 뒀으니까 메일로 보낼게. 한 번씩 봐줘."

"적의 위치까지 나와……? 어떻게 한 거야?"

"내 수많은 어빌리티 중 하나지. 크흐흐, 나는 너희 상상 이상으로 만능이라고."

"이러면 전략적 우위는 따 놓은 당상이네요……. 제 [천안]보다 우수해요."

"이 큰 동그라미가 강적 표시죠? 제법 많이 있네요……."

"딱 한 마리, 교회 앞에 진 치던 마물이 비정상적으로 강했지만, 그거 말고는 그렇게 위협적이지도 않아. 그래도 레벨은 300 이상이니까 단독으로 덤비면 위험할 수 있어."

"내가 말 꺼내고 찬물 끼얹는 것 같지만……, 난 얘네한테 스치기만 해도 죽을 거 같은데?"

"아무 마법이나 한 방 맞추고 뒤에 숨어 있어. 버스 탔다고 생각해."

"이따가 제가 전용 장비를 빌려 드릴게요."

이 세계에 레벨 보정 따위 없다는 건 나오 군이나 레이스, 그리고 나 자신이 이미 증명했다. 다만…… 지옥 같은 두통으로 몸부림치는 엘의 모습이 훤하게 보이는군.

그렇게 생각하고 얼마 뒤, 예상보다 빠르게 그 광경을 보게 되었다.

"맞아, 줄리아가 재활하는 데 도움이 될까 싶어서 쓴 레벨업 포션이 아직 남았어. 레벨 40을 넘으면 효과가 없는데, 엘은 레벨이 몇이야?"

"후훗, 듣고 놀라지나 마! 무려 레벨 1이야! 이 세계에 오고 벌레 한 마리 죽인 적 없어! 아, 옛날에 방에서 바퀴벌레는 죽였나?"

"그래? 그럼…… 이 등급 포션이면 한 방에 쭉 오르려나?"

"슌, 잠깐! 낮은 등급부터 써서 하나씩 올리자, 하나씩!"

"응? 미안한데 등급이 낮은 포션은 몸이 약한 줄리아한테 전부 썼어."

"그래, 그리고 40병이나 어떻게 마셔? 배 터져 죽을 거야."

"류에……, 어떻게 안 되겠어?"

"미안. 이건 진통 마법도 안 통할 거야……."

엘은 의기양양하게 고급스러운 병에 담긴 레벨 업 포션의 뚜껑을 땄다.

"세상 좋아졌네요……. 그 게임, 초반 육성이 제일 고역이었는데 한 번에 40까지 오른다니……. 당시에 팔았으면 부자가 되겠어요."

"돈이라면 아레나 상금으로 남아돌았어."

"그러고 보니 슌은 아레나 챔피언이었지? 초창기부터 쭉."

엘이 포션을 입에 대고 꿀꺽꿀꺽 들이켰다.

쓸데없이 호쾌하게 마시는군. 그나저나 급격한 레벨 업의 대가는—.

"우와, 이거 맛있네! 복숭아 맛인가? 뭐지, 굉장히 산뜻한—."

병이 달그락 소리를 내며 바닥으로 떨어졌다.

"엘, 왜 그래요?"

"응? 뭐야?"

"우아아아아아아아아아아아아아!!!!! 아아아아아아아아악!!!!"

그리고 이어지는 절규. 머리를 감싸고 소파에서 떨어진 엘이 바닥을 뒹굴었다.

우스꽝스럽지만, 그 고통을 알기 때문에 못 웃겠다.

게다가…… 레벨 1인 온실 속 화초, 문자 그대로 공주님이잖아. 이걸 무슨 수로 버티겠어?

"뭐, 뭐야?! 어떻게 된 거야, 엘!"

"슌! 설마 독을?!"

"내, 내가 미쳤냐?! 야, 괜찮아?!"

"끄어어어어, 깨져!!! 진짜 깨질 거 같아! 슈우우우운!! 속였구나아아!!"

"본본……, 왜 이러는지 아는 눈치네요?"

나는 물론이고 류에도 레이스도 안다. 나는 이것이 급격한 레벨 업의 반동이라고 전했다.

몸에 해는 없다, 하지만 솔직히 나도 몸부림칠 정도의 격통이다, 라고.

"후아! 후아! 후아! 뭐가 이렇게 아파! 애 낳을 때보다 아파!"

"그, 그 정도예요?! 류에, 어떻게든 안 되나요?!"

"안타깝지만 방법이 없어……."

"안 돼, 제발! 머리가 뻥 하고 터질 거 같아!"

"뭐야. 의외로 견딜 만한가 본데?"

그로부터 몇 분 후, 진정한 엘이 소파에 기대어 상체를 일으켰다.

"카이 씨…… 알고 있었지……?"

"이미 늦었지만……, 20 오르는 포션을 두 번 마시는 방법도 있었어."

"그 정도로 아프면 강약도 몰라……. 한 번으로 끝내는 편이 나을 수도 있어."

"앞으로 파워 레벨링을 하면 또 그 고통을 맛볼 테니까 각오해 둬라?"

그 잔혹한 현실을 알리자 몇 초의 침묵이 흐르고—.

"나, 나는 역시 얌전히 대기하는 걸로…… 하면 안 되겠지?"

"포기하세요……. 제가 가진 육성용 장비를 드릴게요."

"히엑…… 카이 씨, 가급적 약한 몬스터부터 순서대로 잡아줘……."

내일부터 엘의 비명은 원 없이 듣겠군.

LvUP
헉──!
헉──!
헉──!
헉──!
헉──!

§ § §

재회 파티가 끝나고 이튿날, 다들 일단 제각기 나라로 돌아갔다.

슌은 오전 중에는 돌아온다고 말했지만, 엘은 정오가 다 되어서 온다고 했다.

이상 사태가 있으면 메일로 연락한다고 전했다.

"떨어져도 바로 연락할 수 있다는 건 정말로 대단해……. 신예기에는 이게 당연했는데 뭔가 신기한 느낌이 들어."

"정말로 그러네요. 이 힘이 더 일찍 돌아왔으면 제 운명은 어떻게 변했을지…… 아니, 오히려 잘됐는지도 몰라요. 그 덕분에 계속 그리워할 수 있었으니까."

"자연스럽게 그런 말 하면 엄청 쑥스러운데."

"후후후, 그런가요? 그래도 정말로 신기한 힘이에요."

하룻밤이 지나도 어제 일이 꿈만 같이 느껴지는 류에와 기뻐하는 레이스.

앞날이 불투명한 상황에서도 역시 기쁜 일은 기쁘다.

그렇게 여운에 잠기던 때였다. 저택 문을 두드리는 소리가 들렸다.

"텔레포는 저택 안에 나타날 테니까…… 아하, 레티시아 씨인가."

"어제 만난 여성 기사분이죠? 지금 나갈게요."

마침 잘됐다. 그녀에게도 여러 이야기를 듣고 싶었다.

문을 열자 오늘도 온몸을 갑옷으로 무장한 여성이 긴장한 기색으로 고개를 숙이고 있었다.

"안녕하십니까! 레티시아 시구르트 알버트입니다. 어제는 인사도 하는 둥 마는 둥 떠나 버려서 죄송했습니다. 다시 인사드리러 들렀습니다."

"안녕하세요. 자, 안으로 들어오세요."

저택 안으로 안내하자 그녀는 긴장한 채로 소파에 앉더니 마침내 투구를 벗었다.

거기서 나온 것은 긴 남색 머리를 단정하게 묶은, 열일곱 살이나 될까 싶은 여성이었다.

"잘 왔어. 마물이 많아서 오느라 힘들었지?"

"제가 사는 구역에서 이곳까지는 비교적 약한 마물이 많습니다. 그리고 좁은 골목도 있고요."

"그렇군. 레티시아 씨가 사는 곳이 어딘지 물어도 될까?"

"이 도시 동쪽입니다. 각지에 부락이 있지만, 동쪽에는 큰 마을이 있습니다."

"오~! 그럼 다른 부락 사람들도 다 이주하면 좋을 텐데."

"이상적으로는 그렇지만…… 역시 한 번에 많은 사람을 호위해서 이 도시를 돌파하기가 어려워서요……. 게다가 저희 마을도 수용할 수 있는 한계가 있다 보니……."

"아무래도 마을을 넓히기는 어렵겠죠?"

"다행히 저희 마을은 고대의 가호로 마물이 들어오지 못합니다. 하지만 그 밖으로 마을을 확장하면 결국 마물에게 점령될 테니까요."

분명 그녀가 사는 마을은 게임 시절에도 있던 마을이다.

그렇다면 고대의 가호란 몬스터가 침입하지 못하는 영역을 말하겠지.

"그리고 인사도 인사지만…… 사실 여쭙고 싶은 게 있어서 왔습니다. 거두절미하고 물을게요……. 고대 민족이 다시 이 땅으로 돌아오는 건가요?"

"질문의 저의를 알고 싶은데?"

"과거 이 대륙은 고대 민족들의 싸움으로 황폐해졌다고 전해집니다. 또 그 역사가 되풀이되지는 않을까, 하고 가문 사람들이 우려하더군요. 저는 대대로 지키던 저택의 주인이 그런 인물이 아니라고 생각합니다. 그래도 확인은 해야 하지 않겠습니까……? 고대 민족은 다시 이 대륙의 패권을 다투려고 하나요?"

목소리가 떨렸다. 틀림없이 듣고 자랐겠지. 과거의 참극을.

"걱정하지 마, 레티시아 씨. 고대 민족은…… 이미 이 저택의 주인들밖에 안 남았어. 그리고 이 대륙을 어지럽히려는 마음은 추호도 없어. 그러니까…… 안심해도 돼."

어쩐지 젊은 아이를 겁준 느낌이 들어서 굉장히 죄책감이 들었다.

레이스도 그렇게 느꼈는지, 레티시아 씨의 떨리는 손을 잡고 말을 걸어줬다.

"저희는 이 땅에 사는 사람들에게 해를 끼칠 생각은 없어요. 무서워할 필요 없어요……."

"맞아! 알버트 씨 자손을 우리가 왜 괴롭혀? 물론 다른 사람들도! 오히려 우리는 이 도시를 해방하기로 결심했어!"

"그, 그런가요? 이미 당신들밖에 없다고요……?"

"네. 우리 말고 네 명이 더 있지만, 모두 지금은 여기에 없어요."

"네 명이 더……. 그럼 이 도시를 해방한다는 건 무슨 뜻이죠?"

이 도시에 눌러앉은 마물을 몽땅 뿌리 뽑아서 안전지대로 만들겠다는 뜻을 전했다.

한 번 싹 쓸어버리면 마물이 자연 발생이라도 하지 않는 한 괜찮을 테지.

"가능, 한가요? 이 도시에는 어제 본 고블린만 있는 게 아닙니다. 거대한 용이나 거인, 그리고 움직이는 바위 괴물에 고스트까지 있어요! 다시 기약 없이 저택 주인을 기다리는 생활로 돌아가라면…… 저는 못 견딜 것 같습니다."

"괜찮아, 이길 수 있으니까. 우리는 그런 녀석들한테 안 져."

시작은 오잉크가 재미 삼아 배치한 NPC. 하지만 그 자손이 지켜주고 있었다.

우리의 집을, 대를 이어가면서도.

"은혜는 갚을게. 알버트 가문이 대대로 지킨 이 저택의 주인들은 반드시 보답할 거야. 우리가 반드시 도시를 해방할게. 그러니까 마음 푹 놔."

눈을 들여다봤다. 공포로 흔들리는 남색 눈동자를.

아직 이렇게 젊은데. 마물이 득실거리는 이 땅에서 줄곧 싸웠던 거구나.

"단순히 여자랑 인연이 있는 게 아니라 무의식적으로 꼬시는 버릇도 있는 거 아니야?"

"오, 슌! 왔어?"

"응, 지금 막. 그런데…… 그 아가씨는 누구야?"

"문지기 아저씨 자손. 마물 소굴이 된 이 땅에서 매일 저택 주변 마물을 퇴치했대."

"파악했어. 아가씨, 나도 감사를 표할게. 지금까지 지켜줘서 고마워."

"네, 넷?! 아, 혹시 다른 주인분이신가요……?"

슌 이 녀석, 또 갑자기 튀어나왔다. 저기요, 기척 좀 내고 다닙시다.

그리고 꼬시기는 뭘 꼬셔. 남이 들으면 오해할라. 진지하게 대응하는 게 사람 된 도리잖아.

"꼬셔…… 으음, 그러고 보면 카이 군은 친구 중에 여자가 많지?"

"듣고 보니 의외로 많네요……. 게다가 프러포즈도 받았고요."

"다들 농담으로 한 소리지, 뭐. 애당초 나는 류에와 레이스가 최우선이야."

"그래? 쑥스럽네!"

"당연하다는 투로 말하니까 조금 부끄럽네요……."

"이거 봐. 또 자연스럽게 멘트를 날리잖아. 아무튼 나는 엘이 올 때까지 대기할게."

슌은 그러면서 소파에 앉아 칼을 손질하기 시작했다.

그리고 레티시아 씨는 어쩔 줄 모르고 안절부절못하고 있었다.

"아, 맞아. 레티시아 씨, 이 도시와 관련된 전설이나 역사를 알려줄래?"

"앗, 네. 문헌이 많이 남지는 않았지만…… 제가 아는 범위라면."

그렇게 서두를 떼고 그녀는 조용히 이야기를 들려줬다.

그러나 그건 이전 부락 촌장에게 들은 이야기와 별반 다르지 않았고, 차이라고는 이 도시에서 벌어진 싸움의 자세한 내용을 안다는 것 정도였다.

"―그리고 어느 날, 고대 민족 일부가 거목을 베자고 주장했습니다. 그건 대지의 힘을 빨아들인다고. 그래서 마물 범람이 발생한다고."

"마물 범람……. 칠성이 사라진 뒤로도 계속 일어났나요?"

"네. 우리 조상님의 수기에는 그렇게 기록되어 있습니다."

"그랬구나……. 그럼 벌목에 반대한 사람들은 왜 그랬대?"

"마물 사냥이 삶의 목적인 사람도 많았다고 합니다. 하지만 그게 사람들의 평화를 어지럽힌다고, 일반인의 입장에서 생각해주는 분들도 계셨죠. 그렇게 결국 갈라선 겁니다."

"흠, 알겠어. 남은 자들의 처지를 생각하면 강적과 싸우고 싶다는 마음도 모르는 건 아니야. 하지만 평범한 주민은 벌벌 떨면서 살아야겠군."

"나나 슌도 전투광에 속했지. 하지만…… 나라도 베는 쪽에 찬성했을 거야."

"그리고 실제로 베고 나니…… 이 꼴입니다. 도시는 가호를 잃고 분쟁은 격화되었으며 천재지변으로 우리는 세계와 단절됐다, 라고 합니다. 이 수기는 우리 알버트 가문이 몇 대에 걸쳐 써 내려온 물건입니다. 언젠가 이곳에 주인이 돌아왔노라고 기록하는 것이 숙원이었죠……. 이제…… 선대께서도 편히 잠드실 겁니다."

"선대라면…… 아버지인가요?"

"아뇨. 오빠가 선대 문지기였는데, 이곳으로 흘러든 강력한 마물에게 당해서……."

"그런 일이……. 오빠분의 원수는 우리가 반드시 갚을게요."

희생된 사람이 있었나……. 그런데도 꿋꿋이 지켜 왔구나.

"흠, 어차피 엘을 육성할 겸 마물은 사냥해야 해. 그럼 원수를 직접 갚게 돕는 건 어때? 엘의 호위는 많은 편이 좋고, 이 아가씨도 보아하니 꽤 강하지?"

"그건 무리가 있지. 아무리 싸울 줄 안다고는 해도……."

혹시 몰라서 레티시아 씨의 스테이터스를 엿봤다.

【Name】 레티시아 시구르트 알버트

【종족】 휴먼/경비

【직업】 견뢰(堅牢) 기사

【레벨】 150

【칭호】 수호자

【스킬】 검술, 부동, 회복 효과 상승, 방패 효과 상승
갑옷 효과 상승, 자연 회복(중급)

아, 강하다. 레벨은 아마도 경비라는 종족으로 고정됐는지 모르지만, 스킬 구성이 방어 중시 플레이어와 똑같다. 하지만…… 갑옷 성능이 낮아 보인단 말이지.

"제가 직접……. 할 수만 있다면 그러고 싶지만……."

"갑옷을 새로 구하면 아마 싸울 수 있을 거예요. 본인이 맷집이 좋다고 느낀 적 없나요?"

"앗, 있어요. 아버지와 죽은 오빠가 저는 특히 맷집이 좋다고 했죠."

혹시 사람마다 랜덤으로 스킬이 붙는 것일까?

"카이 군, 어제 갑옷 몇 개 얻었지? 그거 주면 안 돼?"

"아, 맞다. 그게 있었지."

첫날 고블린을 해치우고 빼앗은 희귀한 갑옷.

그것들을 늘어놓고 마음에 드는 것이 없느냐고 물었다.

"오, 꽤 좋은 물건인데? 다마스쿠스 코트는 꽤 귀하지 않았어?"

"그러면 네가 쓸래? 네가 입은 옷, 방어력이 별로였을 텐데."

"나는 천 옷밖에 안 써. 이것도 방어 성능을 포기하고 회피와 화력을 높이는 장비야."

"훌륭한 갑옷이군요……. 그럼 이 붉은 갑옷을 빌리고 싶습니다."

"아니에요, 드릴게요. 아마 고대 민족이 만든 물건이니까 입으면 몸에 딱 맞을 거예요."

"그, 그럼 시착을…… 저기, 방을 빌려도 될까요?"

그러자 슌이 말없이 그녀를 자기 방으로 안내했다.

"라코르 스틸을 쓴 붉은 갑옷인가? 카이본, 저 사람 스테이터스는 어땠어?"

"견뢰 기사고 방어용 스킬도 두루 갖췄어. 아마 장비만 맞추면 물리 방어력은 류에게도 밀리지 않을 거야."

"으음, 그거 대단하네. 나도 체력은 꽤 좋은 편인데 말이야."

"그런데 정말로 괜찮을까요? 위험한 일에 말려드는 셈인데요……."

"원수를 갚게 해주고 싶어……. 나는 그 사람이 뭔가에 사로잡힌 듯 보였어. 그걸 조금이라도 해소해주고 싶어서. 다행히 우리에게는 류에도 있으니까."

"헤헤헤, 맞아. 내가 있어!"

그렇군. 레티시아 씨 내면에서 그런 갈등을 봤나.

잠깐 기다리자 붉은 갑옷을 입은 레티시아 씨가 돌아왔다.

"저, 저기, 이 갑옷에는 투구가 없나요……?"

"아쉽게도. 불안해?"

"그게, 검을 휘두를 때 얼굴이 무섭다는 말을 들은 적 있어서……."

"무서우면 좋지. 적을 위협할 수도 있고 좋잖아."

"아, 알겠습니다……."

이렇게 레티시아 씨도 탐색에 참가하기로 결정했다. 내심 엘을 지키는 사람이 늘어서 안도했다. 포션의 힘으로 레벨은 올랐으나, 기껏해야 40이었다. 여기 사는 적에게 공격받으면 뼈도 못 추린다는 점에는 변함이 없었다.

그 후, 엘이 올 때까지 레티시아 씨와 대련하고 싶다는 슌을 따라서 저택 부지의 훈련장으로 이동했는데…… 슌, 너 인마 좀 살살해.

호랑이 교관으로 변신한 슌을 구경하며 나는 이 시간에 스킬을 검증하기로 마음먹었다.

"【어빌리티 융합】이라……. 융합하면 원래 어빌리티는 사라지겠지?"

융합이라고 하면 어떤 작품이든 재료는 으레 사라지는 편이지.

"융합 결과를 먼저 보여주지 않으면 이거 완전히 도박이잖아……."

"뭐야? 흥미로운 이야기가 들렸는데? 뭘 융합한다는 거야?"

"오, 슌. 훈련은 끝났어?"

"레이스와 교대했어. 내 방식으로는 훈련이 안 된다고 혼났어. 그래도 레티시아는 확실히 강해. 정확히는 맷집이. 좋은 훈련 상대가 되겠어."

"너는 배려라는 걸 좀 배워. 사람을 목각인형 취급 하냐?"

"차차 적응하는 거지, 차차. 그래서 융합은 무슨 소리야?"

나는 전에 펜넬을 쓰러뜨렸을 때 얻은 스킬에 관해서 설명했다.

"흠, 그럼 뭘 망설여? 단점이 안 보이는데."

"있어. 소유한 어빌리티 수에 비례해서 공격력이 오르는 어빌리티가 있거든."

"그래서 그 상승량과 어빌리티 융합으로 얻는 이득을 비교하면?"

"솔직히 옛날과 달리 내 검 자체가 강해졌어. 사실 그 어빌리티도 이제 안 써."

"좋은 건 혼자 다 가졌군. 아, 알았다. 너 그거지? 기껏 모았는데 줄어든다니까 아까워서 그러지?"

"그래. 아까워서 그런다, 왜."

아니, 그렇잖아……. 하나하나에 다 추억이 있다니까? 그게 사라진다니까 섭섭하다.

"그래도 쓸 수 있는 수단은 다 써야지. 시험 삼아서 거의 안 쓰는 어빌리티끼리 합쳐 봐. 그 결과를 보고 주력 어빌리티를 합성할지 말지 정해."

"그래야겠다……. 적어도 한 번은 시험해야지."

지극히 당연한 의견을 듣고 사용 빈도가 낮은 어빌리티를 융합해 봤다.

【어빌리티 융합】 발동

대상 스킬 [공격력 +5%], [주는 대미지 +5%]

【어빌리티 융합】 완료

완성 [주는 대미지 +10%]

완성 어빌리티 이미 소유 중

자동 합성 [주는 대미지 +10%], [주는 대미지 +10%]

【어빌리티 융합】 완료

완성 [주는 대미지 +20%]

완성 어빌리티 이미 소유 중

자동 합성 [주는 대미지 +20%], [주는 대미지 +20%]

【어빌리티 융합】 완료

완성 [주는 대미지 +40%]

“야, 이거 어떡해! 융합 결과가 소유한 어빌리티와 중복되면 자동으로 융합해 버리는데?!”

“편하고 좋네. 어차피 똑같은 거 두 개 세팅할 수도 없잖아?”

“그, 그래도 어빌리티가 점점 줄어든다고!”

“평소엔 안 그러더니 별 희한한 거로 궁상을 떠네. 좋은 게 좋은 거지. 됐고, 그냥 결과나 보여줘.”

그 말에 따라서 시스템 메시지 로그를 보여줬다.

“이건 생각 좀 해야겠는데……? 곱 연산과 합 연산의 차이를 계산하면 손해인가……?”

“맞지?! 10퍼센트와 20퍼센트를 세팅하는 것과 30퍼센트를 세팅하는 건 효과가 달라.”

“그래도 칸이 절약되잖아. 다른 건 몰라도 동일 계통은 다 합쳐 버려.”

“시, 싫어! 내 어빌리티가 확 줄잖아!”

쉽게 말하지 마! 이 숫자는 내 인생의 집대성이라고!

“그냥 하라면 해! 자자, 융합하자, 융합! 그만 징징대고 합체해!”

“그만! 오해를 부를 단어 쓰지 마!”

“그러면 얌전히 말 들어. 괜한 고집 부리지 말고 빨리!”

“그래그래. 저기 뒤에서 합체해 버려. 나는 뒤에서 구경할게.”

……이것 봐! 네가 이상한 소리 하니까 오해하잖아!

“뭐야, 엘 왔어? 너도 한마디 해줘. 고집 부리지 말라고.”

“뭐야뭐야? 누가 바텀— 구흡!”

“아! 엘한테 맞았다! 엘~! 괜찮아? 지금 회복할게~!”

남사스러운 소리를 하려던 엘이 훈련장에서 날아온 목검에 제대로 맞았다.

괜찮아? 그거 맞았다고 죽는 거 아니지? 다행이다, 어제 레벨 40까지 올려서.

그 후, 엘을 포함한 모두가 『강해지려면 해라』라는 소리를 듣고 아깝다는 마음을 꾹 참고 비슷한 효과를 가진 어빌리티를 융합했다.

그 결과—.

[주는 대미지 +100%]

[공격력 +110%]

[모든 능력치 +75%]

[민첩 +55%]

[받는 대미지 −65%]

지금까지 수치만 다르고 효과가 겹치던 어빌리티를 융합

한 결과가 이것이다.

확실히 칸은 절약된다. 하지만…… 역시 전체 수가 줄어드니까 마음이 허하다.

"특수한 어빌리티도 시험해 보면 어때?"

"이, 이거면 됐잖아! 결과가 예상되지 않는 어빌리티로 시험하기는 무서워."

"흠…… 그것도 그런가? 그래도 안 쓰는 어빌리티 한두 개쯤 있잖아?"

"잘은 몰라도 할 수 있으면 해 보자, 카이 군. 이제 곧 출발해야지."

"어제 그 두통을 또 겪는다고 생각하면 영 내키지 않아……. 그리고 이 장비도 촌스럽고."

엘은 어느샌가 팥색 긴팔 체육복으로 갈아입었다.

애수를 자아내는 복장. 일본인이라면 누구나 아는 흔해 빠진 학교 체육복이었다. 하지만 이것도 엄연한 레어 장비다.

오잉크가 전에 쓰던 물건이라고 하며 장비하면 경험치 획득량이 오른다나…….

참고로 엘에게는 어빌리티 융합으로 만든 [경험치 획득량 +50%]도 부여해 뒀다.

축하해. 이거면 너도 초고속 레벨 업이야.

"앞으로 쓸 일 없는 어빌리티라……."

문득 머릿속을 스치는 것이 있었다.

단점에 비해서 효과가 약하고…… 그것을 얻었을 때가 강한 인상에 남은 어빌리티.

[구제]

과거 펜넬을 소멸시키고 얻은 어빌리티였다.

본래 소유주의 악랄함이나 거창한 이름에 반해서 솔직히 어디에 써먹어야 할지 모를 성능이었다.

이거, 적을 쓰러뜨리면 본인에게 약한 회복 효과가 붙을 뿐이란 말이지.

차라리 다른 재료로 쓰는 편이 나으려나.

"구제라……. 짝을 맞춰주려면 이건가."

그 이름 때문에 구제해주고 싶다고 생각하던 것.

이것도 마찬가지로 얻었을 때의 추억이 인상 깊은 어빌리티다.

[원한의 공명]

어떻게 잊으랴. 내 탈검이 처음 모습을 바꿨을 때.

마인즈밸리의 폐갱 최심부에서 그것을 발견하고…… 소멸시킨 그 일을.

어쩌면 그것도 요로키의 계략 중 하나였을까?

류에는 그것을 주물이 된 사람……이라고 말했다.

"요로키와 다소는 연관이 있었겠지. 그럼 적어도 네가 구제해 봐라, 펜넬."

【어빌리티 융합】 발동

대상 스킬 [원한의 공명], [구제]

【어빌리티 융합】 완료

완성 [ ]

【웨폰 어빌리티】

[ ]

탈검에 세팅 불가. 사용 조건 불명.

다수 세팅 가능.

"뭐야……, 이건?"

공백 어빌리티가 생겼다.

그게 마치 얇은 웃음을 띤 그 꼬맹이가『너한테 알려줄 것 같으냐』라고 말하는 기분이 들어서 입 안이 씁쓸했다.

"끝까지 사람 열받게 하는 꼬맹이군."

이번에는 이 정도만 해 두자. 결국 실패했으니까 이걸 보고하면 다른 애들도 알아주겠지.

그리하여 마침내 엘을 이끈 강행군, 파워 레벨링이 시작됐다.

§ § §

【Name】 엘(멜리아 메일런트)
【종족】 휴먼
【직업】 신관(31)/없음
【레벨】 78
【칭호】 제국 제1 왕녀
세계를 그리는 자
【스킬】 회복 마법, 신성술, 빛 마술

【장비】
【무기】 근사한 지팡이
【머리】 신록 피어스
【몸】 수련용 법의(체육복)
【팔】 치유될 것 같은 브레이슬릿
【다리】 수련용 실내화

【아이템 어빌리티】
[경험치 획득량 +20%]
[경험치 획득량 +5%]

[경험치 획득량 +10%]

[회피력 –5%]

[MP 자동 회복(극소)]

[경험치 획득량 +15%]

[회피력 –10%]

【커스 기프트 효과】

[경험치 획득량 +50%] 부여

【새크리파이스 효과】

[대미지 변환] 대상자: 카이본

육성 특화 장비로 몸을 도배한 엘을 데리고 우선은 옛 거주구로 갔다. 건물 잔해가 사방에 깔린 구역을 돌면서 우글우글한 고블린을 소탕한 결과, 역시 장비와 어빌리티 효과를 받아 불과 한 시간도 되지 않아서 레벨은 40에서 78로 성장했다.

"흐아아악! 아파아아아! 고블린이면 괜찮다고 했으면서!"

"저, 저기…… 엘 님은 괜찮으신가요……?"

"괜찮아, 괜찮아. 어제에 비하면 약과야. 봐, 벌써 잦아들었지? 다음 구역으로 가자. 일단 보스 같은 게 있으니까 각오는 해 놓고."

"히엑…… 너무 스파르타식 아니야? 빙수 퍼먹었을 때보다 열 배 정도는 아픈데."

"아! 나 빙수는 뭔지 알아! 그러고 보니 요즘은 아이스크림도 못 먹었네."

"으으…… 내 마음을 달래주는 건 천진난만한 류에뿐이야……."

"그나저나 목청 참 우렁차네. 이러다가 마물이 더 꼬이겠어. 류에, 엘한테 침묵 마법……이라고 생각했는데 그러면 마법을 못 쓰는구나."

"슌이 너무 야박하게 굴어. 알았어, 알았다고. 내가 참을성이 없어서 죽을죄를 졌네요."

위험지대인데 분위기는 이 모양이다. 뭐, 그만큼 안심된다는 뜻이기도 하지만.

"정말로 딱하지만…… 바꿔줄 수도 없는 일이라서……."

"괜찮아, 레이스……. 네 다정한 말만으로 나는 이 고통을 견딜 수 있어."

"감동적인 장면처럼 포장하지 마. 자자, 마저 돕시다."

주택가 산책을 끝내고 옛날에 NPC가 운영하는 가게가 밀집한 구역으로 걸음을 옮겼다.

가는 길에 주택가 중앙, 그란디아 시드를 심은 곳을 지났는데—.

"음, 역시 아직 싹은 안 나오네. 세계수가 되려면 수백 년은 걸리려나."

"상식적으로 생각하면 그렇겠지. 하지만…… 뭔가 기믹, 조건이 있을 것 같아."

"그렇지. 이걸 심는 게 트리거가 되어서 세계의 기능 일부가 해방됐으니까 뭔가 다른 기믹이 있어도 이상하지 않아. 아무튼 지금은 지켜볼 수밖에 없지."

혹시 몰라서 이 씨앗에 어빌리티를 부여할 수 없는지 관찰했다.

하지만 안타깝게도 대상으로 설정되지 않았다.

포기하고 상점 구역으로 이동했다.

"우와, 그립다……. 여기 내가 자주 잠수 타던 곳이잖아. 여기에 캐릭터를 두면 이틀에 한 번꼴로 일러스트 의뢰 메일이 왔어."

"너, 인터넷 커뮤니티에서는 수전노라고 불렸어."

"상관없어. 보나 마나 발랑 까진 어린애들이 트집 잡은 거지 뭐. 후훗, 나는 누가 어떤 일러스트를 의뢰했는지 전부 파악하고 있으니까 나한테는 못 거슬러. 예를 들어 대형 팀의 마스터, 착하기로 유명한 그 사람은 게임에서 결혼한 로리 캐릭터를 알몸으로 포박―."

"어이쿠, 거기까지. 아무리 그래도 취향 폭로는 불쌍하지."

어떡해, 얘 완전 위험인물이잖아. 괜히 비위 거스르지 말자. 나는 딱히 의뢰한 적 없지만.

"바보 같은 소리 그만해. 어디…… 여기는 고블린은 없어 보이지만, 척 보기에도 이상한 바위가 버티고 있군. 경계 풀지 마."

수다나 떠는 사이, 그리운 구역에 놓인 부자연스럽게 큰 바위를 발견했다.

아무리 봐도 이건 마물이 의태한 모습이다.

"조심하세요! 이게 가끔 주택가까지 넘어오는 선대의 원수예요!"

"음, 그래? 그렇다면— 마무리는 너한테 양보할게. 카이본, 류에, 레이스. 저건 나한테 맡겨. 엘, 너는 아무 마법이나 쏴서 숟가락만 얹어."

"휘유~! 멋있다, 슌!"

"아니…… 검으로 저걸 상대하는 건—."

그 순간, 슌의 모습이 사라졌고 적이 전투태세로 들어가기 전에 바위 위에 섰다.

"회피력이 낮아 보여서 다행이야."

다음 순간, 칼집에서 뽑힌 칼이 무수한 빛을 반사하고 둔탁한 소리가 주위로 울려 퍼졌다.

"이게 숙련도의 차이인가……. 지금 보인 건—."

"『멸갑인』 네 번. 『중강검』 여덟 번. 『족단』 아홉 번. 『마장연』 세 번. 너무해, 이러면 약체 마법은 일자리 다 잃겠어."

"바, 방금 그게 전부 검술이에요……?"

방어 감소를 네 번. 공격력과 공격 속도 감소를 여덟 번. 이동 속도 감소를 아홉 번. 마법 방어 감소를 세 번. 찰나의 순간에 저 돌덩이 보스를 민달팽이 수준으로 약화시켰다.

"레티시아, 구워 먹든 삶아 먹든 마음대로 해. 이제 이건 그냥 흙더미나 마찬가지야."

"무슨…… 무슨 일이 일어났죠?! 고대 민족은 이렇게나 강한가요?!"

"하하…… 저건 좀 특수한 경우야. ……나도 용케 저런 거한테 이겼어."

그 후, 엘의 조그만 빛 마법 한 방에 크게 휘청거린 바위 마물에게 레티시아 씨가 뛰어들었고, 정말로 믿어지지 않을 만큼 싱겁게 거구가 산산이 부서졌다.

"설마…… 정말로 내 손으로? 슌 님, 이 은혜에 정말로 감사—."

"키아아아악! 아파아파아파아파아파! 나 이거 못 하겠어~!"

그리고 역시나 급격한 레벨 업의 반동으로 엘이 땅을 뒹굴었다.

"헉…… 헉…… 나 좀 살려주라……. 어두워졌으니까…… 오늘은 그만하자, 응?"

"그렇군요. 이렇게 어두우면 기습당할 가능성도 있고 저도 집으로 돌아가기 어려워집니다. 엘 님도 많이 초췌해지셨고요……."

“흠, 그것도 그렇군. 첫날에 이 정도면 준수한 성과지. 카이본, 너희는 먼저 홈으로 돌아가. 나는 레티시아를 동쪽 마을까지 바래다주고 올게.”

“오케이. 먼저 가 볼게요, 레티시아 씨. 내일부터는 어떻게 하실래요?”

“계속 동참하겠습니다. 내일은 정오쯤에 방문하죠.”

“나, 나는 어쩌면 내일 쉴 수도 있어……. 저녁에 어떻게 할지 메일 보낼게…….”

슌과 레티시아 씨와 헤어지고 안쓰러울 만큼 녹초가 된 엘을 업어서 귀로에 올랐다.

……가볍네. 이 녀석, 밥은 제대로 먹고 다니나.

“후우…… 계속 이러고 있고 싶어. 공주님처럼 안아주면 더 좋고.”

“까불지 마. 그리고 뒤에 줄 서지 마.”

“에이.”

“에이.”

엘의 장난에 맞춰주는 류에와 레이스를 보고 웃으며 거주구로 돌아왔을 때였다.

중앙을 지나던 때, 귓가에서 엘이 바락 소리쳤다.

“카이 씨, 멈춰!”

“악?! 귀에 대고 소리치지 마!”

“저거, 저거 봐! 그 씨앗 심은 곳!”

"앗! 카이 군, 봐! 작은 묘목처럼 자랐어!"

"아까는 싹도 안 나왔었는데……. 어떻게 된 일일까요?"

"봤지? 봤지? 나 눈썰미 좋지 않아? 칭찬해줘!"

"아, 그래그래. 참 잘했어요. 그런데…… 정말로 이유가 뭐지?"

곧 해가 넘어갈 시각이다. 제대로 관찰하기 어렵다는 이유로 오늘은 저택으로 돌아갔다.

"오잉크와 다리아에게도 일단 보고는 해야겠지?"

"그래, 애들한테도 말해줘. 그럼 내일 몸이 괜찮으면 또 올게."

"엘, 잘 가~. 푹 쉬어야 해."

"안녕히 주무세요, 엘 씨. 몸조심하시고요."

"둘 다 고마워. 카이 씨도 뭐 할 말 없어?"

"그래, 잘 자라. 밥시간 되면 꼭 챙겨 먹고 일찍 자. 이 닦아. 숙제해."

"어우, 아재 냄새! 언제 적 유행어[#9]야!"

엘은 한마디 톡 쏘아붙이고 사라졌다. 여전히 이 녀석에게는 무슨 말을 해야 할지 잘 모르겠다.

너야말로…… 알아듣는 시점에서 피장파장이잖아.

"그나저나 왜 자랐을까?"

#9 언제 적 유행어 일본 7, 80년대를 풍미한 코미디 프로 「8시다! 전원집합」의 엔딩곡에 「목욕해! 이 닦아! 숙제해!」 같은 추임새가 들어간다.

"음…… 생장기인가? 내일 아침에 또 관찰하지 않으면 판단하기 어려워."

"그러네요. 만약 조금 전부터 급격하게 자라기 시작한 거라면……."

"내일 아침에 또 만나요……인가."

일단 보류하고 오늘은 그만 자러 가기로 했다.

참고로 슌은 돌아오지 않았다. 설마…… 그 녀석이 외박?

§ § §

다음 날 아침. 식사를 준비하는데 슌이 미안한 기색으로 돌아왔다.

"왔냐? 어젯밤은 좋은 시간 보내셨겠네요."

"미안. 레티시아를 동쪽 마을 집까지 보내줬다가 붙잡혔어. 저녁을 먹고 가라더니 그다음에는 목욕해라, 자고 가라……. 이 저택의 주인이라니까 아주 귀인처럼 모시더라. 통사정을 하는데 거절할 수가 있어야지."

"하하하…… 너는 심지어 겉모습은 어린애니까. 혼자 돌려보내기 불안했던 거 아닐까?"

"그럴지도. 썩 유쾌하지는 않지만, 이번이 처음 겪는 일도 아니야. 네가 부럽다, 야."

"그런데…… 돌아올 때 중앙, 그 씨앗 심은 곳 봤어?"

"아니, 안 지났어. 왜? 벌써 자랐을까 봐? 토○로가 준 도토리도 아니고."

아아, 꿈이었지만 꿈이 아니었어[#10]?

나는 실제로 어젯밤에 본 광경을 슌에게도 알려줬다.

"어두워서 잘못 봤을 리는 없겠군……. 알았어. 확인하러 가자."

어제 이 구역의 마물을 정리하고 옆 구역의 보스로 보이는 바위 마물을 해치운 영향일까? 어제까지 알 수 없는 기척과 소리가 나던 이곳이 쥐 죽은 듯 조용했다.

고요한 거리는 이른 아침의 서늘한 공기를 품고 을씨년스러움을 더했다.

"뭐야, 진짜 자랐잖아?! 이건 싹이 아니라 어린나무야."

"흠…… 어제 봤을 때와 차이가 없어. 어제 여기를 지났을 때는 이미 이 상태였어."

"맞아. 그래서 나는 하룻밤만 지나면 더 클 줄 알았는데……."

"변화가 안 보이네요……. 무슨 조건이 있을까요?"

그렇다. 급격하게 자랐다면 원인이 있을 것이다. 그 조건을 규명하면 머지않은 미래에 다시 거목으로 자라날지 모른다고 나는 추측했다.

"흠……, 우리가 어제 한 행동에 비밀이 있다는 거군?"

#10 꿈이었지만 꿈이 아니었어 애니 『이웃집 토토로』에서 주인공 소녀 두 명이 말하는 대사. 토토로가 도토리를 큰 나무로 키우는 꿈을 꾼 다음 날, 실제로 땅에 심은 도토리에 싹이 터 있었다.

"내 생각에는 어제 옆 구역 보스를 해치운 영향이 아닐까 해."

"일리가 있네요. 고블린을 잡는 동안은 변화도 없었으니까요."

"맞아! 레이스, 마안 써 봐, 마안. 이 주변을 한 번 봐줘."

"아! 제가 미처 그 생각을 못 했네요."

레이스의 눈이 빛났다. 그리고—.

"어제 마물이 있던 방향일까요……? 마력이 이곳으로 흘러들고 있어요."

"빙고. 이러면 다른 보스도 이른 시일 내에 전부 해치우는 편이 좋겠군."

"하지만 엘도 함께 성장시키고 싶어. 어제 하루 만에 거의 80까지 올랐지? 지금이라면 서브 클래스도 고를 수 있을 거야. 그냥 해치우기는 아까워."

"급할수록 돌아가라……. 그래, 엘이 우리 수준으로 강해지면 할 수 있는 일도 늘어나니까."

어쩐지 마지막 순간으로 착실히 다가서고 있는 느낌이 들어서 살짝 몸이 떨렸다.

저택 앞까지 오니 안에서 무슨 소리가 들렸다.

밖에서는 아무나 들어갈 수 없을 것이다. 혹시 오잉크나 다리아일까?

문을 열자 안쪽 부엌에서 엘이 콧노래를 흥얼거리며 뭔가

하는 모습이 보였다.

"아, 어서 와. 밥 먹을래? 목욕할래? 아니면…… 설·거·지?"

"아, 설거지해주고 있었어? 이렇게 일찍 웬일이야?"

돌아본 엘의 손에는 수세미가 들려 있었다.

그러고 보니 아침을 만들던 중이었지.

"어렵게 생각한 개그인데 무시해 버리네. 그냥, 어제 일 때문에 내 얼굴이 말이 아니었나 봐. 오늘 예정은 전부 취소되고 치유술사가 방에서 쉬라고 신신당부했어. 그런데 오잉크한테 받은 엘릭서 마셨더니 쌩쌩해졌어."

"그런 사정이……. 정 그러면 정말로 쉬게 해주고 싶지만—."

방금 세운 가설, 보스 퇴치가 나무의 성장에 영향을 준다는 추측을 설명했다.

"아…… 그럼 오늘도 힘내야겠구나……. 어제 보스를 해치우고 내 레벨도 제법 올랐으니까 오늘은 좀 낫겠지……?"

"아마도? 그보다 서브 클래스를 슬슬 생각해 봐."

"아, 맞아. 나 무슨 직업이 강한지 잘 모르니까 정해줄 수 있어?"

"신관이랑 상성이 좋은 건 『마술사』, 『마법사』, 『마도사』야. 하지만 원거리 직업은 솔직히 다리아와 레이스만 있으면 충분해. 그럼 전열에 설 수 있는 서브 클래스 『견뢰 기사』와 『기사』가 좋겠지만, 솔직히 그건 『성기사』의 하위 호환일 뿐이라서 추천은 못 해."

"덧붙이면 『부여술사』가 되어서 보조를 주력으로 삼기에도 애매해. 오잉크의 부여술이 아마 이 세계에서도 최고 수준일 테니까 나설 자리가 없어."

……어라? 엘을 어디에 써먹어야 하지? 회복 마법도 이미 있잖아.

"어, 뭐야? 나 필요 없어? 울어도 돼?"

"하나 더 있어. 로망픽이지만, 『권투사』나 『격투가』를 넣는 거야. 그럼 몽크처럼 싸울 수 있어. 실용성은 떨어지지만, 솔로 지향 빌드였지."

"있었지, 그런 빌드. 나도 서브 클래스가 권투사여서 격투 계열 장비는 남는 게 제법 있어."

"몸이 무기라는 말이구나……. 언젠가 호신술도 배워야겠다고 생각했으니까 잘됐네. 그럼 격투가나 해 볼까? 몸을 밀착해서 엎치락뒤치락도 할 수 있겠고."

이리하여 우리 팀에 몽크 비스무리한 무언가가 탄생할 것 같습니다.

참고로 격투가 서브 클래스를 얻으려면 도시 안에 있는 도장에서 신석을 만져야 한다. 만약 게임과 조건이 같다면 어차피 탐색을 진행할 필요가 있다.

"도장이 있는 구역은 제법 멀어……. 레티시아 씨가 오면 바로 출발하자."

"격투가…… 격투가라면 저도 훈련 상대가 되어드릴 수 있을지 몰라요."

"응? 레이스는 마궁투사와 재생사 아니었어?"

"흠, 그럴 텐데."

아니, 그게 아니라요. 우리 누님은 게임적 시스템을 떠나서 순수하게 격투술을 배워서 실전에 활용하는 타고난 전사거든요.

"맞아, 나무에 관해서 오잉크와 다리아한테도 알려 둘까?"

"그래. 연락하는 김에 오잉크한테 격투가 장비도 준비해 달라고 하고."

연락을 했지만, 바로 답변이 오지는 않았다.

시간상 회식이나 미팅이 있을지도 모른다.

아무튼 나도 다시 아침을 만들기로 했다.

"우으⋯⋯ 아침 먹지 말고 올걸⋯⋯. 몸이 안 좋아 보인다고 빵죽이랑 야채수프만으로 배 채운 게 후회돼⋯⋯."

"점심은 탐색 중에도 먹을 수 있는 음식으로 할 건데, 일단 먹고 싶은 음식이 있으면 들어줄게."

"피자."

"왜 슌이 말해! 나 텐무스[#11] 먹고 싶어! 새우로!"

"튀김이라⋯⋯. 뭐, 괜찮겠지. 그거로 할게. 그리고 슌은 피자 타령 그만하고."

#11 텐무스 튀김 요리를 넣거나 올린 주먹밥.

"크…… 너무 오래 고급스러운 음식만 먹은 반동이야. 너 그렇게 봐줘."

"텐무스가 뭐야? 나도 알려줘."

"텐무스…… 강해 보이는 이름이네요."

뭔가 이상한 텐무스 대화가 오가는데 저택 문을 두드리는 소리가 들렸다.

들어온 사람은 역시나 레티시아 씨였다. 어제 양도한 갑옷을 입고 왔다.

"오래 기다리셨습니다! 레티시아, 지금 도착했습니다."

"어서 와. 슌이 신세를 졌다며?"

"신세라뇨. 오히려 저희가 다짜고짜 붙잡아서 폐를 끼쳤습니다. 배웅이라도 해드리고 싶었지만……."

"안 봐도 알겠네. 이 녀석이 메모라도 남기고 몰래 도망갔겠지."

"아하하…… 그런 모양입니다."

레티시아 씨도 왔으니까 나도 출발 준비에 들어갔다.

오늘 목표는 도시 북쪽에 있는 도장. 그리고 엘의 서브 클래스 얻기다.

맵을 보면 도중에도 보스급 마물과 싸워야겠는데 엘은 괜찮을까……?

§ § §

“자, 오늘 진군은 엘을 앞장세울까 합니다. 신관 기술 중에 『성자의 행진』이 있잖아? 어제 배웠을 거야.”

“아, 정말이네. 효과는 만난 몬스터의 이동 속도를 떨어뜨린다……. 좋은데?”

“어제 엘이 숟가락 얹기도 전에 해치운 마물이 꽤 있었지? 이게 있으면 경험치를 전부 받아먹을 수 있을 거야.”

“그렇구나……. 레벨도 벌써 79니까 어제처럼 무식하게 오르지는 않겠지?”

“기뻐해라. 도중에 보스가 둘이고 도장에 한 마리 더 있어. 두통 지옥 확정이야.”

“그냥 죽여어어!!!”

“후후, 엘이 있으면 분위기가 살아서 좋아.”

“확실히 분위기가 밝아지죠? 지금까지 카이 씨 동료라고 하면 다가가기 힘든 인상이 있었지만…… 엘 씨와는 굉장히 친해질 수 있을 것 같아요.”

하긴, 오잉크도 그런 입장이고, 다리아는 성녀고, 슌도 비슷한 처지니까.

하지만 엘은 왕녀인데…… 그냥 바보 같단 말이지.

어제 지난 상점 구역을 통해 북쪽으로 가면 운하가 나온다.

이 강을 따라서 난 길에도 노점을 여는 플레이어와 홈이 없는 생산직이 쓸 수 있는 공공 공방 및 아틀리에가 있었지만, 지금은 그런 건물이 대부분 마물 소굴이 됐다.

엎친 데 덮친 격으로 운하에서 수생 마물까지 덤벼들었다.

어제와는 비교가 되지 않는 위험한 행군이 되고 말았다.

"히익! 또 나왔어! 레티시아, 지켜줘!"

"예! 크, 비켜라!"

"오, 마물 집단을 추풍낙엽처럼 쓸어버렸어."

"카이 군……, 도와주면 안 돼?"

"오늘은 두 사람한테 맡기자. 슬슬 싸우는 방법이나 마음가짐도 배워야지."

"그렇죠……. 일단 즉각 대응할 수 있게 겨냥은 할게요."

"류에도 회복할 준비만이라도 부탁해. 슌은…… 쟤 왜 강에 들어갔냐?"

그렇게 전투가 끝났다. 레벨이 높아져 이제 일격에 치명상을 입는 일은 거의 없겠지만, 역시 신관 기술만으로는 공격 수단이 부족하여 열심히 지팡이로 두들겨 패는 볼품없는 싸움법이 정착되고 말았다.

"으으, 심하지는 않지만 머리가 무거워……. 이렇게 많이 잡았는데 레벨은 겨우 1 올랐어."

"야, 전투 한 번으로 레벨이 오르는 건 말도 안 되는 속도야. 그나저나 제법 싸움에도 익숙해졌는데? 슬슬 무기 바꿀래? 경험치는 조금 줄어도 공격력이 높아."

"응, 그럴래. 이것도 꽤 레어 무기였다고 기억하는데, 꼭 달걀로 바위 치는 기분이야."

『근사한 지팡이』. 이름은 하찮지만, 경험치가 상승하는 효과를 가진 신관용 쇼트 스태프다.

그것과 바꿔 오잉크에게 받은 다른 지팡이를 건넸다.

지금 레벨이라면 아마 장비할 수 있겠지만—.

"디자인 뭐야! 진짜 내 취향 아니다……. 이거로 때려?"

"이건 이미 둔기를 넘어서 고문 기구지. 일단 네 레벨대의 최강 무기야."

『옥장(獄杖) 테러 헤드』

『지옥에 떨어진 악인의 두개골을 꿰뚫은 가시. 그 가시는 머리째 지팡이가 되었다.』

『공격할 때 가끔 비명소리가 들린다고 한다.』

"더 강해지면 다른 무기 줄 거지……? 나 이거 싫어……."

"솔직히 나도 이건 아니라고 생각해. 레이스가 진심으로 무서워하니까 가까이 가지 말아줘."

그 후로도 어제와 비교가 되지 않는 빈도로 적과 만났으나, 오잉크에게 받은 지팡이에 힘입어서 엘이 차례대로 박살 냈다. 그렇게 오늘 첫 번째 보스 앞까지 도착했다.

"강을 못 건너게 다리를 점거했나. 자기가 장비라도 되는 줄 아나."

"흠. 하이 오크의 일종이지만, 체격이 말랐어. 정말로 무사 같군."

"벌써 칼을 뽑아서 어쩌려고? 엘이 손댄 다음에 처리해. 『성자의 행진』은 보스한테는 안 먹혀."

무사 같은 적을 보고 슌도 같은 무사로서 손이 근질근질한 모양이었다.

그나저나…… 내 눈으로 봐도 이건 어제 보스보다 제법 강해 보인다.

【Name】 색욕의 카이저 오크

【종족】 하이 오크 변이종

【레벨】 311

【칭호】 색정광

【스킬】 절륜, 음독, 최음, 극검술

Oh…… 완벽한 여자의 적이군.

이건 엘에게 맡기기 미안하니까 우리가 처리하자.

"헉…… 헉…… 나 잠깐 다녀올게……."

"벌써 최음에 당했잖아! 류에, 내성 마법."

"맡겨만 줘! 드디어 내 차례가 왔어."

“아무래도 저한테는 안 통하는 모양이네요. 레티시아 씨는…….”

“갑옷 효과로 무효화됐나 봐. 내 코트만큼 고성능이거든.”

“헉…… 헉…… 허?! 잠깐, 저거 뭐야?! 징그러워!”

“엘……, 넌 침만 바르고 빠져. 아니, 전부 물러나 있어. 나와 카이본이 처리하지.”

“그러자. 우리 여성 비율이 높아서 저 녀석 눈이 돌아갔어.”

멀리서 봐도 그게…… 거시기가 거시기한 상태다. 하늘을 찌를 것 같다.

그러자 엘이 빛의 화살을 날렸고— 그것이 정확히 마물의 고간에 직격했다.

“넌 맞아도 싸! 슌! 카이 씨! 해치워 버려!”

“네, 네. 분부대로 합죠, 마님.”

다리 위에서 웅크린 불쌍한 수컷을 슌이 일격에 양단해 버렸다.

강한 마물이었지만…… 그래도 나나 슌에게 걸리면 이렇게 될 수밖에.

“우에에에에에엑! 오랜만에 왔다! 머리 깨져! 깨져어어!”

그리고 오늘 첫 번째 절규.

“후우……, 점점 나쁘지 않다는 생각이 드는 게 무서워. 나 혹시 마조히스트 기질이 있나…….”

“자자, 다음 장소로 가자.”

"스톱. 아이템 들어왔어. 카이본, 너는 못 얻었어?"
"막타 보너스 아니야?"
"아하. ……근데 나는 쓸 일 없어 보인다, 이거."
그러더니 아이템 거래 신청이 들어왔다. 뭐야? 직접 건네주면 될 것을.

『최음 정력제』
『남녀를 불문하고 굉장히 강력한 효과를 발휘하는 금단의 비약.』
『그 흥분은 하룻밤에 끝나지 않는다. 격렬한 밤을 책임질 든든한 아군.』

뭘 보내는 거야, 이 녀석.
"노코멘트."
"너…… 젠장! 받아는 두마!"
언젠가 쓴다고! 언젠가!

§ § §

운하를 따라서 걷다가 다음 구역으로 넘어왔다.
『투기장 앞 광장』에 도착한 우리는 이곳 보스가 있을 투기장으로 들어가지 않고 우선 마물이 없는 건물, 아마 술집이었을 건물에서 쉬기로 했다.

"돌아가면 목욕부터 하고 싶어. 여기저기 더러워졌어……."

"그러고 보니 저택에 목욕탕도 있었나? 나는 방에서 샤워하고 말았어."

"흠. 아, 방금 최음으로—."

"흡!"

"커억!"

"지금 건 슌이 잘못했어."

"네. 슌 씨가 잘못했네요."

빈 병으로 풀스윙을 얻어맞고 KO 요즘 너 게임 시절 성격으로 돌아가지 않았냐? 놀리기에는 너무 민감한 소재잖아.

아무튼 이쯤에서 점심을 먹기로 했다. 오늘은 엘의 요청대로 텐무스를 싸왔다.

다행히 수돗물이 나와서 손 씻기부터 양치질까지, 준비는 완벽했다.

식기를 빌려 쓰면서 더위 먹지 않게 레모네이드도 나눠줬다.

"오~! 카이 씨가 뭘 좀 아네. 맞아, 새우 꼬리가 주먹밥 위로 튀어나온 게 중요해! 게다가 김 붙이는 법도 완벽해! 그나저나 김이 있었어?"

"세미피나르에 건어물 가게가 있었거든. 옛날 해방자가 전파했대."

"아, 혹시 아기다르야? 나도 언젠가 가보고 싶군."

텐무스를 한입 먹었다. 음, 아이템 박스 만만세야. 아직 꼬리 부분이 바삭해.

"맛있어. 정작 일본에 있을 때는 일식을 별로 먹지 않았는데."

"그러고 보면 너, 나와 다리아랑 술집에 가서도 항상 양식만 시켰지."

"요즘 젊은이였으니까. 30대 돌입 직전이었던 너랑은 달리."

"겨우 세 살 차이면서!"

"크크, 지금은 내가 훨씬 나이를 먹어 버렸지만. 정말로 맛있네……, 이거."

"카이 군이랑 슌은 정말로 친했구나? 왠지 의외야."

"우리 재회가 그 모양이었으니까. 하지만 우리는 원래 같이 있는 시간이 많았어."

"그러게. 둘 다 인터넷 커뮤니티에 들어가서 레이드에도 참가했고."

텐무스를 먹으면서 옛 추억에 잠겼다.

"카이본 님은 요리 실력이 대단하시군요. 이건…… 정말로 맛있습니다."

"입에 맞아서 다행이야. 사실 녹차가 더 어울리겠지만, 오늘은 땀을 많이 흘려서 염분과 당분을 보급하려고 레모네이드로 했어."

"아뇨, 이것도 맛있습니다. 레모네이드인데…… 허브 향도 나는군요."

"민트를 연한 소금물에 하룻밤 담갔다가 레모네이드를 만들거든요."

"오오! 우리 가문은 포션을 만들기 위해서 대대로 큰 허브밭을 가꿨습니다. 한 번 흉내 내 보고 싶네요."

고스트 타운에서 나눌 대화는 아니라는 생각도 들지만, 나는 이런 일상적인 분위기가 좋다.

"다 먹었군. 엘, 만족했어?"

"대만족이야! 후아…… 역시 맛있네…… 쌀밥."

"음식 취향이 나랑 비슷하네. 치라시즈시에 주먹밥까지."

"전통 같은 거 따지는 집안이어서 일식을 자주 먹었거든. 아예 일식 요리사랑 결혼해야겠다고 생각했었어. 그래서 엘버슨 시대의 남편도 요리사였고. 그러니까 나랑 결혼 안 할래, 카이 씨? 나 그거야, 환상의『테크닉 좋은 처녀』야."

"글쎄, 그런 소리 하지 말래도. 농담이 안 통하는 사람이 있어."

"농담 아닌데~."

레이스의 웃는 얼굴이 무섭잖아요. 류에의 허둥대는 얼굴이 가엾잖아요.

……그나저나 실존했구나! 아니, 딱히 상상은 안 했지만!

휴식을 마치고 투기장으로 갔다.

도장으로 가려면 무시해도 상관없지만, 만약 나무의 성장에 보스 몬스터가 연관됐다면 방치할 수는 없었다.

물론 엘의 육성에도 필요한 양분이 되겠지만.

"감회가 남달라. 수백, 수천 번 싸웠던 곳이야. 실제로 보면 이런 모습이군."

"보스는 전투 필드가 아니라 지하에 있나 봐."

"아쉽네. 저기서 싸우는 시추에이션이 좋았는데."

그렇게 말하면서 슌은 투기장 중심으로 눈을 돌렸다.

그럴 테지. 너는 쭉 이곳의 챔피언이었으니까.

"당시 투기장은 어땠죠?"

"으음, 나는 몇 번 구경한 게 전부지만, 매일 약 50명의 선수가 모여서 토너먼트 방식으로 싸웠어. 슌은 나오면 무조건 우승하니까 언제부터인가 출전 금지를 먹고, 대신에 주말 대회에서 우승한 사람과 시범 경기를 붙었어! 그런데도 무패 행진이 계속됐지."

"오호, 그런 식으로 기억에 남아 있나? 대충 그런 상황이긴 해."

시스템이 도입된 처음부터 계속 이겨서 핵 유저 의혹도 있었지.

하지만 실제로 이 녀석이 플레이하는 모습을 본 적이 있는데…… 키보드를 게임 전용으로 개조하질 않나, 발판 스위치가 있질 않나, 마우스에 버튼이 덕지덕지 붙어 있질 않나, 심지어 팔다리 움직임도 징그러운 진짜 변태였다.
그러니까 단순한 키마, 패드 유저는 못 이기지.
"슈, 슌 님은 그렇게까지 강했나요! 어제 싸움도 대단했었죠. 역시 슌 님은 최강의 고대 민족이셨군요!"
"아니, 저기서 나 몰라라 하는 놈이 최강이었어. 나도 졌어."
"나한테 화살 돌리지 마. 적어도 나는 아레나에서 싸운 적 없어."
"사실이잖아? 솔직히 규칙 없는 이 세계에서는 너한테 이길 자신 없어."
하지 마, 낯간지러워.
그리고 레티시아 씨가 경악스럽게 쳐다보잖아.
괜찮아요. 해치지 않아요. 허브로 맛있는 음료수 만드는 착한 오빠랍니다!
그 후, 우리는 지하로 내려갔다. 게임 시절에는 들어가지 못하는 구역이었던 탓에 길을 헤맸지만, 무사히 보스 반응이 있는 곳까지 도착했다.
아마도 여기는 보물고 같았다. 넓은 방이 안쪽까지 이어졌다.
"어쩌면 이 안에 아레나 경품이 산처럼 쌓여 있을지도 몰라. 오잉크가 들으면 부러워하겠지."
"하하, 꿀돼지는 아레나 관련 레어 아이템만 다 모으지 못했으니까. 거래 불가 아이템도 많았고."
"그거 알아? 그 녀석 아레나에 한 번 출전했어."

"정말로? 난 몰랐는데."

"입막음 당했으니까. 너무 긴장해서 어리바리하다가 자기보다 레벨 30이나 낮은 검사한테 졌지."

"와…… 나였으면 쪽팔려서 얼굴도 못 들고 다녔다."

지금에야 밝혀지는 꿀돼지의 비밀 이야기.

하지만 지금은 친구의 우스운 에피소드를 잠시 머리 밖에 두고, 나는 표정을 굳히며 문 잠금을 부쉈다.

엘이 조심조심 문을 열었고—.

"와오~! 봐! 이런 산더미 같은 금은보화는 디즈○ 만화에서밖에 못 봤어!"

"이거…… 확실히 겁나는 양이군. 하지만 지금 문제는 보스인데……."

언제 무너져도 이상하지 않을 금은보화 더미. 그리고 수없이 굴러다니는 장비들.

한눈에 봐도 귀중품인 그것들 앞에서 다들 감탄사를 흘리고 있었다.

"누, 눈부셔……. 이게 다 웬 보물이야! 우와…… 저 지팡이 가까이서 보고 싶어."

"여러분, 조심하세요. 보물 더미 위에서 마물의 기운이 느껴져요."

아차 싶어 맵을 확인하자 레이스 말대로 위쪽에 마물 반응이 있었다.

하지만 눈으로는 그 모습을 확인할 수—.

"꺄악!"

"엘?! 무슨 일이야!"

"금화가 떨어져…… 아니, 무너졌어!"

"뭐?! 레이스, 마안!"

"네, 넷! ……있어요! 보이지 않는 마물이 미끄러져 내려와요!"

금화 더미가 발자국 모양으로 가라앉으며 흘러내렸다.

투명한 마물이라……. 성가시군. 엘이 손대기도 어려우려나?

그렇게 생각하는데 웬일로 엘이 지시를 내렸다.

"류에, 내가 금화 더미를 무너뜨리면 바로 그 근처를 얼음 마법으로 감싸줘!"

"응, 알았어."

"레이스, 지금 마물 어디 있어? 방향만 알면 돼."

"세 시 방향, 더미 중턱이에요."

"오케이! 에잇!"

그러더니 엘이 자기 지팡이를 보물 더미로 던졌고 금화가 주변으로 튀었다.

그리고 흩뿌려진 금화들을 냉기가 감쌌고—.

"좋아, 찾았다. 한 대 때렸어! 금화 빛이 변하는 부분이 마물 위치야!"

엘의 마법이 날아가고 마물의 소리가 똑똑히 들렸다.

"후훗, 금은 열전도율이 높거든. 류에의 냉기로 금화에 서리가 앉았지? 그걸 마물이 밟으면 바로 녹아."

"안 보여서 숟가락도 못 얹을 줄 알았는데 머리 잘 썼네."

"그치!"

잠시 후 슌이 작은 카멜레온 같은 마물을 처치하고 돌아왔다.

다행이다. 이 녀석이 변온 동물이 아니라서.

그리고 엘이 자신의 재치를 자랑하던 도중, 오늘 두 번째 비명이 창고 안에 울려 퍼졌다.

§ § §

"적은 도장 안이 아니라 뒤쪽에 있어."

"투기장도 그러더니 왜 엉뚱한 곳에 보스가 있어?"

"그러게. 원래 이벤트 전투가 있던 곳은 특별한 가호라도 있는 거 아닐까? 그래서 마물 배치가 안 된다거나?"

"듣고 보니 어느 녀석이고 자기 자리를 벗어나려고 하지 않는군. 의도적인 제한이 느껴져."

"거기 둘! 고찰하지 말고 앞으로 나가! 나 혼자 싸우라는 거야?"

"맞아."

"잘 아시네요."

목적지인 도장에 도착해 이곳 보스와 엘을 싸우게 하기로 했다.

반응의 크기를 보면 별로 강하지 않은 보스일 것이다. 도장 뒤로 돌아가자 예상대로 마물보다는 아인종 같은 적이었다.

"넓은 의미로 보면 저것도 마족에 속하나?"

"의사소통이 되지 않으면 마물 아니야?"

"아, 그러고 보니 저런 마물이 있었지. 워캣이었나?"

쉽게 말하면 동물의 비율이 상당히 높은 수인이었다.

수상할 정도로 털을 좋아하는 그분들이라면 저것도 가능하다고 하겠지.

"저기…… 엘 씨 혼자서 괜찮을까요?"

"레벨도 많이 올랐고 오잉크가 장비도 빌려줬으니까. 보스 능력도 확인해 봤는데 충분히 싸울 만해."

"하지만 엘 님은 지팡이로 때릴 수밖에 없지 않나요……?"

"그건 본인 하기 나름이지. 우리랑 함께 싸우려면 이 정도는 해야 해."

일단 안전장치는 충분히 마련해 뒀다. 열심히 싸워 봐, 엘.

말 그대로 캣파이트다.

"하, 하면 되잖아! 류에, 보조만 해줘!"

"응, 열심히 해!"

"상대방은 무기가 없어요! 무기의 길이를 활용하세요!"

어시스트는 두 명에게 맡기고 나는 슌과 레티시아 씨를 데리고 도장 안을 조사하기로 했다.

"오, 여기는 깨끗하군. 신석은…… 아, 저 감실인가?"

"그럴 거야. 역시 이벤트에 깊이 연관된 부분에는 마물도 간섭할 수 없나."

"엘이 그것만 해치우면 맵에 남은 보스는…… 아직 아홉 마리나 있어?"

"솔직히 시간도 오래 걸리고 엘도 강해졌어. 슬슬 두 팀으로 나뉠래?"

"그러자. 만약을 위해서 엘한테는 나와 류에가 붙어 있을게. 너는 레이스와 레티시아랑 가."

"그게 안정적이겠어. 다리아랑 오잉크가 오면 더 돌기 편할 텐데."

"아, 그러고 보니 아직 안 왔지?"

나무가 자랐다고 보고하며 격투가 장비를 빌려달라는 메일을 보냈는데 역시 두 사람은 바쁜지 곧 저녁이 될 시각인데 답변이 오지 않았다.

"저택 주인 중 한 분인가요? 인사를 드려야겠군요."

"하하, 오잉크는 어떻게 보면 초대 알버트 씨를 고용한 본인이니까."

"그분이!"

아직 보지 못한 주인에게 기대가 부푸는 모양이었다. 그때, 도장 뒤에서 환성이 들렸다.

결판이 났나 싶어서 서둘러 가봤더니 엘이 쓰러진 마물

위에 올라타서는 지팡이로 구타하고 있었다. 그야말로 진흙탕 개싸움. 처절하기 짝이 없는 광경이었다.

"계속 때리세요! 머리를 깨부순다는 생각으로!"

"마무리해, 엘!"

"우리 여성 멤버 너무 살벌하지 않아……?"

"순수한 응원이라고 생각하고 싶군."

그렇게 엘은 훌륭하게 보스급 마물 하나를 격파해 냈다.

참고로 이미 레벨도 많이 올라서 이번 두통은 별로 강하지 않았다고 한다.

"겨, 겨우 이겼다……. 그럼 격투가 직업 받고 올게……."

"이제 와서 말하기는 그렇지만, 직업부터 받고 싸웠으면 편했을 텐데."

"앗! 아, 진짜아아아! 왜 빨리 말 안 했어어어!"

다시 도장으로 들어오자 엘이 감회에 젖어 주위를 돌아봤다.

"왠지 그리워. 고등학교 수업으로 유도나 검도가 있었지……."

"아, 그러고 보니 그런 수업도 있었지."

"카이 씨는 무슨 부였어? 역시 이런 도장에서 하는 운동부?"

"나? 어……? 뭐였더라? 놀러 다닌 기억밖에 없어."

"크크, 네 성격에 단체 생활을 어떻게 해? 선배 패서 퇴부나 당하겠지."

"아니라고는 못 하겠네. 그러는 슌, 너는 어때?"

"나? 수영이랑 관악부."

"뭐? 슌, 악기도 켜?"

"켜는 게 아니라 부는 거야. 트럼펫이었어. 폐활량은 자신 있었거든."

생각해 보면 이 녀석 집에 갔을 때 악기가 있었던 것 같다.

"그럼 신석을 만져야겠는데…… 어디 있어?"

"저기 벽 위 선반, 감실에 있어."

"카이 씨, 목말 태워줘."

게임에서는 다가가면 상호작용이 됐지만, 현실이라면 이렇게 되나.

여전히 가벼운 엘을 어깨에 태우자 어떻게든 손이 닿았나 보다.

"아…… 직업 생겼다. 격투가가 서브 클래스로 설정됐어."

"오, 성공했군. 이제 육탄전도 강해지지 않았을까?"

"그럴까?"

엘이 어디서 본 듯한 자세를 잡고 펀치를 날렸다.

야, 그건 섀도복싱이잖아. 더킹 하지 마.

"쉬쉭! 쉬쉭! 뭔가 그럴싸하지 않아?!"

"그건 공수도잖아. 봐봐, 일단 이렇게 자세를 잡고……."

초기에 배우는 기술 중에는 일정 횟수 연습만 해도 습득 가능한 것도 있다.

일단 여기서 잠깐 허공에 연습을 시킬까.

"어쩐지 이곳은 신전 같은 분위기가 나서 마음이 가라앉아."

“그러게요. 여기는 원래 무술을 배우는 곳이었죠?”

“맞아. 우리가 살던 나라의 문화가 모티브니까 게임 시절에 세워진 건물이겠지.”

잠깐만? 혹시 마물을 배치할 수 없는 곳은 게임에서 만들어진 곳인가?

그 콜로세움도 원래 있던 지하 창고 위에 세운 건물이라면 설명이 된다.

“오늘은 이만하고 저택으로 돌아갈까? 시간은 아직 여유가 있지만.”

“오늘은 엘도 고생했으니까. 일찍 돌아가서 쉬자.”

잠깐의 휴식. 도장 구석에 앉아서 다 같이 엘의 주먹질을 바라보던 때였다.

호출음이 머릿속에 울려서 메뉴를 열어 보자 오잉크에게서 메일이 왔다.

From: Oink

To: Kaivon

제목: 오늘 밤에 들를게요.

굉장히 관심이 가는 이야기네요. 오늘 밤 직접 자세한 이야기를 듣고 싶어요.

오후 여덟 시경에는 시간이 나요. 식사는 마치고 갈 테니까 특별히 준비는 하실 필요 없어요.

메일을 평소 말투로 보니까 참 어색하다.

문자는 언제나 그 이모티콘과 말투로 봤었는데.

"오잉크, 오늘 밤에 이쪽으로 오겠대. 메일이 왔어."

"음, 그래? 다리아는 아직 대답 없어?"

"아직이야. 혹시 지금 바쁜 시기야?"

"바쁘지. 도시 유력자들과 친목회라도 가지는지 몰라. 지금까지 그 녀석은 절대 중립을 유지하며 왕족이 개최하는 행사 외에는 일절 참석하지 않았어. 하지만 지금은 그럴 상황이 아니야. 매일같이 여기저기 얼굴 내밀기 바빠."

"그랬군. 그런데 오잉크는 밤에 오니까 레티시아 씨는 마을로 돌아가는 편이 좋겠어. 틀림없이 늦어질 테니까."

"자고 가라고 해. 방은 남잖아? 구냐 방도 있고."

"그거 남이 들어갈 수 있어?"

"되겠지. 엘 방에도 들어갔잖아."

오늘 밤 오잉크가 온다고 전하며 레티시아 씨에게 묵고 가겠냐고 물었다.

"문제없습니다. 외박할 수도 있다고 부모님께 말해 놓았으니까요."

"그래? 그럼 다행이고. 야, 엘! 기술 배웠어?"

"배운 거 같아! 어느 순간부터 동작이 자연스럽게 유도되는 느낌이 들어!"

"좋아, 성과가 있군. 그럼 돌아가자. 오늘 밤에 오잉크도 온다고 해."

"오, 정말? 강해진 내 모습을 보여주겠어."

§ § §

"후…… 텔레포로 단숨에 돌아가고 싶지만, 그러면 성으로 돌아갈 수 없으니……."

"그럼 자력으로 이곳까지 온 나나 류에, 레이스가 쓰면 되겠네?"

"그러면 레티시아가 혼자 남잖아. 돌아가는 길에 마물이 남아 있지 않은지 확인하는 차원에서도 걸어가는 편이 나아."

겨우 거주구까지 돌아왔는데 오늘 가장 지쳤을 엘이 결국 한계에 달해서 멈춰 섰다. 어쩔 수 없이 오늘도 업어주자 거기에 맛이 들었는지 엉뚱한 소리를 꺼냈다.

"후후, 내일부터 마물이 나올 때까지는 카이 씨한테 업어 달라고 할까?"

"이상한 소리 하면 떨어뜨린다?"

"으아아! 하지 마, 하지 마!"

저택으로 가면서 그 나무가 어떻게 됐는지 보러 진로를 틀었다.

그러자 멀리서도 이미 그 변화가 눈에 보였다.

"응?! 대체 얼마나 큰 거야?!"

"보스 한 마리에 어린나무가 됐으니까 말이 안 될 건 없지만……."

"우와…… 이미 웬만한 나무보다 커졌어."

거기에는 도시 가로수와는 비교가 되지 않을 만큼 큰 나무가 우뚝 서 있었다.

이 속도로 가면…… 나머지 아홉 마리를 해치우면 정말로 세계수 수준까지 성장하겠다.

"이건 무슨 나무지? 다리아라면 알까?"

"나도 숲에서 오래 살았지만…… 모르겠어. 사과나무를 닮았다는 정도? 아, 어린 열매가 열렸어."

"앗, 정말이네요. 그러고 보니 설익은 열매를 발효한 와인이 있었죠."

"오오…… 카이 군."

"안 돼."

"아, 아직 아무 말도 안 했는데?"

"식용인지 아닌지도 모를 열매를 함부로 입에 넣지 마."

"으으…… 그건 그래. 아, 그래도 익어서 떨어지면?"

어지간히도 먹고 싶은가 보다. 나도 그 마음은 아주 잘 알지만.

"이러면 카이본의 추측이 증명됐군. 보스와 이 나무는 연동돼 있어."

"역시 그렇지? 그럼 돌아가서 목욕이라도 하자. 그 커다란 온천을 쓸 수 있을 테니까.”

저택으로 돌아가서 조사하자 쓸 수 있는 수준을 넘어서 물도 깨끗하고 온도도 적당하여 당장 들어가도 될 상태였다. 역시 게임 시설. 이렇게 편리할 수 없다.

“그러고 보니 게임에서는 이성 욕탕, 탈의실에는 못 들어갔지? 지금은 들어갈 수 있겠지만.”

“슌, 그걸 시험하는 순간, 너나 나 둘 중 하나는 죽는 거야.”

“농담도 못 하냐. 칼 집어넣어.”

농담이면 됐고. 그럼 옷을 벗고 욕탕으로 들어가 볼까.

몸을 씻게 바가지도 배치해 놓은 디자이너님께 심심한 감사의 말씀 전합니다.

온천에 어깨까지 담그며 몸 깊은 곳에서 올라온 숨을 내뱉었다.

“의외로 몸은 피곤했나……. 온몸이 풀리는 기분이야.”

“그래, 시원하네……. 여기 있으면 매일 온천에 들어올 수 있겠구나.”

“좋지? 만약 전부 끝나고 또 여행을 하게 돼도 언제든 여기로 돌아올 수 있어. 온천 때문에라도 매일 돌아올 거 같아.”

“크크, 편리한 수준이 아니야. 나는 이 세계에 오고 아이템 박스의 존재를 가장 사기적이라고 생각했는데…… 텔레포도 밀리지 않는군.”

새소리도 들리지 않는다. 주위에는 아무도 살지 않는다. 거기서 오는 정적.

그리고 이 부유 대륙의 특징인지, 하늘의 별이 조금 가깝게 느껴졌다.

별이 총총한 하늘 아래서 온천이라…….

"다 좋은데……, 옆에 있는 사람이 레이스랑 류에였으면 더할 나위 없었는데."

"미안하게 됐네요."

"하하하. 참고로 아기다르에서 혼욕했지."

"너 이성은 남아 있냐……? 류에는 몰라도 레이스를 보고 버텨? 그걸 보고?"

"그게 뭘 가리키는지는 묻지 않겠지만, 솔직히 나도 용케 버텼다 싶어."

"나는 네 정신력이 놀라울 따름이다……."

"고마워. 그러는 너는 이 세계에 오고…… 남자구실은 했냐?"

"노코멘트. 그래도 성장하지 않았으니까 애가 없다는 건 증명된 셈 아니야?"

"하긴."

"카이본, 네가 나이를 먹고 언젠가 우리보다 먼저 떠나는 건 아마 확정된 미래겠지. 장례는 성대하게 치러주고, 네가 남기고 가는 것도 지켜줄게."

"수명을 얻기에는 아직 이 세계를 너무 몰라……. 그래도 고맙다…….”

분위기가 무거워졌다.

그래. 너랑 다리아가 있으면 아무런 걱정도 없겠지…….

『오오! 이런 욕탕이 있나요! 굉장히 개방적이군요.』

『와~! 이 세계에 오고 노천탕은 처음 봤어! 그리워라.』

『나는 아기다르라는 곳에서도 들어갔어! 그래도 좋은걸, 이런 것도 저택에 있고 말이야.』

『언제든 들어갈 수 있다니, 세상에 이런 사치도 없을 거예요. 내일 아침에도 올까요?』

무겁게 깔린 분위기도 울타리 너머에서 들린 목소리에 떠밀려 사라져 버렸다.

여자들은 신난 모양이군. 역시 사람이 많으니까 즐겁겠지.

“크크, 구냐가 있었으면 여기도 세 명이었을 텐데.”

“누가 아니래. 그 녀석은 아마, 어디서 죽었겠지.”

“싸움도 잘하던 사람이야. 틀림없이 사랑하는 사람과 맺어져서…… 행복하게 떠났기를 빌어.”

“그래, 나도.”

그러나 다시 진지하고 감성적인 분위기가 깔렸다.

괜찮아, 가끔은 이런 날도 있어야지. 하지만—.

『옷을 벗고 새삼스럽게 생각하는데…… 레이스, 너 이거 가슴이야 수박이야! 세 자릿수는 가볍게 넘었지?! 그런데도 이 탄력 좀 봐! 탱탱해! 뭐냐고, 이 무게는!』

『에, 엘 씨…….』

『나도 조금만 더 컸으면, 맵시가 산다고 해야 하나? 어른스럽게 보였을 텐데.』

『그건 그거대로 수요가 있다고 봐.』

『엘 님은 피부가 곱군요. 다른 분들도 그렇지만, 엘 님은 거의 아기 같아요…….』

『곱게 자랐으니까…….』

『그러는 엘도 가슴 꽤 크지 않아? 적어도 나보다는.』

『헤헹, 그치그치? 키도 내가 살짝 더 커. 일어서 봐.』

『아, 정말이다! 그래도 팔다리는 내가 길어.』

『으…… 진짜네.』

오늘 분위기 잡기는 틀린 모양이다.

여자들보다 먼저 온천에서 나와 저녁을 만드는데 다시 메일 알림음이 들렸다.

확인하니까 역시나 상상한 대로 다리아였다.

From: Daria

To: Kaivon

제목: 지금

"뭐야, 이 제목은?"

보내다가 실수했나? 의아하게 여기면서 내용을 펼쳐봤다.

『당신 뒤에 있어.』

"괴담이냐! 이런 건 잘도 기억하네."
"네. 기억은 꽤 남아 있지만, 못된 장난뿐이네요."
"엄마야?!"
갑자기 다리아 목소리가 들려서 식겁했다. 정말로 여기 있었냐…….
"뭐야, 다리아? 왔어?"
"슌, 줄리아가 이거 갖다주래요. 옷이랑 간식이에요."
"그래? 고마워."
"왜 아무 일도 없는 것처럼 얘기해? 누구는 간 떨어지는 줄 알았는데."
성녀 의상인지 고급스러운 로브를 두른 다리아가 슌에게 바구니를 건넸다.
감동적인데? 외지로 발령 난 아버지한테 딸이 도시락을 보내준 구도다.
"오, 치즈 핫도그잖아. 카이본, 내 저녁밥은 안 만들어도 돼."
"그래그래, 좋겠다. 행복하다고 얼굴에 써 있네, 아주."
"인사를 안 했네요. 안녕하세요, 카이본. 메일로 보낸 내용을 확인하러 왔어요."

"그거 말인데, 조금 뒤에 오잉크도 오기로 했어. 그때 한 번에 설명해도 될까?"

"괜찮아요. 그동안 식사라도 하죠. 뭔가 추천하는 요리를 주실래요?"

인격은 성녀지만 근간은 히사시를 닮았는지 다리아는 아주 당연한 것처럼 음식을 달라고 했다. 나는 어이없게 웃으면서 낮에 남은 텐무스를 줬다.

기억에 없는 음식이었을까. 아리송한 얼굴로 맛보는 모습을 확인하고 나는 요리를 하러 돌아갔다.

"이거 맛있네요. 그런데 다른 분들은 어디 계시죠?"

"다 같이 저택 온천에 들어갔어."

"아, 그러고 보니 있었죠. 큰 노천탕."

잠시 기다리자 모두 온천에서 돌아왔고 레티시아 씨가 다리아와 자기소개를 나눴다.

설마 이런 아이도 주인이라고는 생각하지 못하고 당황한 기색이었다.

슌을 보고도 놀랐는데 다리아는 슌보다 더 작으니까.

"좋아, 완성이다. 슌, 저번에 말한 고르곤졸라와 벌꿀 피자야."

"왜 내가 못 먹는다고 말하자마자 만드는 거야! 일부러 그러냐!"

"아니, 여자들이 좋아할 것 같아서. 아이템 박스에 넣어 둘 테니까 내일 먹어."

"큭…… 그럴게."

자기소개를 마친 다리아가 방금 텐무스를 먹었으면서 또 먹기 시작했다.

그것도 엘의 무릎 위에서 이미 저항해 봤자 의미 없다고 깨달은 듯했다.

그렇게 모두 식탁 앞에 앉아 있는데 마지막 한 명, 오잉크가 저택에 나타났다.

"안녕하세요. 늦어져서 죄송해요."

"벌로 우리가 먹는 걸 거기서 지켜보도록."

"으앙~! 마침 저녁 시간이었나요……?"

그때, 레티시아 씨가 일어나서 오잉크에게 걸어갔다.

"처음 뵙겠습니다. 저는 초대 경비의 후손, 당대 경비를 맡은 레티시아 시구르트 알버트입니다."

"설마 문지기 NPC인……."

"맞아, 꿀돼지. 기억하고 있었네?"

"제가 고용한 셈이겠죠? 처음 뵈어요, 레티시아 씨. 저는 오잉크 R. 아키미야예요. 여기 있는 사람들처럼 이 저택의 주인 중 한 명이에요."

"만나 뵈어 영광입니다! 현재 다른 분들과 도시를 조사하는 중입니다."

"협력해 주셔서 고마워요, 레티시아 씨."

완전히 점잔을 빼며 능력 있는 여자인 척하는 꿀돼지.

일단 빨리 설명하는 편이 좋겠다고 생각해서 저녁 식사를 서둘러 마쳤다.

§ § §

"—그러니까 결국 내 추측이 맞았어. 내일 해가 뜨면 보기 싫어도 보일 거야. 점점 성장 속도가 빨라진다는 느낌도 들고, 앞으로 두 마리 정도만 해치우면 야쿠 삼나무[#12]만큼 커지지 않을까?"

"그만큼이나……. 어쩌면 우리나라에 사는 세계수와 비슷한 종류일지도 몰라요. 그건 마력을 방출하는 나무인데…… 어쩌면 이곳에 자란 나무도……."

"가능성은 있네요. 칠성 봉인의 영향으로 대지가 힘을 잃었다고 했죠? 그렇다면 분명 악성 마력은 지맥 깊은 곳에 흐르고 있겠죠. 나무가 그것을 빨아들인다면……."

"제 생각도 같아요. 이곳의 마물들이 악성 마력으로 강해졌다면 그걸 해치워서 마력 흐름이 바뀌었을 거예요. 나무는 그 마력을 흡수해 급속하게 성장했다고 생각해요."

"그렇군……. 그럼 이대로 도시를 해방하면 신계로 가는 길도 열리려나?"

#12 야쿠 삼나무 일본 야쿠시마에 있는 거대 삼나무. 길이 약 25미터, 둘레는 약 16미터에 이른다.

"아마도. 카이본, 지금 속도로 가면 얼마나 걸리겠어?"

두 사람에게 나무의 성장 상태를 설명하자 저마다 고찰을 내놓았다.

"두 조로 나뉘면 이틀. 오잉크와 다리아가 합류해서 세 조로 나뉘며 하루 안에 끝나."

"저는 일단 한 번 돌아가야 하지만, 스케줄을 조정해서 한 일주일 휴가를 얻어 볼게요. ……그만큼 있으면 결판도 나겠죠. 안 그래요?"

"부담 주기는. 그래, 분명 될 거야."

"마침내 대단원인가요. 저는…… 공화국에 갔다고 치죠. 국내 귀족과의 모임도 어느 정도 소화했으니까요."

"괜찮아? 성녀가 사라져서 나라가 혼란에 빠지거나 하지 않아?"

"저는 귀족들과 왕족이 손을 잡고 새로운 나라를 이끌어 가야 한다고 전했어요. 앞으로 조금씩 성녀에 대한 의존에서 벗어나리라고 믿어요. 우선 일주일. 제가 없으면 어떻게 되는지 관찰도 할 겸 이곳에 남을게요."

두 사람이 이곳으로 합류한다. 단순한 전투력 이상으로 마음이 든든했다.

천군만마보다 믿음직한 두 사람이다. 나보다 현명한 사람이 길을 이끌어 준다는 것이 이 얼마나 큰 안도감을 주는가. 이 둘 아래에 있던 이들의 마음도 이해가 간다.

"엘은 격투가를 서브 클래스로 정했나 보네요? 그러면 신관용 로브보다 격투가용 도복이 좋을 거예요."

"격투가…… 그렇담 무기는 지팡이와 주먹이겠네요. 지팡이를 쓸 때 방해되지 않는 글러브 타입 무기도 좋을지 모르지만, 팔찌 타입 무기도 있어요. 제 거 드릴게요."

그러자 이번에는 두 사람이 엘을 위한 장비를 꺼냈다.

오잉크는 슌이 지금 입은 도복과 비슷하지만 조금 서양풍 디자인이 섞인 흰 도복을 꺼냈고, 다리아는 화려한 장식이 들어간 팔찌를 꺼냈다.

"음? 다리아가 꺼낸 건…… 대단하네요. 그런 것도 가지고 있었나요?"

"저는 화려한 물건이 거북해서……. 좋은 장비인 줄은 알지만요."

"흐음…… 그게 뭔데?"

나는 내 장비 말고는 잘 모른다.

"몰라? 저 팔찌는 HP 흡수가 붙은 주먹 계열 최강 무기야."

"정말로? 그런 아이템이 있었나."

"이 세계에서라면 지팡이로 패면서 주먹질로 회복도 가능해. 엘에게 딱 적합한 물건이지."

점점 엘의 장비가 호화롭게 변해 갔다.

이번에는 오잉크가 준 도복을 입고 그 디자인에 매우 만족스러운 눈치였다.

“이거 제법 귀여운데? 신성한 느낌이 들면서도 장식도 예뻐. 오잉크, 고마워!”

“천만에요. 그저 아쉽게도 신관용 지팡이는 전에 드린 것밖에 없어서…….”

“뭐?! 나 이렇게 성직자처럼 차려입고 그 지옥에서 꺾어 온 듯한 무기 써야 해?!”

“그, 그래야겠죠?”

“앞으로 나는 주먹 외길 인생이야……. 다리아가 준 무기가 엄청 강하니까 괜찮겠지.”

뭐, 지팡이가 없어도 마법은 쓸 수 있으니까 문제없겠지?

그리고 그 징그러운 지팡이를 안 쓴다는 이야기에 남몰래 안도하는 레이스. 귀엽다.

다음 날. 돌아갔던 다리아와 오잉크가 점심 전에 돌아왔다.

시간을 내는 데 성공해서 오늘부터 본격적으로 합류하겠다고 한다.

“그럼 편성을 다시 짜 볼까요? 우선 1조는 엘, 류에, 레티시아 씨. 이건 엘의 안전을 최우선한 결과이기도 해요.”

“좋아, 나만 믿어! 지치면 나랑 엘이 전열과 회복을 교대로 하면 돼.”

“저도 뒤처지지 않게 최선을 다하겠습니다. 엘 님의 호위는 맡겨주십시오.”

방어에 치우친 파티 편성이지만, 류에는 마도사로서도 우수하니까 밸런스를 잘 잡아줄 것이다.

"이어서 2조. 레이스와 본본, 그리고 저예요. 회복 마법은 없지만, 본본에게는 회복 수단이 있죠? 그리고 저도 아이템이 많아요. 후열은 저와 레이스에게 맡기고 팍팍 치고 나가세요."

"여차하면 저도 전열에 설 수 있어요."

이 조합도 문제없다. 솔직히 나는 혼자서도 괜찮을 정도다.

그러면 마지막은—.

"3조가 슌과 다리아예요. 인원은 적지만, 두 사람의 연계는 두말할 필요도 없겠죠?"

"물론이지. 게다가 다리아는 이미 봉인에 묶여 있지 않아. 전력을 다해서 싸울 수 있어."

"맞아요. 그리고 슌의 움직임에 맞춘 기술도 많이 있죠."

"후후, 든든하네요. 그럼 맵에 기록된 반응 아홉 개 중 남문에서 가까운 세 마리를 엘 조, 동문에 가까운 세 마리를 우리 조가 맡아요. 마지막으로 도시 중앙부에 포진한 세 마리, 아마 어려운 상대겠지만, 슌과 다리아에게 맡기고 싶어요."

오잉크가 가진 스킬 [천안]은 시점을 옮겨 하늘에서 내려다보는 힘인데, 놀랍게도 저택 테라스에서 도시 전체를 내려다볼 수 있었다.

그 결과, 점점이 존재하는 보스급 마물을 정확하게 찾아냈다.

“다행히 날개가 있는 마물은 보지 못했어요. 하지만 가급적 도시에 피해를 주지 않기 위해서 넓은 곳으로 유도해서 싸워주세요. 담당 구역에서 가장 가까운 광장을 맵에 표시해 뒀어요.”

“흠, 편리한 힘이군. 우리가 담당할 중앙은…… 그렇군, 여긴 이미 붕괴한 곳인가. 확인했어. 여기서 다리아와 함께 싸우고 올게.”

“세 마리와 동시에 싸울 가능성이 있지만…… 여기라면 저도 거리낌 없이 마도를 쓸 수 있겠어요.”

이 도시를 해방하면 언젠가 이 대륙 각지에 흩어진 사람들도 불러들일 계획이었다. 그래서 가능한 한 도시에 피해를 내고 싶지 않았다.

“아, 그랬지. 그럼 나는 싸우기 전에 결계를 칠까?”

“저와 오잉크는 화려한 기술을 별로 못 쓰겠네요…….”

“자제해야죠. 뭐, 우리가 나서기도 전에 본본이 처리해 버릴지도 모르지만요.”

“부담 주지 말라니까. 최선은 다하겠다만.”

오잉크는 대략적인 작전을 전달하고 일어섰다.

“그럼 해방 작전 회의를 마칠게요. 각 조는 대상을 처치하는 대로 다른 조에 메일로 연락. 연락을 받은 조는 필요하면 협력 요청. 만약 더 할 일이 없으면 주변 조사를 부탁할게요. 작전 시각은…… 메뉴 화면 시계는 모두 똑같죠?"

"나는 정확히 열한 시 반이야."

"나도. 아, 지금 3초가 됐어."

"나도 똑같아."

"다들 시각은 통일된 모양이네."

"알았어요. 작전 종료 시각은 오후 네 시로 하죠. 만약 해치우지 못했어도 그 시간이 되면 무조건 후퇴해서 홈으로 돌아오세요. 추후 다 같이 남은 보스를 소탕할게요."

"알았어. 근데…… 이 멤버면 실패할 일은 없겠지."

휴게실에 모여서 전투용 장비를 착용한 멤버를 돌아봤다.

다들 내 자랑스러운 동료다. 나와 함께 싸운 역전의 용사밖에 없다.

레티시아 씨도 오랜 세월 이 세계의 끝에서 우리 저택을 지킨 기사다.

"실패할 리가 있겠어? 유일한 불안은 엘이지만, 류에가 같이 있잖아."

"뭐, 뭐라고~! 그야 막 격투가가 됐지만 말이야!"

"후후, 괜찮습니다. 엘 님은 제가 지키죠. 절대로 지지 않겠습니다."

그렇게 이 도시를 다시 인간의 손으로 돌려놓기 위한 마지막 싸움이 시작됐다—.

§ § §

너희는 어떤 표정을 지을까.

실제로 내색도 하지 않았고, 봐도 믿어지지 않겠지.

절대로 겁먹지 마라? 꿀돼지는 반쯤 울까 봐 걱정이다.

그래도 나는 틀리지 않았다. 당연하다. 그런 인간을 모았으니까.

다만…… 너는, 너만은 우연이었다. 내가 잘못 봤을 뿐이다.

너무 그리워서, 나도 모르게 너를 고르고 말았다.

그러니까…… 여기서 너를, 너희를 기다리겠다.

무엇이 좋을까. 처음으로 건넬 말은—.

4장 각오와 운명과

“본본, 다음 모퉁이를 돌아서 바로 뒤돌기. 검을 비스듬히 위로!”

“오케이!”

지시에 따라서 검을 내밀자 때마침 쫓아오던 마물의 머리가 나타났다가 소멸했다.

“이야, 살았어. 광범위 기술을 날릴 수도 없고, 저렇게 빠르면 나는 정확히 노릴 수가 없어.”

“죄송해요. 제가 공격력이 조금만 더 높았으면…….”

“아니에요. 레이스 덕분에 유도했으니까 이건 레이스의 공적이죠.”

우리가 담당한 세 보스 중 하나를 무사히 격파하고 한숨 돌렸다.

맵에 표시된 크기로 보아 우리가 맡은 마물은 성가신 축에 속할 것이다.

실제로 첫 번째 보스를 잡았을 뿐인데 레이스와 오잉크는 벌써 숨을 헐떡이고 있었다.

"으! 아아…… 이게 급격한 레벨 업 반동이군요……."

"오, 레벨 몇 올랐어?"

"어디…… 2 올랐네요. 정말로 강력한 마물이었나 보네요."

"아마 지금 이 도시에 있는 마물 중에 우리가 앞으로 잡을 두 마리가 최강일 거야. 그다음이 슌과 다리아가 맡은 보스들이겠지만…… 같은 곳에 있다는 게 문제지."

"다리아 씨와 슌 씨에게 가세하려면 이쪽 일을 빨리 마쳐야겠어요."

"그 두 사람이 얼마나 강한지는 알지만…… 불의의 사태에 대비해야겠죠."

"불의의 사태가 있다면 걱정되는 건 엘 쪽이지. 반응이 강하지는 않지만, 보스는 보스야."

"후후, 말은 그렇게 하면서 세 사람한테 뭔가 가호를 걸었죠?"

"예리하네."

엘에게는 【새크리파이스】를 발동해 대미지를 내가 대신 받아주는 상태였다.

류에에게는 [재기]를 부여해서 최악의 사태에 대비했고, 레티시아 씨에게는 [회복 효과 2배]를 부여해서 유지력을 높였다.

이실직고하자면 그 세 사람뿐 아니라 사실 모든 인원에게 어빌리티를 부여해 뒀다.

"자, 계속해서 가자."

“다음은 무기 공방이 밀집한 거리네요. 여기도 한 마리 반응이 있어요.”

“아, 거기. 아마 이 도시에서 가장 사람이 밀집한 곳 아니었나?”

“그랬죠. 장비를 사려면 거기니까요. 거긴 자기 공방을 가진 플레이어가 모여 있어서 저도 재료 아이템을 팔러 자주 갔어요.”

“그런 곳이 있었군요. 어쩌면 강력한 장비를 가진 마물도 있을지 모르겠네요.”

레이스의 예상대로 우리가 그 거리에 도착하자 마치 기다렸다는 양 한 마리…… 아니, 한 명의 마물이 버티고 있었다.

“아니, 여기까지 와서 저게 나와?”

“저건…… 가까운 곳에서 보기 전까지는 몰랐지만, 색깔만 다른 히히이로센키네요.”

“아, 아는 마물인가요? 이건 교회 앞에 있던 마물과 같은 기운이 느껴져요.”

『히히이로센키』. 게임 시절, 다시 말해 신예기의 칠성이자 서비스 마지막 날 내가 해치운 보스. 그것과 거의 같은 모습을 한 마물이었다. 키는 약 6미터에 무사 갑옷을 입은 상대였다.

하지만 이 녀석은 다홍색이 아닌 칠흑 같은 갑옷을 입고 눈에는 일렁거리는 푸른 불꽃이 깃들었다.

"오잉크, 이 녀석 레벨이 400 이상인데? 전력을 다해서 보조—."

신중해지도록 주의하려는 순간, 무시무시한 속도로 날아든 창이 내 몸을 뚫었다.

"크악! 으……."

"본본!"

"카이 씨?!"

"물러나! 『워 크라이』를 쓸게!"

창을 뽑으며 그 격통을 덮어 버리듯 절규해 표적을 내게 고정시켰다.

돌겠네, 이 녀석 공격력이 이렇게 높았던가? 지금 공격으로 HP 70퍼센트가 증발했다.

"좋아……. 레이스, 어디 먼 저격 포인트로 이동해서 엄호해줘. 오잉크, 이 녀석은 내가 해치울게. 임기응변으로 움직여줘."

"그럴게요. 조심하세요, 카이 씨."

"저도 알았어요. 적을 약체화하는 데 전념할게요."

……지금 공격, 내가 아니었으면 즉사였다.

이 공격력은 위험하다. 원래 공격력 특화 보스였지만, 이건 더 강화됐다.

무슨 일이 있어도 두 사람을 노리게 둘 수는 없다.

"【포스드 컬렉션】 발동…… 공격력과 직결된 스킬은 없나."

상대에게서 [무급(武扱)의 마음가짐]이라는 스킬을 빼앗아 【스킬 배니시】로 지운다.

공격 속도 상승효과니까 공세를 조금은 늦출 수 있겠지.

"본본, 상대에게 둔화를 부여할게요. 뭔가 준비가 필요하면 그사이에 해주세요."

"알았어……."

거대한 칼을 뽑아 든 마물이 그 큰 발로 땅을 패며 맹렬하게 달려왔다.

나도 탈검으로 맞받아치지만, 충격이 온몸으로 전해졌다.

그 순간, 오잉크의 부여술이 담긴 화살이 마물의 어깨, 갑옷 사이를 파고들었다.

"정신 딴 데 팔지 마! 이쪽만 보라고, 인마!"

고함치면서 칼을 부러뜨릴 생각으로 다시 공격을 날렸다.

오잉크에게 돌아가려던 고개가 다시 나를 향했다.

그 틈에 오잉크가 가까운 공방에 몸을 숨기는 것을 확인했다.

"무기 파괴는 포기할까……."

부러지지 않는 칼은 포기하고 그냥 몸으로 표적을 옮겼다.

하지만 역시 칼로 막는 터라 생각대로 공격이 통하지 않았다.

동작이 느려진 게 이건가? 이 덩치에 속도까지 빠르니까 골치 아프군.

"……만나자마자 받은 일격으로 70퍼센트라면…… 가능할까?"

방어를 포기한다.

검을 한 번 더 휘둘러 막힌 직후, 검을 놓아 버리며 무릎을 힘껏 내리쳤다.

그 순간 마물이 미끄러진 것처럼 무릎을 꿇고 머리가 내려왔다.

"큭! 죽어!"

뛰어올라서 투구를 잡고 몸에 올라탔다. 그리고 목을 부러뜨리려고 머리를 비틀었다.

인간은 아니라도 효과는 있는 모양이었다. 무너지듯 쓰러지고 움직임이 둔해졌다.

"본본, 물러나요!"

오잉크의 지시대로 훌쩍 물러나고 방금 놓았던 검을 주우며 마물을 주시했다.

그때, 쓰러진 몸에 무수한 빛의 화살이 쏟아지고 경종 같은 소리가 울려 퍼졌다.

"『지평천「취우」』인가……. 대미지는…… 통하나 보군."

"그래도 미미해요. 하지만…… 한 발 한 발에 둔화 효과를 부여했어요. 당분간 일어나지 못하겠죠. 공격을 늦추지 마세요."

부여술은 상대가 움직이지 않을 때만 성공한다.

나와 맞붙느라 멈춘 순간을 노린 것처럼 쓰러지는 타이밍을 노리고 있었으리라.

"마무리는…… 오잉크, 건물 안으로."

"네?"

"같이 숨자. 차지가 완료된 모양이야."

그리고 조금 떨어진 곳에 있는 망루 꼭대기가 붉게 빛났다.

마궁을 겨눈 레이스였다. 아마도 지금까지 힘을 계속 모았겠지.

이 도시는 마력으로 충만했다. 우리가 매일 싸우며 소모한 마력과 원래 이곳에 살던 강력한 마물이 방출하는 마력으로. 그녀는 그 마력을 모았을 것이다.

"멀리서 봐도 알겠어……. 저건 위험해."

"괘, 괜찮아요?! 여파로 이 일대가 날아가는 거 아니에요?!"

"아……."

그리고 빛이 움직이지 못하는 마물에게로 발사됐다.

난생처음 듣는 소리가 났다. 고음과 저음이 섞인 소름 돋는 소리가 빛의 꼬리를 물고 들려왔다.

"여파가…… 없어?"

"본본…… 마물이 사라져 가요. 땅을 보세요."

"작은 용암 동굴이 있군……."

"모든 힘을 한 지점에 응축한 공격…… 마궁의 극에 달하면 이런 일도 가능하군요."

흡사 수압 절단기. 물을 한곳으로 분출해서 철도 자르는 공업 기계.

그것을 마력으로 완벽히 재현한 레이스의 화살은 허점을 드러낸 마물을 흔적조차 없이 소멸시키는 최강의 점 공격이 되었다.

"아, 레이스가 망루 위에서 웅크렸어요. 아마 레벨 업 반동이겠죠?"

"마지막 공격을 하면 경험치 보너스가 있으니까……."

그럼 두통으로 움직이지 못할 레이스를 마중 나갈까.

§ § §

"방금 반응으로 그 수준의 적이 나오나……. 그럼 마지막 적은 얼마나 강할지 짐작이 안 되네."

"본본, 옛날의 칠성과 닮은 마물을 지금까지 만난 적 있나요?"

"없어. 이번이 처음이야. 어쩌면 다른 담당 지역에 있을지도 모르지만……."

"저기…… 그 수준의 마물이 엘 씨 쪽에 있으면……."

"반응 크기로 보면 그렇지는 않을 거야. 다만, 빨리 가세 하는 편이 좋긴 하겠어. 서두를까?"

"마지막은 동문 부근이네요. 이곳은 게임 시절 아무것도 없던 곳인데."

"잠깐 지난 적이 있는데 평범한 주거 지역이었어. 근처에 있는 작은 광장에 있나 보군. 아마 거기서 그대로 교전하게 되겠지."

"이 길을 가다가 도중에 꺾어서 골목으로 들어가면 도착하네요. 뛰어서 갈까요?"

그 제안에 따라 함께 달려 나가는데 의외로 레이스보다 오잉크가 빨랐다.

건물 차양이나 지붕을 타며 순식간에 거리가 벌어졌다.

"먼저 가서 지형을 외우고 있을게요!"

"그래, 알았어! 빠르네……."

"그러게요. 조금 놀랐어요."

돼지도 도망갈 때는 빠르다더니.

『(´・ω・`)=3후다다다닥』 같은 느낌인가.

오잉크를 좇아서 동쪽 거주구에 도착하자 건물이 깨끗하게 보존된 탓에 더욱 쓸쓸한 광경이 펼쳐졌다.

빌라 같은 건물이 많고 넓은 정원이 있는 집도 곳곳에 있는 주택가.

생활감이 우러나는 도시 경관이 고스란히 형태를 남기고 있었다.

"부서지지는 않았지만, 황폐하군."

"여기에 얼마나 많은 사람이 살았을까요……."

"1, 2천 명은 가뿐히 넘었겠지……. 마물 기운은 느껴져?"

"아니요. 작은 동물이 돌아다니는 정도예요. 단…… 앞쪽에 있는 마물은 굉장히 강해 보여요. 그래서 다가가지 못하는지도 모르죠."

고스트 타운이 된 주택가를 달리며 오잉크를 찾았다.

그때, 레이스가 어떤 큰 빌라 옥상에 있는 오잉크를 발견했다.

아무리 우리라도 이 높이를 뛰기는 어려워서 건물 내부의 계단으로 오잉크에게 갔다.

"상황은 어때, 오잉크."

"오셨어요? 저거 보세요."

시선이 향한 곳은 작은 광장이었다. 아마 원래는 주민들이 물을 구하던 곳 같았다. 그리고 우물과 수로가 있는 그 광장을 거의 덮어 버리는 거구가 있었다.

"저건…… 교회 앞에 있던 것과는 다른 종류의 드래곤인가요……?"

"날개 달린 녀석은 없다고 했는데…… 하긴, 평소에는 안 나오니까."

"확실하게 모습을 확인하지 못한 제 실수예요. 본본, 어쩌죠? 만약 게임 시절과 같은 능력을 가졌다면…… 이 부근은 불바다가 될 텐데요."

거기 있는 것은…… 색은 조금 다르지만, 내가 착각할 리가 없었다.

한때 내가 해치운『네크로 더스터 드래곤』이었다.

날개는 있다. 전투에 들어가면 등에서 검은 불길이 치솟으며 날개가 된다.

생각해 보면 마지막 날 처음으로 해치운 보스가 이 녀석이었다. 이 녀석이 있었기에 나는 다른 보스에게도 도전하기로 마음먹었다. 바꿔 말하면 모든 일의 시작이라고 할 수 있는 상대였다.

"하지만 용이야……. 나는 용이라면 확실하게 죽일 수 있어. 오잉크, 레이스. 여기서 대기해. 나도 지금부터 여기서 준비를 할게. 일격으로, 단 일격으로 숨통을 끊을게."

당연하다. 이런 큰 주택가를 수리하면 온 대륙의 사람을 수용할 수도 있다.

【웨폰 어빌리티】

[주는 대미지 +100%]

[공격력 +110%]

[모든 능력치 +75%]

[어빌리티 효과 2배]

[빙제의 가호]

[멸룡검]

[천공의 패자]

[절대 강자]

[차지]

[진격(震擊)]

한 방으로 확실하게 보내기 위한 수단. 【어빌리티 융합】의 덕을 볼 때가 왔다.

검 공격으로는 주변 건물까지 여파가 미칠 우려가 있다.

하지만 [진격]은 주먹 공격을 상대의 모든 부위로 전파하는 효과를 가진다.

검이 아니라 주먹. 이 세계에서는 검을 장비한 상태에서도 주먹을 휘두를 수 있다.

그렇다면 주위에 영향을 주지 않으면서 일격으로 몸 전체를 파괴하는 주먹이 탄생한다.

……인정하고 싶지 않지만, 어빌리티를 융합한 덕분에 빈자리가 생겨서 전보다 강해졌다.

"오잉크, 나한테 일격 배가를 부여해줘."

"그건 정말로 다음 첫 공격에만 반영되는데요?"

"알아. 그 첫 공격으로 끝내려고 그래."

"정말로 가능한 거죠……? 상대방의 스테이터스는 확인했나요?"

"했어. 문제없어."

오잉크에게 부여를 받고 빌라 옥상에서 도움닫기를 했다.

전력으로 옥상 난간을 차서 하늘로 뛰어올라 사람이 없는 도시를 내려다봤다.

"이거 그리운데. 재회의 기쁨이라도 느끼면서…… 죽어!"

그리고 상공에서 뒤로 뺀 주먹을 낙하하는 타이밍에 맞춰서 용의 등에—.

"『강함권「옥쇄」』."

적과 동시에 자해 대미지도 입는 일격을 날린다.

어빌리티로 강화된 대미지.

어빌리티로 강화된 능력치.

종족 특효 어빌리티에 약점 속성.

어빌리티로 그 충격은 남김없이, 머리부터 발끝까지 전달된다.

그리고 보험으로 오잉크의 힘을 빌려 모든 대미지가 배로 늘어났다.

"버틸 리가 없지……."

순간적으로 그 거구가 폭발했다.

비늘 하나하나가 깨지며 이빨과 발톱까지 주위로 튀었고 물풍선이라도 터진 것처럼 피가 주위를 물들였다. 말 그대로 한 방에 모든 것이 붕괴했다.

"자해 대미지로 빈사……? [생명력 극한 강화]가 없었으면 죽었겠어."

자신에게 부여한 [생명력 극한 강화]의 힘으로 서서히 팔다리에 힘이 돌아왔다.

"본본! 괜찮아요?!"

"지, 지금 그건…… 일격에 용이 폭발하다니……."

"하하, 회복하게 조금만 기다려. 확실히 해치웠지?"

"네, 의심할 여지도 없이……. 이만큼이나 강해졌었군요."

"그러게. 정말이지…… 이만큼이나 강해져 버렸어."

한때는 홀로 덤볐다가 회복약도 써 가며 겨우겨우 잡은 상대.

현실 세계와 게임이라는 차이는 있다. 그래도 나는 그 상대를 일격으로 해치웠다.

"피투성이야. 한 번 장비를 바꿔서 깨끗하게 할까?"

"그러고 보니 마왕 룩은 쓰지 않나요?"

"아, 이 코트 봐. 이거 법인의 검은 코트야. 강하고 성능도 좋거든. 그러고 보니 여기 오고 마왕 룩을 한 적이 없네."

"세상에…… 저도 없는 아이템이에요, 그거."

아무리 나라도 그 차림으로 마을에 당당히 들어갈 수는 없다고요.

이 대륙에 오고 그런 생각할 경황도 없었지만…….

그나저나 이게 구냐가 만든 물건이라면 출처는…… 이 대륙이 아닐까?

유물이 세컨더리아 대륙으로 흘러들었다는 이야기도 있었고, 그게 돌고 돌아 나에게 왔다면…… 구냐는 어쩌면 마지막까지 이 코트를 가지고 있었다?

더 나아가서는…… 설마 아직 이 대륙에 있을 수도…… 있나?

"그럼 다른 곳에 가세하러 가요. 류에와 다리아에게 메일을 보냈어요."

"그, 그러자. 그래도 일단 옷부터 갈아입고…… 나는 류에한테 갈까."

"그렇다면 저랑 레이스는 슌과 다리아에게 갈게요. 고전하고 있을 거예요."

"알았어. 그럼 여기서 헤어지자. 오후 네 시가 되면 후퇴하는 거야. 잊지 마."

"네! 카이 씨, 조심하세요."

"레이스도 무리하지 마."

오랜만에 마왕 룩을 차려입고 류에가 있는 남서쪽 광장으로 달려갔다.

§ § §

"아, 카이 군이다! 카이 군~! 메일 보냈는데 못 봤어~?"

"응? 메일…… 아, 오잉크한테 뭔가 왔네."

류에가 속한 팀과 합류하자 류에는 평소대로 싱글싱글 웃으며 손을 흔들었다.

메일 내용을 확인하자—.

From: Oink

To: Kaivon

【From: Ryue】

【To: Oink】

【제목: 한 마리 남아썻.】

【마지막 장소로 가는 중이야. 여긴 괜찬항.】

오타가 귀엽다. 아니, 그게 아니라 이미 목표 달성 직전이었나 보다.

"지금 마지막 한 마리를 두 명이 해치운 참이야. 나는 그냥 회복에만 전념했어."

"그랬어? 둘 다 대단하네. 근데 어디 있어……?"

"저기 나무 그늘에 누워 있어. 엄청난 격전이었거든."

돌아보니 둘 다 가쁜 숨을 가다듬지 못하고 쓰러져서 헥헥대고 있었다.

"둘 다 수고했어."

"카, 카이본 님…… 무사하셨— 그 모습은……?"

"일종의 장비야. 원래 장비는 방금 싸우다가 피를 뒤집어써서."

"그러셨군요……. 저는 설마 마물이 둔갑했나 하고……."

"카이 씨, 칭찬해줘……. 우리 류에 없이 이겼어……. 무진장 큰 괴물 같은 곰."

"그런 큰 상대를 이겼어? 빈말이 아니라 정말로 대단한데."

"저는 거의 주의만 끌었습니다. 엘 님의 활약이 눈부셨죠."

"그런 말 더 해주면 좋겠어……. 그래도 레티시아가 있어서 이긴 거야."

완전히 방전된 두 사람의 노고를 위로하고, 류에에게는 슌과 다리아를 돕고 올 테니까 둘을 데리고 먼저 저택으로 돌아가라고 전했다. 류에도 따라오겠다고 했으나, 기진맥진한 두 사람을 두고 가면 위험하다는 설득에 순순히 의견을 굽혔다.

"그럼 위험해지면 메일 보내야 해?"

"그럴게. 돌아가는 길에도 조심해서 가. 저택에 가면 온천이라도 들어가."

"아, 온천 좋네……. 슌한테 콜라도 받았고……."

휘청거리는 두 사람을 인솔하여 류에가 귀로에 오르는 모습을 확인하고, 이번에는 도시 중앙으로 서둘렀다.

우리 조가 상대한 마물만큼 반응이 크지는 않았다. 하지만 한 마리씩 상대하는 것과 세 마리를 동시에 상대하는 것, 공략 난이도는 천지 차이일 것이다.

주변이 붕괴돼도 상관없는 지역이지만, 과연 어떻게 되고 있을까.

"건물 잔해 천지군……. 거목이 넘어지면서 깔아뭉갰나?"

무너진 중앙 구역은 그 나무를 심은 방향으로 이어졌다.

혹시 거목을 베었을 때, 그 여파로 부서졌을까?

하지만 피해 범위로 보아 쓰러지는 도중에 거목이 사라진 것 같았다.

어쨌든 이 잔해가 굴러다니는 어딘가에서 슌과 다리아가 싸우고 있겠지.

"저쪽인가……?"

바람이 분 느낌이 들었다. 돌풍처럼 순간적으로.

그 방향으로 가자 멀리 반투명한 돔이 보였다.

아마도 결계일 것이다. 아마 다리아가 썼을 거라고 생각하여 계속해서 그곳으로 다가갔다.

"다리아? 왜 결계 밖에 있어? 게다가 너희까지."

그곳에는 다리아, 그리고 나와 헤어진 오잉크와 레이스가 있었다.

"이게 최선책이에요. 이 마물은 몸을 빛으로 바꿔서 움직이는데, 비유가 아니라 정말로 광속으로 돌아다녀요. 그래서 공간을 완전히 차단하고 마물의 마력을 서서히 빼앗으려는 거예요. 다만, 결계 안에 있으면 제 마력도 빼앗겨서……."

"안쪽에서 슌이 마물 세 마리와 싸우고 있어요. 분하지만 저는 방해만 될 것 같아서 이렇게 대기하는 중이에요."

"저도 안으로 들어가기보다 재생술로 다리아 씨를 보조하는 편이 도움이 될 것 같아서……."

"그래? 그래서 상황은 어때?"

"세 마리 중 한 마리에게 부상을 입혔어요. 오잉크에게 받은 MP 회복약도 잔뜩 쌓아 뒀으니까 마력이 먼저 끊기는 건 마물이에요. 승리는 시간문제죠."

도망치지 못하는 링 위에서 데스 매치. 그리고 한쪽만 회복할 수 있다.

그렇다면야 슌의 승리는 따 놓은 당상이겠지.

얼마 지나지 않아서 슌이 세 마리를 몽땅 해치우고 돌아왔다.

"수고했어요. 설마 적의 마력이 고갈되기도 전에 결판을 낼 줄은 몰랐어요."

"점점 둔해지더라고. 제법 재미있는 싸움이었어."

"슌은 여전히 강하군. 저것들 하나하나가 꽤 레벨이 높은데."

"너랑 싸웠을 때보다는 훨씬 편했어. 그런데 다른 곳은 이미 끝났어?"

"그래. 방금 그게 마지막이었어. 이제 저택으로 돌아가기만 하면 돼."

"그래요. 가는 길에 그 나무가 얼마나 자랐는지 확인도 할 겸—."

그러면서 레이스가 나무가 있는 곳으로 고개를 돌렸을 때였다.

레이스의 말과 동작이 멈췄다. 물론 우리도 덩달아 같은 방향을 돌아봤다.

"뭐, 뭐야……?"

"다리아……, 저거 우리나라 세계수와 같은 종류 맞아?"

"아, 아뇨…… 규모가 너무 달라요! 거주구는 무사할까요?!"

"……! 다른 애들이 말려든 거 아니야?!"

쿵, 하고 공기가 무겁게 떨리더니 거주구에서 검은 그림자가 하늘로 늘어났다.

굵고 길고 빠르게 성장해 하늘의 구름까지 뚫고 올라간 그 모습에 불안이 엄습했다.

저 성장에 우리 저택이 말려들지는 않았을까, 라는 불안이.

"다들 내 텔레포로 들어와! 홈으로 가자!"

그리고 우리가 저택으로 돌아오자—.

§ § §

"이, 이거 맛있어! 포션과는 다른 복잡한 향신료와 허브의 조합…… 졸인 설탕 같은 풍미와 생강의 알싸함, 탄산의 자극…… 이게 콜라!"

"맞아. 목욕하고 이거 마시면 최고라니까."

"나도 이 톡톡 쏘는 게 영 어색했는데 이 목 넘김을 잊을 수가 없어!"

태평하게 목욕 가운 입고 콜라 마시고 있네요.

"아, 다들 어서 와~. 우리 먼저 씻고 나왔어~."

k/Tok 톡
Masitta 맛있다
음~~♥

“슌, 역시 이거 맛있어! 얼음처럼 시원하게 마시면 최고야.”

“헉! 죄송해요. 먼저 쉬면서 이런 맛있는 음료까지…….”

“아무 일도 없어서 다행이야……. 류에, 무슨 큰 소리나 진동이 나지 않았어?”

“아니? 아무것도 못 느꼈어. 여기는 바깥과 격리된 곳이기도 하니까.”

“아, 그렇지. 그럼 아가씨들, 이쪽 광경을 봐주시죠.”

그러면서 저택 문을 열어젖히자 어제까지 있던 폐허가 된 거리와 황야가 사라지고 거목의 뿌리, 거대한 나무의 껍질이 문 앞을 꽉 채우고 있었다.

“뭐, 뭐야?! 이거 그 나무야?! 방금 보고 왔을 때보다 더 자랐어!”

“저게 다 뭐야! 잭과 콩나무도 이거보다 낫겠다!”

“이, 이건…… 이게 대체……. 고대 민족의 힘은…… 인간의 지식을 아득히 넘어섰군요.”

“모든 보스를 무찌르고 신계로 가는 길이 열렸어. 그러니까 레티시아 씨는 마을로 돌아가서 행상인이나 밖을 돌아다니는 사람한테 절대로 다가가지 말라고 경고해주면 좋겠어.”

“제가 계속 따라가지 않아도 괜찮습니까?”

“네. 이 도시를 해방한다는 목표는 오늘로 일단락 났어요. 하지만…….”

레티시아 씨는 마을로 돌려보내기로 했다. 여기서부터는……

우리가 결판을 지어야 한다.

"레티시아, 오늘까지 잘 따라왔어. 지금부터는 우리 고대 민족이 책임질 문제야. 이 시대를 사는 사람이 말려들어서는 안 돼. 이해하지?"

"슌 님…… 네, 슌 님. 오늘까지 입은 은혜는 절대 잊지 않겠습니다."

"나도 안 잊을게. 전부 끝나면 또 집에 얼굴을 내밀게."

나를 대신해서 슌이 레티시아 씨를 설득했다.

의외로 사람을 잘 돌본다. 훈련도 솔선해서 도와줬고.

"그럼 저는 마을에 주의 권고를 내리겠습니다. 여러분과 함께 싸운 덕분에 조금 강해진 기분이 들어요. 여러분이 무사하시기를 빌겠습니다."

그렇게 레티시아 씨는 몰라보게 변한 거리로 사라졌다.

"잠깐, 이 분위기 뭐야? 슌, 멋있는걸~? 저 애 맘에 들었어?"

"그래, 마음에 들었어. 올곧고 신념도 있고 가족을 사랑하는 좋은 기사야."

"그건 나도 동감이야. 저 가문에는 은혜를 입었어. 우리 집을 기나긴 세월 동안 지켜줬으니까. 앞으로 있을 싸움에 그런 소중한 사람을 끌고 갈 수는 없지."

"그러네요. 그럼…… 어두워지기 전에 거목을 조사할까요? 게임과 같다면 내부로 이어지는 구멍이 있겠죠."

"찬성이에요. 막상 돌입하려는데 입구가 없다면 바보가

된 기분일 거예요."

"나도 장난칠 분위기가 아니라는 것 정도는 알아……. 이걸로…… 마지막이지? 그럼 나, 한 번 돌아가서 아버지랑 이야기하고 싶어."

진지한 분위기를 느끼고 엘이 말했다.

……그렇지. 이기든 지든 이게 마지막 싸움이 될지도 모른다.

나나 류에, 레이스는 정처 없는 여행자다. 하지만 다른 이들은…… 그렇지 않다.

지켜야 할 사람, 나라가 있는 사람들이다.

"다들 들어줘. 이 조사가 끝나면 일단 각자 나라로 돌아가. 엘처럼 너희도 이야기 나누고 싶은 사람이 있겠지? 그리고 못다 한 일도."

"알았어. 그리고 나는 마음에 걸리는 점이 하나 있어. 그걸 마치고 돌아올게."

"그러네요. 저도 아크라이트 경에게 사정을 설명하고 올게요."

"저도 부장과 골드에게 연락해야겠어요. 너무 여기에만 정신을 팔고 있었네요."

다들 마음이 급했는지도 모른다. 마음속 한편으로 느꼈을 테니까.

이 거목 앞에서 기다릴 싸움은 지금까지와는 차원이 다를 것이라고.

무언가가…… 세계가 꼬여 버린 원인이 있을 것이라고.

우선 거목의 입구를 찾기 위해서 저마다 거목 주변을 조사하기 시작했을 때였다.

메일이 수신음이 머릿속에 울렸다.

"이건…… 슌?"

From: Syun

To: Kaivon, Oink, Daria, El

제목: 할 말이 있어

나중에 레이스와 류에를 빼고 모여.

앞일에 관해서 중요한 이야기가 있어.

장소는 저택에 인접한 구나 공방.

앞을 걷는 슌을 보자 어딘지 모르게 미안한 표정으로 나를 보고 있었다.

두 사람을 빼고……? 플레이어에게만 이야기할 수 있는 내용인가?

신경은 쓰였지만, 지금은 거목 조사가 우선이었다.

그리고 잠깐 돌아보다가 마차 한 대는 너끈히 들어갈 동공을 발견했다.

"안쪽까지 이어져. 돌입은 내일. 만전의 준비와 각오를 마친 뒤에. 괜찮지?"

"네, 좋아요. 다만…… 출발은 정오에 해요. 혹시 그때까지 돌아오지 않아도 원망하기 없기에요. 위험은 미지수. 여러분 모두, 죽지 못할 이유가 있겠죠?"

"응……. 만약 겁먹어도 원망하기 없기."

"물론이지. 나도…… 소중한 딸이 있어."

동공 앞에서 우리는 그렇게 약속했다. 최악의 경우, 이곳은 나 혼자 가도 괜찮다.

다들 이 세계에 남긴 것이 너무 많으니까.

물론…… 본심을 말하자면 레이스와 류에도 이곳으로 데리고 가고 싶지 않다.

모두 속으로 어떤 생각을 하는지 알지 못한 채, 우리는 다시 저택으로 돌아왔다.

그리고―.

§ § §

"우리는 일단 나라로 돌아갈 테니까 오늘은 일찍 쉬어."

"그래? 아직 해도 안 떨어졌는데."

"아뇨, 슌 말대로 일찍 쉬는 편이 좋을 거예요. 창피하지만, 저도 조금 긴장한 모양이에요. 오늘도 긴장의 연속이었고요……."

"마음 써줘서 고마워. 그럼 우리 셋은 먼저 잘까?"

슌의 목적을 짐작하고 우리는 방으로 돌아왔다.

물론 나는 금방 빠져나와서 구냐의 공방으로 갔지만.

"공방, 이런 모습이었구나."

"두 사람한테는 안 들켰어?"

"그건 걱정 마. 그런데—."

"우리만 따로 부른 건 중요한 이야기가 있어서겠죠?"

"슌, 신경 쓰이는 점이 있댔지? 뭐야?"

"슌……?"

슌은 공방에 있는 의자에 앉아서 우리 얼굴을 돌아봤다.

그리고 깊은 숨을 내쉬고 각오가 선 표정으로 말문을 열었다.

"전부 정해져 있던 일이라고 생각해. 우리가 이곳에 온 것도, 이 나무를 키워서 신계로 가는 것도. 우리만 이 세계로 온 이유가 있다고 쭉 생각해 왔어."

"그건…… 동감이에요. 지금 상황은 거대한 흐름을 타고 이끌리고 있다는 기분이 들어요."

"그러네요. 카이본이 마지막으로 이 세계에 나타나서 모든 일이 시작되고, 이 흐름이 태어나고, 결국 우리는 이곳에 도달했어요."

모든 일이 처음부터 예정되어 있었다는 슌의 고찰.

나도 어렴풋이 그런 생각을 했다. 하지만 이제 와서 그게 무슨 문제란 말인가.

"거창하게 들리겠지만, 우리는 이 세계를 구하기 위해서 선택받았다고 생각해. 그렇다면—."

거기서 이어진 슌의 말은—.

"이다음은 어떻게 되지?"

마치 그것이 가장 큰 문제라는 듯한 뉘앙스였다.

"어떻게 되냐니…… 그야 세계의 혼란이 수습되거나 각자 생활로 돌아가거나 하겠지?"

뭘 당연한 질문을 하느냐는 투로 대답했다. 하지만 그때, 엘이 웬일로 심각한 목소리로 말했다.

"나……, 슌이 무슨 말을 하려는지 알 거 같아."

"저도요. 슌, 당신은 제가…… 다리아인 제 존재를 보고…… 그 가능성을 떠올린 거죠?"

이야기를 따라갈 수 없었다.

나도 오잉크도 슌이 무슨 말을 하려는지 이해하지 못했다.

"엘, 네 과거는 들었어. 정신이 드니까 동굴에 잡혀 있었다고?"

"맞아. 그리고…… 그렇게 되기 전의 기억은 없어. 게다가…… 엘버슨이었던 시대도, 그 전 시대에도 그곳에 나타나게 된 과정은 전혀 몰라."

"다리아. 너는 히사시의 인격이 오랜 세월을 버티지 못하고 변화한 인격이라고 했지? 하지만…… 정말로 그래?"

“그렇게 물으면 단언하기 어렵네요…….”

“야, 슌. 지금 대체 무슨 얘기를 하는 거야?”

아주 조금, 불길한 예감이 들었다.

“카이본, 너는 류에 집 근처에 쓰러져 있었어. 갑자기 그곳에 나타났다고 하지만, 이렇게 생각할 수도 있지 않을까? 『동포의 기운을 느끼고 그곳으로 이동했다』라고.”

“뭐…… 너, 설마!”

슌은 확실하게 대답했다.

“우리는 이 몸의 본래 인격을 대신해서 이 운명을 이루기 위해 불러들인 의식이 아닐까? 이 싸움이 끝나면…… 이 몸이 원래 주인에게 돌아가는 게 아닐까?”

“……! 내가, 다른 사람이 된다고?! 그럴 리가, 나는 나야.”

“하지만 저는 어쩌면 히사시의 마음이 사라지고 본래 정신인 『다리아』만 남은 결과일 가능성도 있어요.”

“맞아. 나도 세 번 죽고 지금 이 자리에 있어. 그래도 그건 정신, 인격이 차례대로 옮겨 간다는 증거기도 하잖아. 만약 그렇다면…… 모든 일을 마친 뒤에는…….”

슌의 가정을 딱 잘라서 부정할 근거가 내게는 없었다.

나도 어렴풋이 생각은 했었다. 게임이 끝나는 순간, 나는 확실히 보지 않았는가.

『Kaivon: 정말로, 즐거웠어…… 요시키.』

잘못 본 게 아니라면…… 그건 틀림없이 캐릭터가 플레이어에게 보낸 메시지다.

그 말인즉…… 이 몸에 본래 인격이 있다는 확고한 증거가 아닌가.

"……그래서 어쩌자고요……?"

"오잉크?"

조용히 이야기를 듣던 오잉크가 고개 숙인 채로 입을 열었다.

"그래서 어쩌자고요! 저는 오잉크로 살면서 여기까지 왔어요! 이 기억도, 마음도, 신념도! 전부 제 몸에 새겨져 있어요! 아무리 정신이 없어져도, 인격이 변해도! 제 인생은 여기에 남아 있다고요!"

"……! 너는 정말로 강하구나. 나는…… 역시 조금 무서워. 하지만 그것을 극복해야 한다고, 이제야 겨우 이해했어."

"저는 안 무서워요. 지금까지 걸어 온 삶에 긍지가 있으니까요. 슌, 당신도 그럴 거예요. 우리는 이 세계에서 최선을 다해 살았어요. 그 흔적은 우리뿐 아니라 세계 자체에 남아 있죠. 그러니까…… 이제 와서 무서워할 필요가 없다는 거예요!"

오잉크가 부르짖었다. 설령 자신의 정신이 몸에서 사라진다고 해도 자신의 인생은 각인되고 계승되어 이 세계와 함께 살아간다고.

……오잉크, 너는 정말로 강하다. 하지만…… 나는…… 내

게는…….

"내가 하고 싶었던 말은 이게 전부야. 확증은 없어. 하지만 가능성이 없는 이야기도 아니야. 전부 각오하고 내일을 맞이해주길 바랐어. 미안해, 중요한 순간에 이런 이야기를 해서."

"괜찮아……. 중요한 일인걸. 그러니까 고마워, 슌."

"저는…… 이 이야기에는 참견할 자격이 없어요. 저는 이미 다리아니까……."

"그래도 너는 우리와 함께 있어. 게다가 히사시의 영향도 분명히 남아 있고. 네가 미안하게 생각할 필요는 없어. 이것도 내 망상일 가능성도 있으니까."

"그러기를 바라야지……. 나는 아직 이 세계에서 많은 추억을 쌓지 못했어."

"카이본…… 그래, 나도 아니길 빌어. 하지만 각오는 해 둬."

듣고 싶지 않았다고는 말할 수 없었다. 그것은 충분히 일어날 수 있는 운명이니까.

그래도 내가 사랑한 두 사람과 만나지 못할 수도 있다고 생각하면 마음이 괴로웠다.

본래 몸의 주인이 변함없이 두 사람과 함께 살아간다고 생각하면 굉장히 분했다.

양보할 게 따로 있지. 그 둘은…… 바로 나와 함께 여행한 가족이다.

"그럼…… 우리는 돌아갈게. 내일 정오, 돌아올 마음이 있는 사람은 돌아와."

"네, 알겠어요."

"응."

"그래요……. 그럼 돌아갈까요, 슌?"

저마다 돌아갈 곳으로 돌아가고 홀로 석양이 드는 공방에 남았다.

새 건물 같은 공방. 게임 시설 특유의 사용한 흔적이 없는 외관.

거기에 작은 장식품이 있었다. 구냐가 놓은 물건일까.

거목의 미니어처였다. 그것을 살며시 손으로 들었다.

"구냐. 너는…… 어떤 기분으로 이 세계를 살았을까."

장식품을 도로 놓고 조용히 저택으로 돌아갔다.

"침실 문…… 깜빡하고 열어 뒀나."

반쯤 열린 문을 조용히 지나 침대로 돌아왔다.

침대에 누워서 방금 슌에게 들은 이야기를 되새겼다.

……그 예상이 맞았을 때를 생각하자 감정이 걷잡을 수 없이 요동쳤다.

그런데 그때, 문을 두드리는 소리가 났다.

"카이 군, 안 자면 열어줘. 이야기하고 싶어."

"류에? 지금 열게."

류에였다. 잠옷인 나이트 드레스를 입고 방밖에 서 있었다.

"역시 내 방이랑 똑같네? 아무것도 없어."

"하하, 조만간 장식품이라도 놓아 볼까?"

"후후후, 나는 이미 목공품으로 꾸몄어. 다음에 보여줄게."

"그래, 다음에…… 꼭."

한순간의 망설임이 말꼬리를 붙잡았다. 하지만 그때, 가슴에 자그마한 충격이 전해졌다.

류에가, 그녀가 내 가슴에 얼굴을 파묻고 있었다.

"류에?"

"카이 군은 지금 여기 있는 카이 군뿐이야……."

"……! 설마!"

"응. 몰래 엿들었어. 나는 싫어. 카이 군이 다른 사람이 되는 건. 모습이 똑같아도 다른 사람이라니, 그런 건 싫어. 나를 밖으로 데리고 나온 사람도, 처음으로 맛있는 밥을 만들어준 사람도, 전부 너야. 내가 좋아하는 카이 군이야."

"나도 그래……. 사랑하는 류에를 넘길 순 없어. 영원히 내 옆에 있어야 할 사람은 류에와 레이스고, 그 옆에 있어야 할 사람은 지금 나뿐이야."

끌어안았다. 작은 손으로 나를 꽉 끌어안는 그녀를, 나도—.

"마지막이 될지도 모른다면……, 나는 지금 카이 군이랑—."

"—수명은, 어떡하려고?"

"엘프는 오래 사니까…… 몇 년에 한 번으로는……. 그러니까—.”

희미하게 떨리는 손을 잡았다. 괜찮겠느냐고, 정말로 그래도 되겠느냐고.

전부 받아들여 달라고, 지금이 아니면 안 된다고, 거절하지 말라고 부탁해 온다.

그래서 나는…… 마침내 그녀를—.

§ § §

별이 수없이 빛났다.

팔에 안겨 잠든 그녀를 별빛이 포근하게 비추었다.

그러다가 그녀가 조용히 눈을 떴다.

“나는 있지…… 쭉 꿈꿨어. 언젠가 이렇게 잠들고, 깨어나면 카이 군이 다정하게 바라보는 거야. 꿈, 이루어졌네.”

“하하…… 그랬어?”

“응. 팔에 안겨서 더 여운에 잠기고 싶어. 그래도…… 너는 이제 가야 해.”

“그래야지…….”

“이제 결심은 섰지? 각오했지? 그러면…… 가 봐. 레이스도 같이 들었어. 그래도 레이스는 나한테 만나러 가 보라고 했어.”

“미안……. 한 명만 고를 수 없어서.”

“어쩔 수 없어. 나도 레이스만 빼놓기는 싫은걸. 가서 만나줘. 나는 이 침대에서 잠시 더 여운에 잠길래."

등을 떠밀려 침대에서 나와 옷을 입었다.

그리고…… 마지막으로 한 번 더 류에에게 고맙다고 전하고 레이스의 방으로 갔다.

§ § §

문을 노크하니 내가 말을 걸기도 전에 들어오라는 소리가 들렸다.

문을 열자 레이스가 창가에서 웬일로 혼자 술잔을 기울이고 있었다.

웬일로……인가. 프로미스 메이든에서 지내던 때는 자주 마셨을 텐데 여행을 나온 뒤로는 혼자서 마시려고 하지 않았지.

"카이 씨, 들어오세요."

"응."

마주 앉자 레이스는 미리 놓여 있던 다른 잔에 호박색 액체를 따랐다.

증류주 특유의 향이 부드럽게 코를 타고 올라왔다.

"그립네요. 이렇게 둘만 술을 마시는 것도."

"그러게. 그리운 추억이지."

기억난다. 처음 레이스와 만난 밤, 나는 그녀를 지명해 둘

이서 밤을 보냈다.

프로미스 메이든의 오너. 손님을 받지 않는 고고한 여제.

그런 그녀가 내 권유에 응해 천상의 시간을 제공해줬다.

"그때 마신 위스키 맛이 아직도 기억나."

"네, 저도요."

잠깐의 침묵. 그것을 먼저 깬 사람은 레이스였다.

"저는 당신을 마음속 깊이 사랑해요. 외모가 아니라 평범한 한 인간으로서. 젊고 미숙하지만 힘에 책임을 가지고, 설령 어설프더라도 최선을 다해 올바른 길을 가려고 고민하고 괴로워하는 우직한 당신을. 그러니까 저는 지금 당신에게…… 당신의 영혼에—."

레이스가 일어서서 내 손을 잡아 일으켜 세웠다.

진지한 눈빛. 내 눈을 깊은 곳까지 들여다보듯 올곧고 뜨거운 눈빛.

"당신에게 저를 새기고 싶어요. 이곳으로 와줄 거라고 믿고 있었어요."

"레이스…… 다 알고 있었구나?"

"네. 류에는 분명히 나를 배려해 준다. 카이 씨의 내면에 있는 마지막 사슬을 끊고…… 내가 넘지 못한 곳으로 한 발을 내딛으리라고, 믿고 있었어요."

"미안……, 레이스. 내가 겁쟁이라서."

"아뇨……. 그 이야기를 듣고 참을 수 없었던 건 우리예요.

지금 여기 있는 카이 씨…… 우리와 걷고, 지키고, 사랑한 당신과 맺어지고 싶다고 생각한 건, 우리예요."

레이스는 조용히 침대에 앉았고, 그리고—.

"방금 먼저 샤워를 했어요. 걱정하지 마세요. 저는 앞으로도 쭉 당신 곁에서 걸을게요. 설령…… 변해 버린다고 해도, 함께 걸을게요. 그러니까."

"알았어……."

레이스의 아름다운 야회용 드레스에 조용히 손을 올렸다.

깊이 숨을 들이마시자.

내가…… 그녀에게 빠져 버리지 않게—.

§ § §

"저는…… 이 추억만으로 살아갈 수 있을 만큼 강한 사람이 못 돼요. 의존하는 기쁨을 아는 저는…… 예전처럼 기약 없이 기다리는 강인함을 잃은 지 오래예요."

"나도 그래……. 너희와 헤어진다니, 이제는 생각도 할 수 없어."

내 옆에 누운 레이스가 창으로 비친 햇살에 감싸여 꺼질 듯한 목소리로 속삭였다.

"그러니까…… 포기하지 말아요. 만에 하나 당신이 사라져도 분명히 돌아올 방법이 있을 거예요. 우리의 카이 씨는 누구에게도 지지 않으니까. 그게 자기 자신이라도—."

"몸의 주도권이 넘어가도 이젠 다시 빼앗을 거야……."

"후후, 그래야 카이 씨죠. 아직…… 시간은 있어요. 함께 류에한테 가요. 마지막일지도 몰라서가 아니라…… 앞으로 기다릴, 우리의 새 출발을 위해서라도."

"정오까지 시간은 남았으니까. 같이 잘까?"

"후후, 네."

아침 햇살에 비친 여신과 같은 육체에 드레스를 두르고 그녀가 류에를 찾아간다.

잠들지 않고 기다리던 류에를 다시 침대에 눕히고…… 우리 셋은 그 누구도 비집고 들어오지 못할 만큼 딱 붙어서 노곤함 속에서 조용히 잠들었다—.

§ § §

"이제 곧 정오인가. 점심은 인원수에 맞춰서 만들어 뒀는데……."

"괜찮아. 이런 맛있는 샌드위치를 누가 안 먹으러 오겠어?"

"후후, 남으면 제가 먹고 싶지만…… 괜찮아요. 아쉽지만 하나도 안 남을 거예요. 다들 돌아오실 테니까."

정오 직전. 우리만 있다는 이유로 혼욕으로 몸을 씻고, 멤버가 모일 것이라고 믿으며 점심 식사를 만들었다.

오늘의 메뉴는 핫 샌드. 각자가 좋아하는 재료를 무작정 쑤셔 넣은 나답지 않은 요리. 물론 엘의 샌드위치에는 익힌 도미 살이 들어갔다. 아무리 그래도 회를 넣을 수는 없잖아? 회 샌드위치…… 만들어 줬다가는 그날로 절교겠지.

"시간이 됐군……."

방에 있는 시계를 보자 시침과 분침이 꼭대기를 가리키고 있었다.

그때— 저택 안에 네 개의 빛이 동시에 나타났다. 네 개. 전부다.

"의외……는 아닌가. 왔구나, 엘."

"일단은."

"두 분도 오셨네요."

"네. 저나 슌이나…… 언젠가는 나라를 지켜보기만 하는 입장이 될 테니까요."

"저도 완벽하지는 않지만 혹시 모를 사태를 생각해서 할 수 있는 일은 하고 왔어요……."

모두 제각각의 결의, 각오를 하고 돌아왔다.

"네 사람 다 어서 와."

"그래, 왔어. 카이본, 꼭 이기자."

"당연하지. 나는 내 생각대로 되지 않는 결말은 다 때려 부수고 내가 바라는 대로 뜯어고치기로 마음먹었어. 내 입맛에 안 맞는 이벤트 따위 있을 가치도 없어."

"정말로 오만하네요. 그래야 본본이죠. 안심했어요."

"언제나 그랬듯이 이길 수 있어요. 지금까지 우리가 진 적이 한 번이라도 있나요?"

"그래. 우리 대지략가, 아니, 돼지략가가 있으면 질 리 없지."

서로 농담을 주고받았다. 그런데 엘이 한 발자국 내게 다가와서 귓속말했다.

"어제 공방 밖에서 그림자 두 개가 보였어. 오늘 얼굴을 보니…… 결심한 모양이네? 이 누나는 인생의 선배로서 정말 기뻐. 두 사람 다 행복하게 해줘야 한다?"

"역시 너한테는 회 샌드위치나 만들걸……."

"뭐, 뭐야, 그 엽기 음식! 싫어, 그런 거 안 먹어!"

너한테는 못 이기겠다, 야.

"그럼 전부 모였으니까 출발하기 전에 점심을 나눠주마."

"야, 소풍 가냐?"

"소풍이지. 어차피 갔다가 돌아올 텐데. 잠깐 나갔다 오는 거야. 너무 긴장하지 말고 가자고."

"후후, 그러네요. 그렇다면 지금은 이렇게 말해야겠네요—도토리! 도토리 있어?!"

"그럼, 있지."

"오호~!"

"엥, 진짜 먹게? 나는 뭐야? 회 샌드위치 같은 지옥의 산물이면 줘도 안 받을 거야."

"아쉽지만 도미를 쓴 일본식 참치 샌드위치야."

"아, 평범하게 맛있겠다."

각자에게 도시락을 건넸다.

단순히 나들이 가는 기분으로 부담 없이 평소대로 있기 위해서.

"피자 샌드위치야. 핫 샌드니까 바삭바삭하고 치즈도 잔뜩 넣었어."

"고마워. 정말로…… 네가 만든 밥은 맛있어."

"다리아는 마파두부 풍미로 다진 고기를 넣은 샌드위치. 아무리 그래도 두부는 못 넣겠더라."

"고마워요. 두부는 조만간 우리나라에서 생산할 예정이에요. 언젠가 기술을 알려주러 와주세요."

"엘은 방금 말했다시피 일본식 참치 샌드. 너만 주먹밥으로 할까도 생각해 봤지만……."

"됐어. 다 같은 음식으로 맞춰야 기분도 살지. 게다가 살짝 기대돼."

"오잉크 건 샌드위치라기보다 프렌치토스트야. 도토리 글라세를 곁들인."

"오호~! 신경 써줘서 고마워요……. 벌써 기대되네요."

"자. 류에는 추억의 아이스 빵. 디저트 같지만, 이것도 빵이니까."

"야호! 처음 이걸 먹었을 때는 너무 맛있어서 깜짝 놀랐어."

"레이스는 토마토를 쪄서 넣을까 하다가…… 스테이크 샌드위치로 정했습니다."

"아…… 부끄럽네요……. 고마워요, 카이 씨."

다들 좋아하는 음식이 들어간, 간단하지만 정성을 담은 점심.

이거 먹고 힘내서 마지막 싸움에 도전하자.

"카이 씨는 안에 뭐 넣었어?"

"내 거? 푸아그라 소테랑 참치 대뱃살 스테이크."

"뭐어?! 뭐야, 그 무식하게 고급 음식만 욱여넣은 샌드위치! 우리한테도 그거 만들어줘! 오늘 저녁에 꼭!"

"그래, 약속할게. 오늘 밤에 꼭 만들어줄게."

엘의 순수하면서도 당연한 분노가 우리의 마지막 결의를 다지게 했다.

"가자. 오늘로 끝내는 거야……. 우리가 이런 말을 하면 우스울지 모르지만…… 이 세계를 구해 보자! 소풍 가는 김에!"

저택을 박차고 나온 우리는 마지막 결전의 땅, 거목의 동공으로 출발했다.

§ § §

"이 안으로 꼭대기까지 올라가려면…… 꽤 시간이 걸리겠네요."

동공을 통해 거목 안으로 들어가서 경사로와 계단을 이루는 뿌리를 따라 조금씩 나아가는데 뒤쪽에 있던 레이스가 일동에게 말을 걸었다.

구름 위까지 이어지는 길이었다. 걸어서 오르기 힘든 것은 말하지 않아도 누구나 뻔히 아는 사실이었다.

“괜찮아. 도중에 위로 단번에 오르는 장치가 있을 거야.”

“그래? 나는 여기 처음 와서 모르겠어. 여기 경치도 별로고.”

“신예기와 같다면 수액이 다니는 길이 있을 거예요. 거기서 나오는 기포의 힘으로 올라갈 수 있어요.”

“지금 생각하면 억지스러운 이동 방법이야. 카이본, 그리워?”

게임 시절 내가 마지막으로 도전한 곳이 여기였다.

신계 에어리어에 혼자 들어와서 그곳에서 기다리던 『신』의 이름을 쓰는 보스와 싸웠다.

물론 공략법이 확립됐던 당시에는 노 대미지로 완승을 거뒀지만.

“그립지. 다만, 그때와 달리 거목 안에 적이 없어. 좀 맥이 빠졌어.”

“그러고 보니 그러네. 여기 올 때까지 한 마리도 안 나왔어.”

들어오기 전에는 격전을 예상했는데 막상 뚜껑을 열어 보니 정말로 소풍이나 다를 바 없었다.

신비한 녹색 불빛을 받으며 포근함마저 주는 자연 속을 걸을 뿐이었다.

"그야 이제 막 켰잖아. 아직 마물이 둥지를 트기 전이겠지."

"아, 그런가? 도시에 사는 마물도 퇴치했으니까 없는 게 당연한가."

"그럼 반대는 어때? 신계의 마물이 여기를 통해서 지상으로 간다면?"

"으엑…… 슌도 참, 재수 없게 왜 그런 소리를 해."

뭐, 사실 그것도 충분히 가능성은 있지.

길을 따라서 가던 중, 오잉크가 말한 대로 수액이 지나는 공간이 나왔다.

무색에 투명하지만, 점성이 강해 보이는 수액이 뽀글뽀글 소리를 내며 규칙적으로 거품을 위로 올려 보냈다. 실제로 저기에 들어가라고……?

"아니, 말이 안 되잖아. 현실적으로 어떻게 저기 들어가……."

"카이본, 걱정하지 마세요. 우리나라의 세계수도 비슷한 생태를 가졌답니다."

"들었지? 자, 빨리 뛰어들어."

그러면서 슌은 자기 먼저 기포로 뛰어들어 저 멀리 둥둥 떠올랐다.

거기에 이어서 다리아와 오잉크가 기포로 들어갔고, 류에는 엘의 손을 잡아끌어 다음 기포로.

"어설프게 현실적인 생각으로 자꾸 의심하게 돼……. 레이스, 갈까?"

"네네, 네…… 넷! 가, 같이…… 타…… 타……."

"아차…… 이거 바닥까지 투명하지……. 레이스, 눈 감아. 내가 손을 잡아줄게."

"그, 그럴게요……. 절대 놓으면 안 돼요……."

대사만 들으면 낭만적이다. 사시나무처럼 떨고 있지만.

다음으로 나온 기포로 몸을 밀어 넣자 커다란 튜브나 바나나 보트 같은 반발력이 느껴졌다. 계속 힘을 주니 푸르르 흔들리며 단숨에 몸이 통과했다.

레이스를 안으로 잡아당긴 뒤, 엘리베이터가 움직일 때처럼 중력에 눌리는 느낌이 들며 기포가 떠올랐다.

"생각보다 재미있는데……?"

"재, 재미없어요……. 아직, 아직 도착 안 했어요……?"

"거의 다 왔을 거야."

머리 위로 수면이 보였다. 아마 저기를 통해서 공기를 외부로 배출할 것이다.

가벼운 충격과 함께 기포가 멈췄다. 발판이 있는 곳으로 탈출하자 거의 동시에 기포가 터졌다.

"도착. 레이스, 이제 눈 떠도 돼."

"떠, 떴어요. 깊은 호수 같은데…… 이게 아래까지 이어지나 보네요."

"맞아요. 이제 모두 도착했네요."

오잉크의 목소리가 들려 돌아보니 다들 우리를 기다리고

있었다.

길은 아직 계속되나 보지만, 희미하게 공기의 흐름도 느껴졌다.

"전부 모이면 점심을 먹자는 얘기가 나왔어요. 좋은 장소도 봐 뒀고요."

"여기는 산소나 마력을 외부로 내보내는 부분 같아. 바깥이 보이는 곳이 있었어."

"경치도 중요하기는 하지만, 몸에 냄새가 배서 안 빠져……. 살짝 메이플시럽 같은 냄새 안 나? 속이 느글거려."

"저는 이 냄새 좋은데요?"

"으…… 냄새는 좋지만, 계속 단내를 맡으면 속이 안 좋단 말이야."

장소까지 봐 뒀다면 이쯤에서 휴식을 취할까. 돌입하고 한 시간이 지났으니까 시각도 마침 오후 한 시다.

출발하기 전에 건넨 도시락이 나올 때가 됐다는 뜻이다.

오잉크를 따라서 밝은 빛이 들어오는 방향으로 갔다.

그러자 얇은 막이 둘러싼 전망대 같은 곳으로 나왔다.

"보세요. 우리 저택이 저렇게 조그맣게 보여요. 정말 높이 올라왔네요."

"힉! 도, 돌아갈래요! 나무 안으로!"

"괜찮아, 레이스. 방금 찔러 봤는데 아주 튼튼해. 절대로 안 무너져."

"마음은 이해해. 고소 공포증이 없어도 이 높이는 무섭지."

구름이 눈높이에 있는 세계. 그런 절경을 바라보면서 도시락을 꺼냈다.

『생각해 보면 멀리도 왔구나』. 어디서 나온 대사라고 생각하는데, 이 경치를 보니까 저절로 그 말이 머리에 떠올랐다. 정말로…… 멀리까지 왔구나, 우리.

"음! 맛있어! 카이본, 이 치즈는 뭐야?! 쫀득쫀득해!"

"모차렐라 같은 그거? 촌장님네 마을의 특산품이야."

"그래, 그 마을에서……. 언젠가는 그 마을의 농업, 축산업을 원조해야겠어."

"후후, 그래요. 저도 촌장님께 두부용 콩밭을 부탁했으니까."

"그쪽 대륙에도 비옥한 밭이 있나 보네요? 우리 대륙과 교류하고 싶어요."

"아, 그러면 언젠가 콩 재배가 제 궤도에 들어서면 아기다르나 엔드레시아에 있는 간장 제조 기술과……."

잠깐의 휴식 중에 오가는 교류.

그것은 모두 미래를 이야기하고 있었다. 내가 말할 필요도 없이 다들 앞으로도 삶이 이어진다고 믿고 아무런 불안도 느끼지 않는 듯했다.

"뭐야? 카이 씨, 뭐가 그렇게 즐거워? 혼자 싱글싱글 웃기나 하고."

"엘, 벌써 다 먹었어?"

"응. 맛있게 먹었어. 그런데—."

"주먹밥으로 만들면 더 맛있을지도 모른다고?"

"미안……, 정답이야. 아니, 이것도 굉장히 맛있다는 건 사실이지만."

"나도 알아. 다음에 참치마요 주먹밥 만들어줄게."

"그래서 왜 웃은 거야? 혹시 그거야? 어젯밤의 여운?"

"엘, 그건 예의가 아니지."

"제성해용. 뭐, 그건 장난이고 다들 벌써 미래를 보고 있어."

"다 알면서 놀리지 마……."

하여간, 여자들은 다 남의 마음을 들여다보는 초능력이라도 있나?

"방금 밖을 보니까 위쪽에 흐릿하게 달 같은 게 있었어. 그게 신계야?"

"그래. 여기서 보인다면 슬슬 마물도 나타날지 몰라. 조심해, 엘. 강해졌어도 싸움 자체는 아직 익숙하지 않잖아?"

"응. 아, 그래도 카이 씨가 나한테 신기한 힘을 부렸지? 그거로 나한테 들어오는 대미지를 대신 받아주는 거 아니야? 그거 해제해."

"음? 왜 굳이?"

또다시 엘이 보기 드문 진지한 표정을 지었다.

"나랑 카이 씨 중 하나가 죽는다면 내가 나아. 반박은 하지 마. 당신은 전투의 핵심이야. 나는…… 죽을 각오는 됐어. 이미 세 번이나 죽어 봤는걸."

"알았어……. 다른 힘으로 바꿔 놓을게. 대미지 감소는 어때?"

"응, 그거면 돼. 미안해. 좋은 뜻으로 해줬는데 거절해서."

"아니야. 그만큼 엘이 나보다 어른이라는 거지. 미안…… 그런 말 하게 만들어서."

"후우……. 역시 포기하기 힘드네. 카이 씨, 언젠가 나이 먹기 시작하면 연락해."

그 말을 남기고 엘은 류에에게 걸어갔다.

뭐야? 마지막 말은 무슨 뜻이지?

"그런데…… 우리 레이스 누님은 언제까지 제 허리에 매달려 계시려나?"

"여, 여기서 떠날 때까지요……. 왜 여러분은 아무렇지도 않죠? 떨어지면 죽잖아요……. 이런 식물 위에서, 아래가 다 비쳐 보이는데?"

"엄청 튼튼하니까. 만약 레이스가 떨어질 일이 있어도 우리가 가만히 보고만 있을 리도 없고."

"그, 그건 그렇지만……."

"그보다 들었겠지만…… 엘은 눈치챈 것 같은데?"

"엘 씨는 진짜 어른 여성이니까요……. 어쩌면 당연한지도 몰라요……. 분명 우리와는 달리 혹독한 인생을 사셨을 거예요."

레이스는 엘을 그런 식으로 인정하고 있었다. 정작 본인은 류에에게 아이스 빵을 한 입만 달라는 어린애 같은 이유로

술래잡기를 시작했는데 말이다.

"슬슬 출발하자. 여기서부터는 전투도 상정해야 해. 장비 점검해."

점심을 다 먹고 다시 출발하기에 앞서 우리는 장비를 확인했다.

그때, 기어코 아이스 빵을 얻어먹은 엘이 류에에게 물었다.

"류에? 왜 머리장식을 한쪽밖에 안 해? 두 개 다 있지 않아?"

"응? 그야 이건 엘 거잖아?"

"아니? 카이 씨한테 맡겼고, 앞으로도 내가 할 일은 없을 거야. 한쪽은 쭉 류에가 차고 있었지? 그러면 같이 차는 게 맞아."

"괜찮겠어? 그렇게 말한다면…… 드디어 짝이 맞춰졌구나."

엘이 도둑맞고 나오 군이 유적에서 발견했다는 머리장식을 차는 류에.

저건 칠성이 잠든 유적 최심부로 가는 열쇠였다고 했던가.

"오, 어울린다, 어울려. 류에, 마음에 들어?"

"응! 이건 카이 군이 나한테 처음 준 선물이야. 그리워."

"그랬어? 뭔가 운명이 느껴지네."

"그러게. 다리아도 그렇고 엘도 그렇고, 만나기 훨씬 전부터 묘한 연결 고리가 있었던 셈이네."

류에의 제자인 펜넬의 제자로 밝혀진 다리아.

처음 받은 선물이 엘의 소지품과 한 쌍이었던 류에. 신기한 인연도 다 있다.

“따지고 보면 저도 류에가 살던 곳에서 태어난 크롬웰 스승님의 제자예요.”

“앗, 정말이잖아. 그럼…… 슌, 슌은 뭐 없어?”

“아쉽지만, 없다!”

“자신만만하게 말하지 마…….”

모두 장비를 정비하고 출발하려는 때, 류에가 이상한 목소리를 냈다.

“어라?”

“류에, 왜 그래?”

“아니…… 두 개가 모여서 그런가? 머리장식에서 뭔가 신비한 마력이 느껴져.”

그러면서 류에는 머리에 단 두 머리장식을 가리켰다.

흠…… 그러고 보니 전에 저 머리장식을 조사한 적이 있었지.

“잠깐 보여줄래?”

“응. 나도 방금 조사했는데…… 조금 변했어.”

『에리스의 깃털 장식』

『구세계의 유산. 제작자: 슈텔 카노네.』

『창월의 신 슈텔이 애제자를 운명에서 구원하고자 창조했다.』

『많은 비극을 낳았다고 해도 세계를 사람의 손에 맡기기 위해서.』

『부여 어빌리티』
[운명 반사]
[숙명 승자]
[기량 +300%]

"흠. 어디서 본 기억이 있는데, 이 에리스라는 이름."
"정말로? 전에는 더 어려운 이름이었지? 창성이 어쩌고 하는."
제작자 이름과 새롭게 붙은 아이템 설명문.
그리고 지워져 있던 어빌리티의 이름이 확실해졌다.
이건 아마—.
"뭐야뭐야? 지금 그리운 이름이 들렸는데?"
"응? 엘, 뭔지 알아?"
나는 한 쌍이 모인 머리장식을 엘에게도 보여줬다.
엘은 설명문을 읽으려고 그것을 아이템 박스에 넣었다.
"응? 이거 역사적 발견 아니야?"
"뭐가?"
"카이 씨, 우리 대륙 신화 몰라? 공주 기사 에리스. 구제의 여신 말이야."
"아…… 언뜻 본 거 같아."

“그치? 이 여신님은 이름이 전해지지 않은 『창월의 신』의 제자래. 그럼 이 제작자 이름이 그 전해지지 않은 신의 이름이 아닐까?”

“아, 그렇군. 귀중한 사료라는 말인가? 그래도 일단 류에한테 돌려줘.”

“류에, 싸움이 끝나면 우리나라에 놀러 와서 역사가랑 이야기를 나눠 봐.”

“응, 알았어. 이거 신이 만든 물건이었구나…….”

그러고 보면 레이니 리네아리스도 이 머리장식에 유달리 집착했던 것 같다.

언젠가 또 그 신 비슷한 사람도 만나러 가야 하나.

“이제 출발할게요~! 여기서부터 선두는 엘이 설 거예요.”

“아. 네~! 좋아, 다들 가자. 렛츠 『성자의 행진』.”

그러면서 엘은 그리운 지구의 노래를 흥얼거리며 걸어갔다.

미국에 전해지는 곡이었던가? 지금 상황에 어울리지 않는 발랄한 멜로디였다.

“엘, 음정 틀렸어. 거기서는 반음 내려야 해.”

“아우, 까탈스럽긴! 음악부였다고 유세 부려? 나도 기억이 가물가물해서 그래!”

“그래도 신경 쓰인다고. 다시 처음부터 불러 봐.”

부담 갖지 말자고는 했지만, 이 녀석들 긴장감이라는 게 없나?

§ § §

"본본, 왼쪽 적 집단에게 『대지열섬』. 그리고 그대로 슌 쪽으로!"

"오케이."

"엘, 다리아에게 회복 마법! 다리아는 회복하고 공격 횟수를 늘리는 쪽으로 전환!"

"알았어요!"

"으, 응."

좁은 공간을 가득 채운 마물들.

하나하나가 상식을 초월한 힘을 가진 그것들을 필사적으로 막아 냈다.

"레이스, 수가 줄어든 곳에 범위 공격! 이곳 마력은 쓰지 마세요, 다리아가 쓸 거예요!"

"알겠어요!"

"오잉크, 위험해!"

마물 대군에서 뻗어 나온 은색 섬광을 류에가 검으로 튕겨 내어 오잉크를 지켰다.

"슌, 다리아한테 어그로가 튈 거예요! 막아요!"

"알았어."

"본본, 적이 다리아에게 가기 시작하면 범위 공격 차지해요!"

다리아에게서 무수한 불과 번개가 어마어마한 속도로 발

사되어 마물의 수가 점차 줄어들었다.

그러자 오잉크의 예상대로 마물의 표적이 다리아에게 옮겨갔다.

곧바로 슌이 막아서며 혼자 마물들을 저지했다.

그곳으로 활을 겨냥하며 기다리던 오잉크가 엄호 사격을 가하여 마물의 수를 더욱 줄였다.

"레이스, 엘은 오잉크 곁으로! 큰 거 한 방 날릴게!"

그리고 극한까지 강화한 일격을 날려서 한곳에 모인 마물을 일망타진했다.

"네 마리 흘렸어……! 하늘에 셋, 벽에 하나!"

"류에, 마무리!"

"오케이!"

그렇게 마침내 몇 번째일지 모를 마물 무리를 물리쳤다.

"우습게 봤어……. 왜 잔챙이인 저것들이 이렇게 단단해?"

"수고했어요. 솔직히 하나하나가 도시 보스급으로 단단할 줄은 몰랐네요. 이건 좀 이상하네요……."

숨을 헐떡이는 오잉크에게 류에가 회복 마법을 걸어줬다.

모든 인원에게 지시를 보내며 자신도 공격에 가담한 오잉크는 역시 피로한 기색이 역력했다.

오른쪽 눈은 내려다보는 시점, 왼쪽 눈은 육안 시점으로, 보통 사람은 혼란에 빠질 시야를 만들어서 동시에 분석해 지시를 내린다니 그럴 만도 했다.

"오잉크, 괜찮아?"

"네…… 죄송해요. 눈 주변에도 부탁해요. 조금 식히기만 하면 돼요."

"이 좁은 곳에 그만큼 많이 있으면 오잉크의 지시에도 한계가 있어. 싸움법을 바꿔야 하나?"

"하지만 슌, 우리는 그 대군의 움직임을 정확히 파악할 수 없어요……."

전멸은 하지 않는다. 하지만 큰 타격은 충분히 입을 수 있는 상황이었다.

솔직히 만나자마자 범위 기술을 썼는데 일격에 쓸려나가지 않은 것은 내게도 꽤나 충격이었다. 아무리 생각해도 우리 화력에 대항해서 강해진 느낌이었다.

"음…… 카이 씨, 무슨 기발한 방법 없어? 고인물 플레이는 카이 씨 주특기잖아."

"한 마리를 확실하게 죽이는 수단이라면 있지만, 다수 상대로는 좀……."

"그 자연 회복 효과를 반전해서 부여하는 기술?"

"맞아. 그래도 무조건 33초가 필요하다는 단점도 있어."

[생명력 극한 강화] 반전 부여. 특별한 적이 아니라면 확실하게 죽일 수 있는 수단이지만, 즉효성이 떨어진다. 고인물 플레이…… 게임이라면 몰라도 이 세계에서는 어렵겠지.

"나무 안이니까 불을 지르면 어때? 그러면 마물도 『잘 익었습니다~!』 할 수 있잖아."

"불 번지면 우리도 위험해. 게다가 앞으로 가는 길이 무너지면 어떡해?"

"음, 난감하네. 『성자의 행진』으로 동작이 느려져도 순식간에 해제해 버리니 원."

흠, 필드 공격이라. 하지만 나무 안에서는 별로 쓰고 싶지 않군.

다리아도 불 마법을 쓸 때는 소규모로 자제할 정도다.

"아, 맞아……. 혹시 모르니까 시험해 봐?"

"뭐야뭐야! 카이 씨, 묘안이 떠올랐어?"

"통할지는 잘 모르겠지만. 다리아, 류에, 잠깐 와 봐."

"응? 왜 그래?"

"공략의 실마리라도 찾았나요?"

"아, 겸사겸사 엘도 컴온."

"사람을 곁다리 취급하기야~?"

우선 이 멤버 중에서 마법에 뛰어난 사람을 모았다.

"범위가 넓고 약한 불 마법을 이 앞 통로에 써 볼래?"

"내가 말한 잘 익었습니다 작전이잖아? 슌도 반대하던데?"

"좀 달라. 일단 시험해 보지 않을래?"

방금 슌은 우리도 위험하다고 말했다.

하지만 불이 위험한 건 그 온도 때문만은 아니다.

"알았다! 카이 군, 꼭꼭 감춰 뒀던 그 마법이구나! 그리워!"

"이실직고하면 몇 번 썼어."

"헉! 그렇게 잔인한 걸!"

무력화에는 이만한 게 없거든.

아무튼 세 사람에게 통로로 불을 쏴 달라고 부탁했다.

불은 출력을 낮춘 덕에 순식간에 벽을 태우지는 않았지만, 서서히 그을리고 있었다.

"다리아, 바람으로 밀어줘. 멀리까지 불이 번지게."

"네. 무슨 생각이 있으신 거군요?"

[소나]로 맵을 관찰하자 앞에 있던 마물들이 전부 움직이는 것이 보였다. 하지만 해치우지는 못했고 그때까지 나무가 버틸 것 같지도 않았다.

"좋아, 전원 정지! 나머지는 내가 할게!"

그리고 검 어빌리티를 마법용으로 교체하고 최대한 퍼뜨린 불길을 향해— 어둠 마도를 발동했다. 어둠이 불을 침식해 붉은빛이 검게 물들더니 곧 보이지 않게 됐다.

하지만 그곳에 분명히 무색의 불길이 있다는 것을 일렁거리는 경치가 알려줬다.

"오잉크, MP 포션."

"네, 여기요!"

그것을 단번에 들이키고 계속 마력을 모았다. 그러자—.

"왔다, 왔어! 경험치가 한 번에 들어왔어!"

"오오?! 뭐야뭐야, 카이 씨 뭐 한 거야?!"

"비기, 타지 않는 불! 하지만 산소는 앗아가지!"

"놀랍군. 내가 그 작전에 이름을 붙여주지. 이름하여 『어둠의 불꽃에 휩싸여 이럴 수가![#13]』."

"어허! 재수 없게!"

맵의 빛나는 점, 마물 반응이 점점 줄어들었다.

일부 남은 적은 아마 무기체 마물일 것이다.

"좋아……, 많이 줄었어. 다만…… 잠깐만 쉬자."

"수, 수고하셨어요……. 본본, 그런 기술도 있었나요……?"

"여기가 좁은 통로라서 다행이야. 야외였으면 별 재미도 못 봤겠지."

"설마 정말로 도움이 될 때가 오다니……. 마법 스승으로서 자랑스러워."

"마물 대부분이 질식사…… 고인물 수준이 아니잖아."

우선 급격히 MP를 소비한 반동으로 두통이 와서 회복되기를 기다리기로 했다.

목덜미에 댄 얼음이 뜨거운 몸을 식혀줬다.

받은 포션을 홀짝이는 사이 몸이 회복되는 것이 느껴졌다.

머릿속에 쌓인 무거운 무언가가 빠져나가는 그런 느낌이었다.

"카이본, 앞쪽을 보고 왔어. 살아남은 일부 마물도 전부

#13 어둠의 불꽃에 휩싸여 이럴 수가! 게임 『테일즈 오브 데스티니2』의 캐릭터 쥬다스와 관련된 밈. 필살기 사용 후 「어둠의 불꽃에 휩싸여 사라져라」라며 폼을 잡는데, 무적 판정이 없어서 대사 도중 사망하는 꼴사나운 상황이 빈번히 연출됐다.

퇴치했어."

"마물 대부분은 죽어 있었어요. 거점 공격으로는 최강의 마법이네요……."

다리아와 순이 돌아와서 앞쪽의 상황을 전달했다.

그리고 경계를 서던 레이스와 오잉크도 내 쪽으로 돌아왔다.

"후방에도 남은 적은 없었어요."

"제 힘을 써서 보이지 않는 곳까지 살폈지만, 기껏해야 못 주운 아이템밖에 없어요. 꽤 귀중한 재료가 바닥에 굴러다니던데요?"

"하하, 그거 잘됐네. 나중에 공평하게 나눌 거다?"

"네……."

왜 아쉬운 표정이야!

"후우. 고마워, 류에, 엘. 기분이 꽤 나아졌어."

"정말로? 너무 무리하지는 마. 카이 군은 마법에 재능은 있지만, 평소에 그런 대규모 마법은 안 쓰잖아. 몸에 부담이 클 거야."

"맞아. 마법으로 체력은 돌아와도 내장이나 근육, 골격은 회복되려면 오래 걸려. 고마워해, 내가 마사지와 지압을 할 줄 알아서."

그랬다. 다리아도 지압 정도는 할 줄 알았지만, 엘은 마사지, 테이핑, 스트레칭 등 실전적인 지식이 풍부했다.

본인 말로는 가라테부 매니저였다나?

그래서 도장에 있었을 때 그렇게 감회에 젖어 있었나.

"좋아. 프로 수준은 아니지만, 마법과 병용했으니까 조금은 나아졌을 거야."

일어나서 가볍게 스트레칭을 하니 정말로 뻐근함이 싹 가셨다.

"대단한데. 오히려 싸우기 전보다 상태가 좋아."

"그, 그 정도야?!"

"놀랍네요…… 엘, 다음에 저한테도 알려주세요. 전문적인 지식을 배우고 싶어요."

"아, 나도 알려줘."

"후훗, 기분이 나쁘지 않은걸! 나도 가르칠 게 있다니까."

"앞쪽을 보고 왔다고 했지? 이 앞은…… 또 그 수액 길이 있어. 분명 이게 마지막이야. 그리고 그 앞은…… 신계겠지."

"그래? 그럼 남은 길은 거의 일직선이군."

"이제 와서 각오가 됐냐고 물을 필요는 없겠지. 다들 준비는 마쳤어?"

모두가 돌아봤다. 그리고 말없이 고개만 끄덕였다.

"내 기억이 맞으면 신계는 거의 『창조신 아스트랄』 전용 필드야. 갈라지지 말고 같이 가자. 단, 기포에 타기 전에는 보조 마법을 신중하게 걸어 둘 것."

"응, 알았어."

"저도 알았어요."

“오잉크도 여기서부터는 지휘가 아니라 공격과 보조에 전념해줘.”

“네. 아이템으로 아낌없이 보조할게요. 엘과 류에도 회복 마법은 적당히 써도 돼요. 최고급 범위 회복약을 투입할게요.”

“든든하네. 슌은 최전선에 서서 계속 몰아쳐.”

“알았어. 행동 패턴을 알아봐야겠어.”

“류에는 도중부터 슌이랑 합류해. 마법 사용을 줄이고 계속 큰 기술을 노려.”

“진심으로 할게…….”

“레이스는 오잉크가 있는 위치에서 거리를 두고 엄호 사격. 사선에 주의해.”

“네……. 마침내 이 순간이 왔네요.”

“그리고 나도 이번에는 슌과 같이 최전선에 나갈게. 게임처럼 패턴 유도 꼼수는 안 통하겠지만. 단, 나는 최고의 방어 세팅으로 덤빌 거야. 상대의 능력을 확인하는 차원에서.”

“카이 군, 평소처럼 상대방을 조사하는 능력은 안 써?”

이번에는 능력치와 관련 없는 어빌리티는 넣지 않았다.

……그럴 여유도 없을 거라고 생각하니까.

애초에 상대의 능력이 보인다는 보장도 없었다.

만약 레이니 리네아리스의 자유를 빼앗은 상대라면 스테이터스 화면에 개입할지도 모른다.

“안 써. 진심으로 죽이는 데만 집중할 거야. 잔재주는 안 통할 상대라고 예상해."

"그래……? 알았어. 그럼 준비할게."

"카이 씨, 나는? 솔직히 회복 정도밖에 할 일은 없겠지만."

"아니야, 틈을 노렸다가 『업어치기』를 써줘. 게임과 다르지만, 인간형이 상대라면 확실하게 넘어뜨릴 수 있는 기술이야. 효과가 있는지 확인만 해도 돼."

"오케이……. 설마 신에게 업어치기를 쓰는 날이 올 줄은 몰랐어."

작전을 결정하고 길을 따라갔다.

그리고 머지않아 통로가 넓어지며 수액이 지나는 길이 나왔다.

여기까지 오니까 레이스도 무섭다는 생각은 사라진 모양이었다.

거기서 나타난 기포를 타고 우리는 이 하늘을 찌르는 거목의 정상으로 올라갔다.

§ § §

"거목 안이 아니야……. 밤하늘이 보여."

"방금 한순간 바깥 풍경이 끊겼는데 그때 신계로 날아온 걸까요?"

"그런 것 같아. 아래를 봐. 나무가 아니야. 돌바닥이야."

“눈에 익네요……. 틀림없이 신계예요. 그리고—.”

“정말로 외길이네요……. 마물도 안 보여요.”

“전부 나무 쪽에 투입했나?”

“아마도 그렇겠지. 아까 살아남은 적 중에 골렘도 섞여 있었어. 그건 원래 신계에 있던 적이야.”

도착한 곳은 마치 천장 없는 신전 같았다. 석조 광장에서 길 하나가 뻗어나갔다.

그리고 그 끝에…… 황금색 문이 버티고 있었다.

“이 광경……, 그립네요. 마지막 날, 플레이 화면을 방송했었죠?”

“그러고 보니 그랬지. 그때와는 달리 이번에는 나 혼자가 아니야.”

“맞아. 게다가 레이스와 류에도 있어.”

또각또각 딱딱한 바닥을 때리는 발소리를 내며 그 문의 앞까지 왔다.

그리고 마치 내가 대표처럼 그 황금색 문을 밀어 열었다.

“역시 있군……, 신.”

그곳은 무대였다. 아름다운 원형의, 신성함이 느껴지는 황금색 무대.

그리고 중앙에 선 로브를 입은 인물.

손에 독특한 형태의 지팡이를 쥔 그가 조용히 우리 쪽으로 돌아섰다.

……얼굴은 보이지 않았다. 하지만 압도적 강자의 시선이 확실하게 느껴졌다.

"무대에 올라오기를 기다리는 건가."

우리는 그 권유를 받아들여 일제히 마지막 싸움의 무대 위로 뛰어올랐다.

§ § §

황금의 무대에 일곱 명이 올라섰다. 기다리던 신이 손에 쥔 지팡이를 들었다.

"흡!"

착지와 동시에 슌이 맹속도로 달려가서 지팡이를 든 신에게 칼을 내리쳤다.

하지만 당연한 것처럼 지팡이에 막혔다. 하지만 지체 없이 또 다른 검사가 뒤를 이었다.

"슌, 멈추지 마."

"그래!"

두 사람이 맹공을 퍼부었다. 그래도 신은 긴 지팡이를 교묘하게 다루며 그것을 모조리 막아냈다.

고착되는 공방에 두 사람은 표정이 어두워지며 그곳에서 뒤로 빠졌다.

"처음부터 오라를 두르고 있잖아. 슌, 지속 대미지는?"

"초당 7퍼센트. 꽤 커."

"그럼 그렇지……."

카이본이 애용하는 [생명력 극한 강화]조차 상회하는 대미지가 매초 들어온다.

어떻게 해야 할지 고민하느라 한순간 공세가 멈춘 그때, 신이 소리도 없이 다른 일행에게 돌격했다.

"윽?! 내가 막을게! 슌, 엘한테 지시해!"

카이본이 다시 신에게 덤비려고 한 순간, 신은 그 움직임을 다 알고 있는 것처럼 하늘로 뛰어올라 카이본은 안중에도 없다는 듯 무시하고 후방에서 엄호를 준비하던 멤버에게 다가갔다.

그리고—.

"큭! 류에, 부탁해요!"

"응! 여길 봐~!"

류에가 뛰어든 신에게 검을 뻗었다.

무수하게 분열한 듯 보이는 고속 검술. 신은 그것을 오른손 앞에 나타난 장벽 하나로 완전히 막아 냈고, 남은 왼손으로 지팡이를 류에에게 고속으로 내질렀다.

"악?!"

공격을 맞고 멀리 후방으로 튕겨 날아가는 류에. 하지만 지금 막 배제한 상대에게는 관심조차 가지지 않고 신은 그대로 오잉크에게 다가가서 기묘하게 빛나는 지팡이로 찔렀다.

"윽…… 윱……."

"오잉크!"

관통한 지팡이. 흘러넘치는 피. 척 보기에도 치명상이라고 알 수 있는 상처.

그리고 끝이라도 내려는 양 지팡이가 빛을 발하고—.

"안 멈춰, 이 자식아?!"

슌이 늦지 않고 지팡이를 붙잡았다. 그리고 난폭하지만 오잉크를 발로 차서 지팡이에서 떨어뜨렸다.

곧바로 엘의 회복 마법이 오잉크를 감쌌고, 동시에 오잉크도 허공에서 신성한 병을 꺼내서 한 입 마신 뒤 하늘로 던졌다. 병은 그대로 안개로 변해 사라졌다.

"처음으로 저를 노리나요……."

안개가 일행 전원을 치료했다. 빈사 상태에 빠졌던 오잉크도 상처가 사라졌다.

슌이 다시 신에게 덤벼들고, 드디어 따라붙은 카이본도 가세했다.

전선에 복귀한 류에가 제3의 검이 되어 신을 몰아세웠다.

하지만— 그래도 신기와 같은 봉술 앞에서 일행의 공격은 단 하나도 그 몸에 범접하지 못했다.

"여러분, 떨어져요!"

그때, 멀리 뒤쪽에서 날아든 거대한 빛. 진홍색 빛줄기가 신을 집어삼켰다.

레이스가 모으던 공격이었다. 그것이 후방에서 날아와 신에게 명중한 것이다.

세 사람은 아슬아슬하게 공격을 피했다. 하지만 빛이 집어삼킨 신은—.

"멀쩡하군……."

"아니, 지팡이 색이 변했어. 저 녀석은 지팡이를 본체에서 떨어뜨리면 방어가 내려가지만, 지팡이가 있으면 세 번까지 대미지를 무효화해. 까먹었어?"

"그러고 보니 옛날에는 지팡이를 빼앗고 싸웠지……."

"여기서는 그럴 수 없지만. 항상 정공법으로 싸우지 않아서 잊기 십상이지."

"힘들 거라고 예상은 했지만, 이건 좀……."

신도 지금 공격에는 놀랐는지 다리가 멈췄다.

하지만 다음 순간—.

"으랏차!"

살금살금 뒤로 다가온 엘이 신에게 한팔 업어치기를 먹였다.

그리고 신을 바닥에 내동댕이치자마자 쏜살같이 거리를 두고 다시 자세를 잡았다.

"좋았어! 봤어?! 업어치기 성공했어!"

"효과가 있나. 엘, 계속 허점을 노려. 이제 저 녀석의 주의가 분산될 거야."

"오케이. 몇 번이든 메다꽂아줄게."

지금 공격으로 다시 신의 지팡이 색이 변했다. 금색에서 은색, 그리고 동색으로.

"앞으로 한 대만 더 맞으면 지팡이가 한 번 사라져. 재소환하지 않으면 평범하게 공격이 통할 거야."

"재소환하는 틈을 보여주는 편이 더 좋지만."

"슌……, 지금부터 전열은 류에 한 명에게 맡길 거야. 큰 기술을 노려."

"가능하겠어……?"

카이본은 류에에게 눈길을 보냈다. 혼자서 괜찮겠느냐고.

"나라면 버틸 수 있어. 괜찮아."

"부탁할게……."

류에가 혼자 돌진했다. 마도를 구사해 상대의 움직임을 제한하며 검술을 펼친다.

그 순간, 류에의 얼음 마도에 호응하듯 후방에서 섬광이 번뜩여 신의 발치를 태웠다.

다리아였다. 전투가 시작된 후로 이곳에 마력이 축적되기를 기다렸을 것이다.

이 공간의 마력을 이용해 고속으로 신의 주위를 태워 이동을 제한했다.

류에의 공격이 점점 신에게 닿으려고 한다. 확실하게 그때가 다가온다.

"류에, 점프!"

그리고 목소리와 동시에 푸른색과 보라색 빛의 파동이 날아들었다.

슌, 카이본이 날린 기술이 마침내 신을 집어삼켰다.

파열하는 소리와 함께 신의 지팡이가 산산조각 나며 그대로 빛의 격류에 휩쓸려 버렸다.

그 틈을 놓치지 않으려고 류에가 마도 주문을 외기 시작했다.

다리아도 같이 주문을 외고, 이어서 레이스와 오잉크가 하늘로 화살을 쐈다.

바닥을 얼리는 얼음과 쏟아지는 무수한 화살과 빛이 황금의 무대를 채운다. 번개가 터진다. 검이 뒤를 따른다.

"끝나! 그만 쓰러지라고!"

빛의 격류가 사그라들고 모든 공격이 멎자 그곳에는 얼음 덩어리만 남아 있었다.

과연 이곳에 가두는 데 성공했을까.

"윽! 아아아앗!"

"오잉크?! 크악?!"

……하지만 신은 신. 그 이름에 걸맞게 세계의 정점에 군림하는 것처럼 굳건히 서 있었다.

어느새가 후열보다 훨씬 뒤로 이동한 신이 방금 공격이 사라짐과 동시에 다시 오잉크를 습격했고, 똑같이 떨어진 곳에 있던 레이스에게 빛의 탄환을 쏘고 있었다.

쉴 새 없이 뛰어다니던 엘이 레이스에게 회복 마법을 걸었다. 하지만 오잉크에게는 닿지 않았다.

또 오잉크의 피가 무대를 적셨다. 류에가 달려오지만, 너무 늦었다.

그러나 카이본이 급하게 허공으로 손을 뻗어 뭔가를 조작하기 시작했다.

그 직후, 오잉크의 피가 멈추고 대신 카이본이 무릎을 꿇었다.

【새크리파이스】로 오잉크가 받을 대미지를 대신 받아낸 것이다.

"본본……! 류에, 본본을 회복—."

"아, 알았어!"

"다리아, 레이스와 엘을 데리고 한곳에 뭉쳐! 떨어지면 위험해!"

"카이본, 대미지는?"

전원이 달려든 끊임없는 공세가 순식간에 뒤집히고 말았다.

그렇다. 이건 게임이 아니다. 누가 하나라도 죽으면 전체가 붕괴할 수도 있다.

그리고 카이본은 결코 동료를 무시할 수 없다.

그 결과, 신은 오잉크만을 집중 공격해서 모든 움직임을 막아낸 것이었다.

"……왜 오잉크만……."

"오잉크는 실질적인 지휘관이자 보급관이야. 노리는 건 당연해."

"아냐……, 이번 싸움에서 저 녀석은 엄호만 했어. 그런데……."

일행의 움직임을 막은 신은 유유히 지팡이를 재소환했다.

이제 다시 신은 세 번의 공격 무효 효과를 얻었다. 그런 그때였다.

로브를 깊이 눌러쓴 신이…… 입을 열었다.

"조건은 충분했어……. 그런데도 약해. 역시 너희로는 부족해."

젊고 가벼운, 위엄과는 동떨어진 음성이었다.

"이렇게 기다리게 해 놓고 이건 아니지. 너무 느리고 약하면서 비정하지도 못해. 이길 조건은 다 갖췄잖아? 조금만 더 힘내 봐, 카이본."

친구라도 부르듯 내 이름을 말하는 신. 그리고…… 얼굴은 보이지 않아도 그 말투와 일행의 움직임, 역할을 아는 듯한 싸움법을 보고 눈치채고 말았다.

그래서— 절규하고 통곡했다.

"왜, 왜 네가!!!!"

카이본이 신에게 성큼성큼 다가갔다. 하지만 신이 보이지 않는 힘으로 그를 떠밀었다.

그 돌풍에 카이본뿐 아니라 자신의 후드도 날려 버렸다.

거기서 나타난 것은…… 잘 아는 얼굴.

"왜…… 왜 네가 신이야!!!! 구냐!!!!!!"

§ § §

영문을 모르겠다. 하지만 그 말과 얼굴은 틀림없이 본인이었다.

검은 머리를 뒤로 묶은 마른 체형의 남자가 한심하다는 투로 말했다.

"안 알려줘. 이기면 전부 알려줄게. 그래도…… 하는 꼴 보니 글렀는데?"

"헛소리하지 마!"

"읏차. 아까보단 낫네. 화내는 편이 강하다, 야."

검을 몇 번이고 휘두르지만 피하고, 튕기고, 반격으로 밀려났다.

거기에 이어 슌이 구냐에게 달려들지만, 결과는 역시나 매한가지.

그러다가 후방 지원이 없다는 사실을 깨달았다.

"오잉크! 류에! 다리아! 엄호 안 하고 뭐 해!"

돌아보자 세 사람이 멍하게 서 있었다.

오잉크는 눈물을 흘리며 필사적으로 고개를 저었다.

류에는 검을 들려고 하나, 금방 팔이 내려갔다.

다리아는 이해가 되지 않는지 『잠깐만, 잠깐만』 하며 입속말을 중얼거렸다.

"아이고, 말하지 말 걸 그랬네. 다 전의 상실이잖아."

"닥치고 죽어."

"에고고, 슌은 흔들리지 않는군. 그리고 강해. 역시 신에게 최강자야."

"너, 뭐 하자는 거야?"

"마왕님도 한결같군. 두 명으로 나한테 이길 수 있겠어?"

말장난에 놀아나지 않겠다며 슌과 함께 칼을 휘둘렀다.

지팡이로 튕기지만, 내 알 바인가. 지속 대미지도 무시하고 팔을 뻗어 그 지팡이를 잡았다.

하지만 나보다 강한 괴력에 떨쳐져 나왔다.

내가 가진 포션을 마시며 뒤쪽으로 외쳤다.

"이 녀석은 적이야! 싸우지 못하겠으면 하다못해 회복이라도 해줘!"

"그, 그래도! 말로 하면 알아줄 거야! 구냐잖아, 우리 동료잖아!"

"마, 맞아요! 뭔가 이유가—."

하지만 후방에서 다시 붉은 섬광이 날아와 구냐에게 꽂히며 지팡이의 색이 변했다.

"레이스……."

"저는 구냐 씨와 지낸 추억이 없어요. 그러니까…… 싸울 수 있어요."

"이야…… 그건 맹점이네. 카이본, 네 분신도 제법인데?"

이번에는 슌과 내 참격에 레이스의 엄호 사격이 더해졌다.

후방에서 사격이 날아들지만, 그와 동시에 레이스 본인이 전열로 뛰어들었다.

설치형 공격인가. 지금까지 공방으로 축적된 잔류 마력을 흡수한 레이스가 슌에게도 밀리지 않는 무용을 보여줬다.

나와 슌의 공격을 피하자 레이스의 검붉은 불길을 두른 주먹이 구냐에게 꽂혔다.

지팡이의 색이 동색으로 변했다. 하지만 동시에—.

"흡수는 공격이 아니라는 건가……. 너는 성가시군!"

"큭!"

아무래도 레이스의 그 일격은 무효화를 관통해서 구냐의 HP를 빼앗은 모양이었다.

눈빛이 달라진 구냐가 레이스를 집중적으로 노리기 시작했다.

하지만— 더 예상을 뒤집는 공격이 가해졌다.

"으랏차!!!"

"윽."

강제로 상대를 바닥에 메꽂는『업어치기』였다.

엘은 잽싸게 구냐를 자칭하는 신에게 주먹을 한 방 먹였다.

"한 발은 한 발이다, 이건가."

구냐의 지팡이가 다시 사라졌다.

상황을 파악한 구냐는 엘을 날려 버렸다. 하지만 엘은 힘차게 일어나서는—.

"이 바보들아, 정신 안 차려! 너희 그렇게 과거가 중요해?!"

호통쳤다. 적이 아니라, 아군에게.

"나는 지금이 제일 중요해! 잃은 것보다 지금 내 손에 있는 게 훨씬, 훨씬 중요하다고! 그런 것도 누가 일일이 말해줘야 알아?!"

울부짖으며 싸우지 못하는 자들을 비난하는 말.

그리고 우는 얼굴로 무모하게 구냐에게 덤비고자 우리가 있는 전열에 가담했다.

지팡이가 없는 지금이라면 재소환을 하지 않는 한 타격을 줄 수 있다.

레이스의 엄호. 나와 슌의 검기. 그리고 계속해서 허점을 노리는 엘.

지팡이가 없는 탓일까. 구냐의 행동이 조금 신중해졌다.

……의외로 전의를 잃은 이들을 기습할 생각은 없어 보였다.

"엘, 업어치기를 노리지 못할 때는 적당히 발을 걸어줘."

"알았어, 슌."

"어때? 이번에는 발밑도 조심해라, 구냐. 레이스, 방금 했던 것처럼 일단 물러나서 『지평천 「취우」』, 그게 안 되면 폴스 애로로 머리 위에서 공격해."

"네, 일단 뒤로 빠질게요."

"들었어? 이번에는 위쪽도 조심해라."

말로 견제했다. 무효화가 없는 이상 공격을 무시할 수는 없을 것이다.

그리고 정말로 엘이 어마어마한 속도로 발을 걸었고— 구냐는 넘어지지 않고 날아가 버렸다.

"응?! 나 너무 강한 거 아냐?!"

"아니…… 지금 그건—『배가』인가?"

오잉크가 부은 눈으로 손을 들어 엘에게 『배가』를 부여하고 있었다.

"끝내주세요……, 이 싸움을."

동시에 날아간 구냐에게 수천 줄기의 번개가 끊임없이 쏟아져 행동을 막았다.

"부탁할게요……."

다리아가 중얼거렸다. 그리고— 류에가 주문을 외기 시작했다.

"카이 군, 미안. 지금부터 가장 강한 걸 쓸게. 용신을 봉인했을 때 쓴 마도를……."

후열 세 명의 전의가 다시 살아났다.

"칫……, 제일 약한 녀석의 말이 제일 날카로웠군."

"흥, 약해서 미안하네요!"

엘이 다시 달려가고 레이스의 공격이 하늘에서 쏟아졌다.

"너, 반드시 두들겨 패서 전부 실토하게 만들 줄 알아. 어디 할 짓이 없어서 신 행세야?"

『강제 넘어뜨리기』를 경계해서 둔해진 몸에 나와 슌의 공격이 명중했다.

시야 밖에서 날아든 레이스의 화살을 피함과 동시에 또 한 발이 날아왔다.

오잉크가 쏜 그것은 엘에게 꽂히더니 그녀의 몸을 오잉크에게로 끌어당겼다.

명중한 대상을 자기 곁으로 끌고 오는 신기한 기술. 그것을 공격 수단으로 사용한다.

엘이 보이지 않는 힘으로 오잉크 곁으로 끌려간다. 그 진로상에 있는 구냐까지도.

말려든 구냐가 무릎을 꿇고, 이번에야말로 피할 수 없는 상황에서 류에의 마도가 구냐를 포착했다—.

"체크메이트. 이건 못 빠져나와."

"너한테 휘둘릴 줄이야. 즐겜 유저였던 주제에 제법이잖아……."

얼음에 갇힌 구냐가 바닥에 넘어진 엘을 칭찬했다.

"나는 세계를 즐기는 거야. 즐기기 위해서라면 전부 해! 너처럼 체념한 표정으로 실실 웃기나 하는 인간한테 질 거 같아? 이 멍청이."

나와 슌이 구냐에게 검을 들이댔다.

칼날에 불길한 검은 불꽃을 두른 내 검과 섬뜩한 푸른빛이 깃든 슌의 칼.

그것은 당장에라도 모든 것을 끝낼 수 있는 파괴력을 품었다.

"전부 불어……. 너는 뭐야? 뭘 하려던 거야?"

"단순한 협박이 아니란 것쯤은 알지? 허튼짓하면 넌 죽는 거야."

그리고…… 이곳을 혼란에 빠뜨리고 일곱 명을 상대로 우세를 점한 과거의 동료.

신으로서 우리 앞에 선 구냐가 입을 열었다.

"너희는 그 세계…… 그란디아 시드를 뭐라고 생각해?"

우리가 플레이하던 게임이 뭐였는가. 원점으로 돌아가는 질문이었다.

지금까지 얻은 정보를 바탕으로 나는 내가 내린 답을 꺼냈다.

"그건 이 세계야. 이 세계를 손에 넣으려는 누군가가 칠성을 풀었고, 그란디아 시드가 태어나기 전 시대의 자들이 그것들을 내몰아서 『퍼스트리아 대륙』이 변화한 거야."

"오, 제대로 진실을 좇고 있었나 보군. 70점."

그 대답을 들은 구냐의 얼굴에서 희미한 웃음이 사라졌다.

"이 세계는 『그 녀석』이 이어받기로 되어 있었어. 세계는 살아 있어. 하지만 어디에나 수명이 있는 법이지. 그 녀석은 죽어 가는 세계를 이어받아서 새로운 세계를 창조하려고 했어. 하지만 그걸 지금을 살아가는 사람들에게 맡기려는 자가 나왔지."

"그 결과, 이 세계가 태어났다고?"

"세계 의지가 사라지고 인간의 손으로 세계가 태어났어. 하지만…… 자신이 이어받지 못한 사실을 납득하지 못했겠지. 그 녀석이 개입하기 시작했어. 강력한 수하, 칠성이라고 불리는 마물을 보낸 거야. 어떻게든 사람들의 의지를 꺾고 싶었겠지."

"그래도 사람들은 저항했어. 그래서 퍼스트리아 대륙에 칠성이 갇혔고."

구냐는 자신이 너무 떠들었다고 생각했는지, 잠깐 입을 다물었다.

하지만 『이기면 전부 말한다』라는 약속을 떠올리고 다시 말을 이었다.

"그래, 거기까지는 잘했어. 어렴풋이 깨달았을지 모르지만, 나는 원래 이쪽, 구세계의 신 같은 존재야. 칠성을 이 대륙으로 유인하기 위한."

"하지만 실제로는 대륙째 도망쳤어……. 우리가 살던 지구로, 너까지 포함해서."

"바로 그거야. 나도 칠성도, 세계가 축소되면서 차원의 틈으로 사라졌어. 그게 어찌 된 영문인지 게임이라는 오락이 되어 버린 거야."

구냐는 말했다. 우리가 있던 세계는 원래 이질적인 세계였다고.

마법과 세계 의지가 없는 세계인데 온갖 형태로 이세계를 인지하고 지식이 퍼져 있었다고.

결코 넘을 수 없게 단절된 세계면서 마법이 존재하는 여러 이세계와 인접한 이상한 세계였다고.

"그다음은 알다시피 우리가 사랑한 그란디아 시드의 탄생이지. 아마 만든 회사는 세계를 얻지 못한 그 녀석의 부하가 아니었을까?"

"그럼 너는 쭉 그 게임 안에 있었어……?"

"그래. 세계 뒤편에서 방대한 양의 정보를 받아서 계속 보고 있었어. 그런데 영 재미없게 돌아가더란 말이야. 나를 희생한 작전이 실패하고 게임 속에서 칠성이 서서히 자라고 있었어. 언젠가 반드시 원래 있던 곳으로 돌아갈 게 뻔했어."

그래서 구냐는 직접 나섰다. 언젠가 돌아갈 때, 세계를 지키기 위한 동료를 모으려고.

게임 뒤편에 살던 이 녀석은 당연히 모든 사정을 꿰뚫고 있었다.

"우선 가장 강한 플레이어를 골랐어. 슌, 너야. 너는 틀림없이 최강이었어. 그 경험은 캐릭터에 반영됐어. 최강이라는 자아를 얻어 이 세계에서 자랐지."

"내가……?"

"다리아. 너는 운이 너무 좋았어. 너는 그 운명조차 끌어당기는 행운으로 여러 번 내 예상을 뛰어넘어서 엄청난 힘, 무기를 얻었지. 그래서 골랐어."

"저…… 히사시가 말인가요?"

"네가 개조해서 부숴 먹은 지팡이 말이야."

"죄송해요. 그거 말고도 많이 부쉈어요."

너 진짜 작작해! 구냐도 어이없어서 웃잖아.

"오잉크. 너는 본인도 알겠지만, 게임을 하는 어떤 사람보다 지배자의 자질이 있었어. 참모, 군사로서 너를 골랐어."

"영광……, 이라고 해야 하나요?"

"잠깐만. 나는 그냥 즐겜 유저였는데? 왜 여기 있어?"

"이유는 간단해. 너는 장사에 재능이 있어. 네가 제일 부자였잖아."

"야한 그림으로 번 돈이지만……."

"그래도 돈을 버는 힘은 반드시 필요해."

왜 구냐의 팀으로 초대받았는지 이유가 밝혀졌다.

하지만 나한테는 뭐가 있었지? 탈검을 얻기 전에 이미 나는 팀에 속해 있었다.

"그런데…… 카이본. 너는 정말로 단순한 호기심에 동료로 삼았어."

"울어도 되냐."

"그래, 울어도 돼. 다리아와 슌 옆에 있었어. 그리고 오잉크와도 친구였지. 엘과는 관련이 없었지만, 아무튼 나는 네가 마음에 걸렸어. 게다가……."

"게다가, 뭐?"

"이름을 잘못 봤거든. 오랜 지인이랑 이름이 비슷했어. 그냥 그게 다야."

"화나려고 하네……."

대체 뭐랑 착각한 거야. 하지만 정말로 나는 특별한 플레이어는 아니었다.

그저 남들보다 많이 플레이하고 많이 싸웠을 뿐.

사람이 줄어들기 전이라면 어디에나 있던 일개 유저에 지나지 않았다.

그래도 다리아, 슌, 오잉크와 친구였다는 건 사실이지만.

"어느 날 추가된 무기 중에서 나는 어떤 가능성을 봤어. 『힘을 빼앗는다』…… 만약 세계가 끝난다면 그때는 분명히 게임과 이세계의 경계가 모호해져. 그때까지 그 검의 힘을 키우며 계속 사용하는 자가 나타난다면……."

"하지만 나 말고 계속 쓰는 플레이어는 없었지."

"너는 정말로 고행이나 다를 바 없는 그 직업을 고수하면서 단독으로 보스를 해치우는 수준까지 성장했어."

"그래……. 그건 내 오기였어."

그리고 구냐는 내게 주목하기 시작했다.

어떤 때는 정보를, 어떤 때는 장비를. 그리고 한때는 게임에서 멀어졌다고 믿게 하면서 조금씩 세계의 지배권을 빼앗으려고 시도했다.

"결과적으로 운영진은 나라는 버그를 해결하지 못하고 더는 운영을 지속할 수 없다고 판단했어. 마침내 이세계와 게임의 경계가 모호해졌고…… 마지막 순간 네가 칠성을 해치워줬지."

"그래. 지금은 네가 그 칠성이지만."

"그 이야기는 나중에 할게. 아무튼 그 녀석은 세계의 지배권을 되찾지 못한 채 어디까지나 대륙 중 하나로 이 세계에 돌아왔고, 나는 너희만 이 세계로 불러들였어."

사실은 모두 한 번에 부르고 싶었다.

하지만 그럴 힘이 없어서 시대도 장소도 제각각 떨어지고 말았다.

"류에와 레이스도, 그리고 슌의 부캐릭터도, 사실 다른 캐릭터들과 함께 퍼스트리아에 남을 예정이었어. 하지만 카이본이나 슌과의 결속이 너무 강해서 너희한테 끌려가고 말았지. 결과만 따지면 전화위복이었지만."

"우리 사정은 대강 이해했어……. 이제 왜 네가 신인지 말해 봐."

"힘을 다 써 버려서 결국 내 존재가 발각됐어. 나는 죽을 뻔했지만, 내 몸이 탐났겠지. 더는 저항할 수 없다며 나를 복속시켰어. 표면상으로는 말이지……. 하지만 몰래 이 대륙에 남은 인간들을 다투게 해서 거목을 베어 버리게 유도했어. 그러면 이 세계와 신계의 연결이 사라지고 그 녀석의 움직임도 둔해지니까. 그 결과, 그 녀석의 힘은 세계에 닿지 못한 채 이 대륙 주변을 맴돌았고, 그 녀석을 일종의 이계에 격리할 수 있었어. 이계화한 부분, 너는 봤지?"

"그 끝없는 하늘 말이야……?"

"그거야. 악성 마력은 그 녀석의 힘 중 일부야. 그게 갈 곳을 잃고 이계로 변했어. 그래서 나는 마지막 도박에 나섰어. 본래 시나리오와는 크게 달라졌지만."

일부러 벤 거목을 다시 키운 건 실수였나?

그 의문에 답하듯 구냐는 말했다.

"실수가 아니야. 거목이 쓰러지기 직전, 나는 그 거목의 씨앗을 숨겼어. 그 녀석이 손댈 수 없는, 게임 시절 시스템에 깊이 연관된 곳에. 그리고 다시 세계수를 심어서 이곳까지 오는 건 너희밖에 없으리라고 예상했지."

"처음 로그인했을 때 가는 교회 지하인가."

"예스. 그 녀석은 어디까지나 이 세계를 이어받으려는 의지야. 그래도 그 장소를 비롯해 일부 시설은 지구의 프로그램에서 생겨났지. 그 녀석은 손대지 못해."

그 말을 끝내고 구냐가 재채기를 했다.

얼음에 갇혔으니까 춥겠지. 해제해 줄 마음은 없지만.

"자, 회복. 전부 얘기해 줘. 듣고 납득하면 풀어줄게."

"알았어. 어쨌든 새로운 거목이 심어지면 그 녀석이 옳다구나 하고 나를 자기 그릇으로 삼으려고 하겠지. 그렇게 거목의 힘이 내게 흘러들도록 판을 짰어."

거기까지 듣고 겨우 구냐의 목적을 이해했다. 요컨대—.

"빙의당하는 게 목적이야……?"

"원래 육체는 용신이 될 계획이었어. 그리고 봉인당한 것도 모자라 어디 사는 누가 해치워 버렸지. 그래서 그 녀석의 계획이 파탄 났고, 결과적으로 내가 비집고 들어갈 틈이 생겼어. 정말로 류에가 이 세계에서 강하게 살아줘서 다행이야. 그게 가장 큰 변수인 동시에…… 상황을 타개할 돌파구가 됐어."

처음부터 자신을 희생할 생각이었나.

"왜 우리랑 싸웠어?"

"진심으로 싸우다가 질 것 같으면 나라는 그릇을 잃지 않기 위해 몸으로 들어올 줄 알았어. 왠지 들어올 기미가 없다만."

"어쩐지 처음부터 저를 노린다 싶었어요……."

"네가 있으면 녠 단위로 싸우는 대참사가 벌어지잖아? 진심으로 싸운다면 너부터 없애야지."

"하지만 실제로는 회복약을 대방출하기도 전에 패배했네요. 우리 강하죠?"

"그래……. 솔직히 류에와 레이스가 있는 탓에 꽤 고전했지만…… 무엇보다 엘, 네가 대활약하잖아. 전투력은 없는 줄 알았더니 완전히 조커였어."

"당연하지. 이래 보여도 세상 풍파에 시달릴 만큼 시달렸다구. 힘들고 슬픈 상황에는 익숙해. 좌절한 동료가 있으면 호통 정도는 쳐줘야지. 나한테 너는 이미 과거의 사람이야. 적대한 시점에서."

"크크크…… 말하는 게 꼭 누구 같네."

슬슬 시간이 되었을까. 구냐의 얼굴이 고통으로 일그러지기 시작했다.

"카이본, 지금 너라면 나를 죽일 수 있어. 나만 없어지면 이제 이 세계에 그 녀석과 인연이 있는 존재는 없지. 마지막 그릇을 부수고 거목과 연결을 끊는다. 그러면 게임 클리어야."

"빠져나갈 길은 없어? 너를 부활시킬 수단도 있는데."

"원래 신 비슷한 거라서 딱히 미련도 없어. 무엇보다 나라는 영혼이 이미 그 녀석의 그릇이 됐어. 살 만큼 살았으니까 슬슬 쉬어야지. 부탁할게."

"해방자는 어때……?"

"아아, 걱정 마, 걱정 마. 그 녀석들 정도로는 그릇이 못 돼. 그릇을 키운다는 계획도 있었나 보지만, 그것도 어디 사는 누가 망쳐 버렸잖아?"

"나 좀 대단한데……? 칭찬해도 돼. 그 녀석의 계획을 몇 번이나 망쳐 놓은 모양이니까."

"아니, 대단한 건 나지. 그런 너를 변덕 삼아 동료로 들였잖아."

이야기를 듣던 이들이 이건 이미 어떻게 할 수 없다고, 아니, 원래 정해져 있던 일이라고, 반론하지도 않고 지켜보고만 있었다.

수백 년, 수천 년, 어쩌면 그 이상일까.

자신의 죽음을 받아들이고도 죽지 못하며 세계를 위해서 계속 발버둥 친 구냐.

갑자기 우리 앞에 나타나서 다양한 조건을 내걸어 권유하고, 수상한 주제에 남을 잘 돌봐주고, 장난치기 좋아하던…… 우리 팀 마스터이자 신 비슷한 것.

그 기나긴 운명을 해방시켜 주려고 검을 머리 위로 들었다.

"아, 잠깐 타임. 그거로 죽이면 내 힘 빨아먹는 거 아냐? 새로운 검 줄 테니까 그거 써. 만약 그 검 때문에 그릇이 되면 말짱 도루묵이잖아."

"너도 타이밍 좀 보고 넘겨. 지금 내리치기 직전이었다고."

"아니, 나도 모르게. 잠깐만, 지금 구현할게."

그러더니 구냐의 몸에서 빛이 흘러나와 한 자루의 장검이 나타났다.

겉모습은…… 내 탈검과 같았다. 하지만 색은 하늘처럼 맑은 푸른색이었다.

"야, 카이본. 너한테는 검을 만들어준 적이 없지? 취미용 장비만 만들고."

"그랬지. 마지막 순간이 되어서야 실용성 있는 선물을 주는구만."

다시 한번 검을 치켜들었다.

오잉크도, 슌도, 다리아도, 엘도, 류에도, 레이스도.

한마디도 하지 않고 그저 구냐를 지켜보며 배웅했다.

"이 검에도 어빌리티를 세팅할 수 있네?"

"일단은. 하지만 그건 탈검이 아니야. 네가 새로운 길을 걸으면 쓸 수 있게 돼."

"정말이네. 빼앗은 어빌리티는 넣을 수가 없어. 역시 실용성이 없잖아."

"뭐라고? 그 검 엄청나다니까? 나중에 똑바로 설명이나 확인해."

그 말을 끝내고 구냐가 눈을 질끈 감았다. 그리고 나는—검을 내리쳤다.

피는 흐르지 않았다. 그저 빛이 흘러넘쳐 몸이 공기 속으로 녹아드는 것 같았다.

"잘 가……, 팀 마스터. 너는 좋은 리더는 아니었지만, 좋은 사람이었어."

"이제 정말로 끝난 건가요……? 왠지 실감이 안 들어요."

하늘로 올라가 사라지는 빛을 보며 오잉크가 말했다.

“나보다 훨씬 오래 기다렸을까…… 이렇게 되는 날을.”

“저는 저 사람과 함께한 추억이 없어요……. 하지만…… 다정한 사람……이라고 느꼈어요.”

류에와 레이스가 나지막이 중얼거렸다.

“지금 생각하면 부자연스러운 점은 있었어……. 저 녀석은 절대로 자기 신변에 관해 이야기하지 않았어. 어쩌면 했을지도 모르지만, 그것도 전부 다른 사람의 정보였겠지.”

“거목이 신계와 분리된다고 하던데…… 대피하는 편이 좋지 않을까요?”

그 녀석은 배웠을 것이다. 게임 세계의 뒤편에서 많은 지식을.

원래는 알 수 없는 지구의 지식. 이세계의 정보를 많이 받아들이고 그 녀석은 무슨 생각을 했을까. 가능하면 그 지루함을 잠깐이나마 잊게 해주었기를 바랄 따름이다.

“나, 너무 심한 말 했어. 옛날 친구는 소중하지 않다고 말한 거나 다름없어.”

“반대로 감탄했을걸? 엘, 너는 구냐의 의도를 뛰어넘어서 우리를 승리로 이끌었어. 제법이잖아, 네가 MVP야. 그 녀석도 분명히 똑같이 생각하겠지.”

엘은 후회하지만, 내게는 구냐가 그 정도로 슬퍼할 거라는 생각은 들지 않았다.

“돌아가자. 어쩌면 이곳도 위험할지 몰라. 거목을 내려가서—."

그렇게 말하다가 입을 다물고 주변을 돌아봤다. ……이상하다. 뭔가 이상하다.

"카이본, 이 필드에서 나갈 수 없어. 이게…… 어떻게 된 거지?"

"갇혔어요? 아니, 그렇지만—."

공기가 떨리는 느낌이었다. 보이지 않는 힘이 소용돌이치는 듯한 그런 감각.

나만 그렇게 느끼는 건 아닌지, 다른 일행도 마찬가지로 주변을 돌아봤다.

그 순간, 익숙한 소리가 머릿속에 울렸다.

"메일 소리?"

이 소리도 일행의 머릿속에 똑같이 울린 모양이었다.

그런데 오잉크가 비명을 질렀다.

"본본! 뭔가 있어요! 메일이 아니라 이건 누군가의 개입이에요!"

그때, 내 의지과 무관하게 메뉴 화면이 열리고 처음 보는 창이 크게 공중에 펼쳐졌다. 그리고 그곳에…… 실시간으로 문자가 출력됐다.

『놓치지 않는다.

세계의 경계에.

너희가 왔다.
그거면 충분하다.
인간이 몇 번이나 속일.
수 있다고 생각 마라.
어리석다. 속이는 것.
이 너희뿐인 줄 알았는가.
그릇이라면 있다. 있었다.
가까운 곳에.
가까이 올 때까지 알지.
못했다.
그래도 이제는 찾았다.』

익숙하지 않은지 몹시 기괴한 문장이 흘러나오고 있었다.
하지만 마지막 문장이 나온 순간— 심장이 철렁했다.

『쭉, 나의 그릇.
용신 옆에 있었고.
그 몸에 마력을.
담은 그릇이 이곳에 있다.』

【Name】 류에 세미엘
【종족】 엘더 엘프 ???

【직업】 성기사(50)/마도사(50)

【레벨】 281

【칭호】 봉인의 여신

용신의 지킴이

허당 엘프

마도의 극의에 달한 자

표시된 것은 류에의 스테이터스. 거기 있는 종족 이름.

그래…… 그녀는 쭉 그것을 품고 있었다.

물음표가 변화한다— [그릇]이라는 이름으로.

보이지 않는다. 찾을 수 없다. 그래도 무언가가 확실하게 류에에게 다가오고 있었다.

"뭐야, 뭐야?! 오지 마, 나한테 오지 마! 멈춰, 저리 가!"

"류에! 나한테 와!"

"카이 군! 뭔가 오고 있어, 뭔가가! 나한테!"

류에를 끌어안고 다가오고 있을 무언가를 내쫓으려고 노려봤다.

하지만 내 저항은 아무런 의미도 없었고, 팔로 끌어안은 류에의 몸이 크게 떨렸다.

"안 돼! 안 돼, 안 돼! 안 돼애애애애!"

"류에! 카이본! 어떻게 해야 해! 뭔가 없어?!"

"슌, 떨어져! 휘말릴지도 몰라!"

"카이 씨, 류에! 왜, 왜 류에가?!"

류에와 싸울 수밖에 없는 건가? 류에 안에 무언가가 들어오는 것을 막을 방법은 없나?

그렇게 생각했을 때, 팔로 안은 류에의 머리가 강렬한 빛을 발했다.

그것은…… 두 개의 머리장식이었다. 엘과 내 손을 거쳐 류에에게 넘어간 깃털 머리장식이었다.

"어…… 어라? 아무렇지 않아. 아무렇지도 않아!"

하지만 다음 순간, 공간 자체가 떨리는 듯한 절규가 어디선가 울려 퍼졌다.

『아아아아아아아아아아아아, 또 네가아아아아아아아아! 몇 번째냐! 왜냐! 왜 항상 내 앞을 막는 거냐! 이곳은 내 것, 내 것이다! 꺼져라! 거기서 비켜라!!!』

눈앞에 펼쳐진 공간에 색이 입혀졌다. 옅은 그림자가 절규하고 있었다.

"그래…… [운명 반사]가 이런 뜻인가?"

"모르겠어……. 그래도 나는 이걸 빼면 안 됐구나……."

푸르고 조용히 빛나는 두 개의 머리장식.

먼 옛날 신이 제자에게 준, 운명을 넘어서기 위한 기원이 담긴 물품.

……너는 어디까지 내다본 거야, 레이니 리네아리스.

한순간 딴생각에 빠진 찰나, 그것을 노린 것처럼 그림자가 사라졌다.

"어디 갔어?!"

"무슨 소리야?! 우리한테는 아무것도 안 보여!"

"지금 류에에게서 누군가가 튕겨져 나왔어! 그게 사라졌어!"

"정말인가요?! 류에는, 류에는 무사한가요?!"

"으, 응! 아무렇지 않아. 이 머리장식이 지켜준 모양이야……."

"뭐, 정말? 정말로 막아줬어?"

다들 안도한 투로 말하지만, 뭔가 이상했다.

그건 어디로 갔지? 이제 녀석과 인연이 있는 그릇이라면…….

"……카이본, 기척이 들어."

"슌?"

"……바닥에! 카이본!"

그때, 구냐가 말려서 바닥에 둔 탈검에서…… 팔이 자라나 있었다.

"으, 징그러! 슌, 해치워줘!"

"카이본, 미안하다!"

슌이 칼을 내리친 그때, 검에서 팔이 더 늘어나서 그것을 막았다.

다리가 자란다. 촉수가 나온다. 얼굴이 수도 없이 떠오른다.

입이 벌어진다. 눈이 늘어난다. 머리가 맺힌다. 부푼다. 늘어난다. 마른다. 불탄다.

날개가 자란다. 퍼덕인다.

"야…… 야야…… 이거 뭐야?"

"인연의 결정체잖아, 그거. 네가 그걸로 무슨 힘을 빼앗아 왔는데?"

"젠장……, 검도 같이 부숴 버렸어야 했나."

탈검은 이미 검의 형태도 남지 않았다.

수많은 사람과 마물로 포화되어 온갖 것을 흩뿌리며 하늘을 덮어 갔다.

이건…… 지금까지 내가 빼앗은 것의 화신이라도 되는 것인가?

"오히려 잘됐군. 이러면 죽일 수 있어. 실체가 있다면 무서울 게 없지. 안 그래, 카이본?"

"그거 맞는 말이군……."

구냐에게 받은 검을 들고 내 애검에게 달려든다.

슌의 말에 용기를 받아 류에도 검을 손에 쥐었다.

레이스와 오잉크의 화살이 날아들고 다리아와 엘의 마법도 작렬했다.

하지만 통하는지는 알 수 없었다. 그것은 아무런 반응도 없이 그저 자리를 지킬 뿐이었다.

"안 통해…… 아니, 괴로워하고 있어. 하지만……."

"계속해서 뭔가 태어나……. 내 검에 서린 원한은 정화된 줄 알았는데."

전에 세미피나르 대륙에서 레이니 리네아리스와 관련 있는 대장장이가 검에 소용돌이치는 원념을 정화해 줬다. 그런데 이건…….

"안에 차 있던 몫……인가?"

자라난 머리가 눈에 익었다.

용이었다. 용신의 머리. 그것이 나를 노려보며 극한(極寒)의 숨결을 토했다.

순식간에 무대가 얼어붙었다. 그리고…… 순식간에 내 다리도 부서졌다.

"크아! 오잉크, 약 전부 뿌릴 각오로 덤벼!"

탈검에 붙었던 어빌리티는 회수하지 못했다. 하지만 몸에 부여해 둔 [생명력 극한 강화]만은 살아 있었다. 그런데 그 직후, 나에게 부여했던 어빌리티가—.

[시스템 메시지]

『돌려내.』

메뉴 화면이 나타나며 표시된 글에 오한이 들었다.

사라졌다. 내가 가진 어빌리티가 사라졌다.

그리고 더욱 최악인 것은…… 그게 나만 겪는 상황이 아니라는 점이었다.

한순간 일행 모두의 표정이 굳었다. 아마 나와 같은 화면을 봤겠지.

"기다려요! 잠깐…… 잠깐! 내 스킬이, 점점 사라져요!"

"아앗?! 나도…… 마법이, 마법이 사라졌어!"

"너무해…… 내 얼마 안 되는 스킬이……."

나만이 아니었다. 모두…… 습득한 스킬까지 잃기 시작했다.

"순수한 내 힘으로만 덤벼야 하나……."

"슌…… 알았어. 하지만 회복 수단은—."

"제 아이템, 전부 쓸게요! 재고 전부 털어 버릴게요!"

다 같이 뭉쳐서 작전을 짜려던 때, 또 메일 알림음이 머리에 울렸다.

하지만 이번에는 나에게밖에 들리지 않은 것 같았다.

"구냐……?"

그건 구냐에게서 온 메일이었다.

From: Gu-Nya

To: Kaivon

제목: 보라고 했잖아

또 시키는 대로 안 하지.

후딱 해치워. 내가 준 검, 제대로 조사해 봐.

그건 지금까지 빼앗아 온 너를 꾸짖는 검이기도 해.

너는 이제 빼앗을 필요가 없어. 다들 『빌려주니까』.

빼앗으면 악당 같잖아. 마지막이라도 주인공답게 가 보자고.

모두 힘을 『빌려줘』.

하지만 아쉽게도 나에게는 힘이 남아 있지 않아.

이런 마물천지인 곳에 갇혀서 답답해 죽겠어.

하나뿐이야. 네가 동료를 받아들일 수 있는 칸은 하나뿐.

내 추천은 슌이야. 그러니까…… 빨리 해치워.

"작전을 짜려니까 보내냐……. 다들 메일 보냈으니까 확인해 봐."

"내가 뭘 하면 되지……?"

"으음…… 저는 잘 모르겠네요."

"나도 모르겠어……. 저걸 해치울 방법이 있다는 말이야?"

검을 봤다. 그곳에는 이렇게 써 있었다.

『베이기를 허락한 자에게 가호를 얻는 인연의 검.』

『그자의 혼을 가두어 힘으로 바꾼다.』

"한 명뿐이라면…… 난가?"

"그래야, 하나? 하지만……."

무기 스테이터스에는 슬롯이 있었다.

하지만 내가 빼앗았던 어빌리티는 세팅할 수 없고 이미 다시 빼앗겼다.

그런데 다른 어빌리티가 모두 빼앗긴 와중에 딱 하나가

남아 있었다.

"이름도 효과도 없으면 빼앗기지도 않나……."

[ ]

이름이 없는 어빌리티가 남아 있었다.

[원한의 공명]과 [구제]. 이 둘을 합친 어빌리티만 남았다.

그리고…… 아무런 효과도 없지만, 일단 세팅할 수 있는 듯했다.

"세팅해도 효과 없음. ……슌, 괜찮겠어?"

"그래, 해. 만약 죽어도…… 원망은 안 할게."

"어차피 지면 다 끝장이에요. 본본, 슌, 당신들에게 맡길게요."

눈을 딱 감고 검을 휘둘렀다. 그러자 슌이 구냐처럼 빛이 되어 검으로 흡수되었다.

어빌리티 효과 발동

[땅끝의 검성의 가호]

습득 여부에 상관없이 모든 검술을 발동할 수 있다.

공격 속도가 15배가 된다.

슌의 혼을 가두어 탄생했다.

"사, 사라졌어."

"괜찮아. 일시적으로 검 안에 있는 것 같아……."

하지만 신경 쓰이는 점이 있었다. 힘을 빌린다. 그것도 하나만.

그런데 슌의 어빌리티가 아무리 봐도 내가 세팅한 공백 어빌리티에 들어간 것처럼 보였다. 그리고 밀려나듯 공백 어빌리티가 다시 나열됐다.

혹시, 내 생각이 맞다면…….

"어쩌면 너희 힘도 빌릴 수 있을지 몰라……."

"그럼 나로 시험해 줘!"

내 작은 목소리에 엘이 자진해 나섰다.

그리고 내가 뭐라고 하기도 전에 칼날을 잡더니 자기 목에 댔다.

"근거 없는 도박이야……."

"카이 씨한테 죽는다면 괜찮아. 해."

"그런 살벌한 유혹은 하지 말아줘……."

어빌리티 효과 발동

[창조의 공주의 가호]

자신이 생각하는 대로 몸을 움직일 수 있다.

싸울 힘을 갈망한 공주의 소망이 담겼다.

엘의 혼을 가두어 탄생했다.

"성공했어! 이거라면, 이거라면 가능성이 있겠어!"

"그럴 여유도 없어요! 제가 시간을 벌 테니까 다른 힘도 빌리세요!"

그 직후, 한때의 애검에서 자란 목, 용의 형상을 한 머리가 하나 더 나타났다.

네크로 더스터 드래곤. 그 머리가 불길을 뿜었다.

다리아가 마법으로 막으나, 그 열은 야금야금 우리의 살을 태웠다.

"카이 씨, 저도 부탁해요! 이렇게라도…… 힘이 될 수 있다면!"

"나도 할게! 지켜줬으니까…… 이번에는 내가 도울게!"

"솔직히 두 사람에게 칼을 들이대고 싶지 않지만, 부탁할게!"

류에와 레이스가 받아들이겠다고 양팔을 벌렸고, 나는 그 가슴을 단숨에 일자로 베었다.

고통은 없는 듯했다. 두 사람이 미소 지으며 검으로 흡수되었다.

[구제의 여신의 가호]

모든 충격을 완전히 무효화한다.

대미지는 받지만, 결코 걸음을 멈추지 않는다.

류에의 혼을 가두어 탄생했다.

[위대한 어머니의 가호]
주변에 존재하는 마력에 비례하여 능력치가 대폭 상승한다.
동시에 MP와 HP가 조금씩 회복된다.
레이스의 혼을 가두어 탄생했다.

한 명, 또 한 명 전장에서 사라졌다. 하지만 외롭다는 생각은 들지 않았다.

여기에 모두 있다. 그 존재를 어느 때보다 가깝게 느낄 수 있다.

"오잉크! 이쪽으로!"

"아니에요! 저는 회복 담당이니까 마지막에 해주세요! 다리아!"

오잉크가 다리아와 교대하며 검 괴물에게 맞섰다.

실제로는 맞서 싸우기보다 빠르게 움직이며 시간을 버는 듯했다.

"다리아, 시작한다?"

"자연스럽게 말이 나오네요……. 『그래, 해치워 버려』라고."

"고맙다……, 친구야."

§ § §

[영원한 성녀의 가호]

모든 마술, 마법, 마도를 발동할 수 있으며 회복 효과가 15배가 된다.

친구를 함께 생각하는 마음이 모든 상태 이상을 무효화한다.

다리아와 히사시의 혼을 가두어 태어났다.

"뭐야……, 역시 둘 다 거기 있었잖아."

그리고 이제는 세계를 멸망시킬 의지로 변한 괴물을 농락하는 오잉크에게 갔다.

"오잉크! 그대로 이쪽으로 뛰어! 네 힘, 나한테 빌려줘……!"

"제가 대미를 장식하네요. 후후, 기분이 좀 좋은걸요?"

"너는 대미가 아니라 돼지지! 가자!"

"으앙~!"

지나치며 한칼에 오잉크의 가호를 받았다.

[구국의 성녀의 가호]

자신을 생각하는 사람의 수와 자신이 진심으로 구하고 싶은 사람의 수만큼―.

짜잔, 능력치가 배로 늘어나지롱~!

오잉크의 혼을 출하해서 태어났어, 오호~!

“왜 이것만 말투가 란돼지냐…….”

하지만 마지막 가호는 내게 더없이 큰 힘을 줄 것 같았다.

이곳에 있는 사람만이 아니다. 내가 만난 사람만이 아니다.

나는 마음속 깊이 이 세계를 사랑한다.

모두 선량한 사람이라고는 생각하지 않는다. 하지만 내가 사랑하는 사람들이 사는 이 세계에는 그들이 사랑하는 사람도 살고 있다.

나는…… 진심으로 그들을 구하고 싶다.

『사람은 적이냐 같은 편이냐 둘 중 하나』. 그러니까 내게는 적이 아니면 전부 구해야 할 동료다.

나의 이 신념만은 절대로 흔들리지 않는다.

“하하……, 이게 몇 배야? 화면에 다 안 들어가잖아.”

수만 배인가, 수억 배인가. 이제는 헤아릴 수도 없다. 하지만 하나 확실한 것은—.

【무기】 인연검 그란디아

세계를 사랑한 신이 남긴 검.

인연을 맺고 마음을 받아 진가를 발휘한다.

이 검이 많은 것을 빼앗은 내 애검을 완전히 뛰어넘었다는 뜻이겠지.

“이게 내가 마지막으로 빼앗을 것이야. 꺼져, 너한테 이 세계는 못 넘겨줘."

마음에 그린 궤도로 몸이 허공을 날고, 검이 분열한 듯한 속도로 적을 난도했다.

불길도 얼음도 피부 위로 미끄러질 뿐 대미지는 느껴지지 않았다.

수천 개의 팔이 붙잡으려고 하나, 내 몸은 멈추지 않고 머릿속도 맑았다.

힘이 흘러넘쳤다. 전능을 초월한 무언가. 말로는 표현할 수 없는 감각에 이끌린 채 한때는 검이었던 그것을, 세계를 탐내는 그것을…….

"천단."

검을 내리친 파동이 모든 것을 집어삼키며 하늘에 반짝이는 별들까지 지워 버렸다.

아무것도 남기지 않고, 단말마의 비명조차 들리지 않았다. 그리고— 주변 경치가 일그러지며 깨졌다.

밤하늘마저 사라진 아무것도 없는 공간에 무언가가 모여들었다.

"내 세계다. 내가 받을 세계였다."

"너 아직 있었냐?"

작은 그림자가 된 그것의 말이 들렸다. 하지만 끝부분부터 사라져 가는 모습이 보였다.

"세계를 갖고 싶다. 나도 세계를 가지고 싶다. 왜 넘기지 않나."

"여기에 사는 인간만으로 세계는 돌아가. 그러다가 멸망한다면 그건 그들의 운명이지."

"내 것이다…… 내 것……."

"미안하지만, 나는 마왕이라서. 빼앗은 세계는 절반도 내줄 생각 없어……!"

한 번 더 검을 휘두르자 그것은 이번에야말로…… 완전히 소멸했다.

그 후에는 정적이 남았다. 진정한 의미의 무음. 너무 조용해서 심장 소리마저 들릴 것 같은 공간.

하늘과 소리까지 사라진 공간에 황금색 무대만 남아 있었다.

"근데 이 검에 봉인된 힘은 어떻게 꺼내지……?"

중얼거린 순간, 검이 빛나고 거기서 여섯 개의 빛이 나타났다.

확인할 것도 없이 그것은—.

"류에, 레이스! 다리아에 오잉크, 슌도! 덤으로 엘!"

"반응 안 해줄 거야! 그래서 어떻게 됐어, 카이 씨? 내 힘은 도움이 됐어?"

"하늘이 망가졌어……. 해냈나?"

일행에게는 바깥 상황이 보이지 않았나 보다.

"해치웠어, 이번에는 정말로. 아마 여기도 무너지지 않을까? 빨리 거목으로 돌아가자."

"야호! 정말로 해냈구나! 그래도 카이 군 검은 부서졌지?"

류에의 말을 듣고 적을 해치운 흔적을 보자 부서진 내 애검이 흩어져 있었다.

……그 파편을 하나 집어 들었다.

아무런 힘도 느껴지지 않는 단순한 쇳조각에서 서늘한 온도가 손으로 전해졌다.

"그래……, 부서졌어. 이곳을…… 이 녀석의 묘지로 써야지."

"너한테는 구냐가 남긴 검이 있잖아. 너는 솔직히 너무 강했어. 그 정도가 딱 맞아."

"그것도 맞아……. 그래도 빼앗긴 스킬과 어빌리티가 돌아왔으니까 어떻게든 되겠지."

"오, 그러네. 다행이야. 나한테는 극검술밖에 없었으니까."

다들 안도의 숨을 내쉬는데 무대가 살며시 흔들리기 시작했다.

"다들 뛰어! 그 거목…… 내려가는 법은 모르지만, 일단 수액으로 뛰어들어!"

"우웩~! 그거 단내 나서 싫은데!"

무너지는 황금 무대와 마치 인공물처럼 붕괴하는 하늘을 등지고 달렸다.

그 잔해 속에서…… 본 것 같았다. 삐딱하게 웃음 짓고 사라지는 남자를—.

『잘 가, 카이본! 너를 팀으로 초대한 게 내 최고의 선택이었어!』

§ § §

"이쪽이야. 여기에 수액이 적은 틈이 있어. 이걸 타고 미끄러져 내려가자."

"슌, 왜 살짝 기대되는 얼굴로 말해!"

"아, 그래도 재미있겠다! 빨리 타 보자."

윤활유가 발린 워터 슬라이드 같은 틈새를 미끄러져 거목 안으로 돌아왔다.

하지만 진동은 멈출 기미가 없었고, 거목에서 신계가 분리된 여파가 어디까지 미칠지 불안을 부채질했다.

"서둘러 거목에서 탈출하자! 다음 수액까지 달려!"

"헉, 헉⋯⋯ 조금만, 뒤에 갈게요."

"다리아, 너 운동 좀 해야겠다! 엘한테도 추월당했잖아!"

"후후⋯⋯ 격투가가 되고 몸이 가벼워졌어⋯⋯. 다리아, 꼴찌는 너 줄게."

"크⋯⋯."

진동이 심해진 느낌도 들지만, 그래도 다리를 멈추지 않고 다시 수액 길로 뛰었다.

그리고 마침내 거목 안에서 밖으로 탈출했는데—.

"왜?! 밖으로 나왔는데 진동이 안 멈춰!"

"이건…… 거목만이 아니에요. 대륙 전체가 흔들려요!"

도시에는 여전히 사람이 없었다. 하지만 그 진동으로 잔해들이 무너지고 있었다.

공중에 뜬 대륙에서 지진이라니…….

"슌……, 근처에 있는 나무뿌리를 잘라서 벤치처럼 만들 수 없어?"

"가능은 한데…… 다리아도 도와주면 제대로 만들 수 있어."

"뭔가 생각이 있나 보군요? 알았어요. 잠시만 기다려주세요."

머릿속에 말을 걸었다.

여기로 와 달라고, 나와 동료를 대륙 끝까지 옮겨 달라고.

아직 세컨더리아 대륙에 있을 쾨니히에게.

"……! 뭔가 온다!"

"칼 넣어. 우리 동료야."

"저건?! 본본, 여기까지 부를 수 있는 거예요?!"

"그래. 쾨니히가 여기까지 태워준 거야."

"우와아…… 커다란 황금색 용……. 카이 씨 사역마야? 무시무시하네."

"실제로도 무시무시해. 그러니까 함부로 덤빌 생각 하지 마. 알았지, 슌?"

"알았어……."

도착한 쾨니히에게 우리가 처음 내려온 해변으로 옮겨 달라고 말했지만, 처음 보는 인간을 태워 달라는 부탁에 흔쾌히 고개를 끄덕이지는 않았다. 하지만—.

“다들 내 소중한 동료야. 내가 태어난 시대의 동료…….”

『오잉크 총수와 같은 동료입니까?』

“맞아. 아마 이 핑크 머리 말고는 너와 호각으로 겨룰 수 있는 수준일 거야.”

『알겠습니다. 그렇다면 따르지요. 그 벤치에 앉아주십시오. 함께 옮기겠습니다. 그 핑크 머리 여자를 빼고 옮기면 되겠습니까?』

“제발! 나도 태워줘! 조만간 강해질게! 애들한테 부탁해서 훈련할 테니까!”

“하하하, 쾨니히가 이제 농담도 할 줄 아네. 엘도 태워줘. 소중한 동료야.”

『알고 있습니다. 죄송합니다, 엘 님. 장난이 지나쳤습니다.』

“……자기 주인이랑 똑같아…….”

쾨니히가 옮기는 벤치를 타고 해변에 내려왔다.

다들 센트럴 타운 주변밖에 본 적이 없어서 게임 시절과는 몰라보게 달라진 맵에 할 말을 잃고 있었다.

“정말로 바다가 없어……. 하늘에 떠 있구나.”

“하지만 이 진동은 대체…….”

“설마…… 공중분해?!”

“뭐, 정말?! 바○스? 라○타야? 빨리 도망가야지, 그럼!”

"쾨니히……, 대륙 밖에서 상태를 봐줘. 뭔가 이상한 점은 없어?"

그러자 날아오른 쾨니히가 대륙 바깥 둘레를 가공할 속도로 활공하더니 눈 깜짝할 사이에 돌아왔다. 설마 지금 대륙 한 바퀴를 돈 거야?

『주인님. 이 대륙은…… 속도는 느리나, 낙하하고 있습니다.』

"뭐……? 그럼 아래는, 아래는 어떻게 됐어!"

『영원히 계속되는 하늘입니다. 이대로 끝없이 떨어질 것처럼 보입니다…….』

"주민을 모두 대피시킬 방법은……, 없나."

"도망칠 수밖에 없는 건가요?"

"아니…… 이미 적은 해치웠어. 세계가 본연의 모습으로 돌아가는 것 아니었어?"

"봐, 거목 위! 저거 신계야? 사라지고 있어……."

하지만 신계에서 거목이 완전히 분리되어도 아직 진동은 잦아들지 않았다.

계속해서 울리는 진동음에 섞여 뭔가 다른 소리도 들리기 시작했다.

"쿠구구구, 하는 소리가 들려……. 근데 이건…… 물소리?"

류에의 발언에 허둥지둥 모래밭의 가장자리로 가서 대륙 아래를 내려다봤다.

그곳으로 정말로 바다가 보였다.

한 번 더 쾨니히에게 주위를 보고 오게 시켰다. 그러자—.

『하늘이 사라지고…… 대륙은 지금 바다 위에 있습니다. 대륙 주위로 바다가 태어난 듯한 광경이었습니다.』

"그래……. 이계화가 풀렸다는 뜻인가."

어느샌가 모래밭에 물이 밀려들어 진짜 해변이 되어 있었다.

갑자기 나타난 것처럼, 아무 일도 없었던 것처럼, 조용한 파도 소리만 들렸다.

……세계가 원래대로 돌아왔다. 그렇게 판단하기에 부족함이 없는 소리였다.

"정말로…… 전부 끝났나?"

"굉장해! 가까운 마을에 알리러 가자! 그 진동으로 다들 불안했을 거야!"

"그러자……. 센트럴 타운으로 돌아가서 레티시아 집에도 알리는 편이 좋겠어. 이 대륙은…… 더는 고립된 세계가 아니라고. 외부와 이어졌다고."

"정말로 새 이웃이 생겨 버렸어……. 앞으로 가장 먼저 교류할 곳은 당연히 세컨더리아 대륙이겠지? 으…… 머리 아파…… 일거리가 엄청 늘어나겠어……."

미래를 상상하며 모두 흥분을 감추지 못했고, 개중에는 골머리를 앓는 이도 있었다.

다만, 그런 와중…… 나는 일말의 쓸쓸함을 느끼며…… 불쑥 중얼거렸다.

“여행도……, 끝인가.”

다시 쾨니히에게 부탁해 우리는 센트럴 타운에서 가장 가까운 도시로 향했다. 그리고—.

에필로그

응접실로 이용하는 저택 홀. 한때 휴게실이었던 그곳에서 초로의 남성과 전에 나를 붙잡으려던 촌장님이 내게 머리를 숙이고 있었다.

"안타깝지만, 사양하겠습니다. 무책임하다고 생각할지도 모릅니다. 하지만 지금까지 여러분은 이 땅을 독자적으로 다스려 왔습니다. 그야 앞으로는 넓은 세계, 많은 사람을 상대하게 되겠죠. 물론 도울 일이 있으면 힘이 되어 드리겠습니다. 하지만…… 저를 이 대륙 대표로 세우는 건 좋은 판단 같지 않네요."

"그런가요……. 저도 불안해서 그랬습니다. 우리는 바깥 세계를 몰라요……."

"오랜 세월 갇혀 살았던 탓에 겁쟁이가 되었는지도 모르지요."

"악의에서는 제가 지켜드리겠습니다. 아니, 우리가 지켜드리죠. 때로는 충돌하기도 할 겁니다. 그래도 그건 지금까지도 있었던 일 아닌가요?"

신계에서 분리된 그날부터 퍼스트리아 대륙은 세계로 편입되었다.

하지만 주민들은 그 크나큰 변화에 적응하지 못했다.

대표를 정해야 한다. 외부와 대화할 사람이 필요하다.

그 마음은 이해한다. 하지만…… 그건 내 역할이 아니라고 생각한다.

오잉크라면 이들을 구워삶아서 갖가지 이권을 독차지할 수도 있을 것이다.

하지만 그런 부정은 전 세계가 용서치 않으리라.

물론 서디스 대표인 다리아도, 세컨더리아 왕족인 엘도 관망하지 않을 것이다.

"센트럴 타운 이주는 잘 진행되고 있나요?"

"각 지방 마을에서 대표가 찾아와 시찰하고 싶다고 하더군요. 하지만 지금은 처음 나타난…… 바다? 라는 물에 관심이 쏠려 다들 대처가 굼뜹니다."

"그렇다면 어쩔 수 없죠. 그런데 두 분 다 왜 그렇게 웃고 계시나요……?"

"헉! 죄송합니다, 아까 있었던 일이 떠올라서……."

"저와 딸, 마을 주민들에게도 웃음이 전염되고 있습니다. 희망……이라는 말의 진정한 의미를 이 나이가 되어서야 겨우 깨달은 기분입니다……."

과제는 산더미처럼 쌓였다. 당분간 이 대륙의 미래를 위해서 나도 협력할 생각이었다.

그건 지금 동쪽 마을에서 마법 수업을 하는 류에도, 이 도시로 먼저 이주를 결정한 주변 마을 사람을 경호하는 레이스도 마찬가지였다.

나도 이 정세에 힘이 되고 싶어서 아직까지 이 저택에 머물고 있었다.

다행히 협력자들이 매일 이곳에 얼굴을 비추기도 하니까—.

§ § §

"안뇽~. 카이 씨, 나 왔어. 물 좀 줘."

"아, 엘이야? 오늘은 일찍 왔네."

손님도 돌아간 밤. 혼자 저택에서 서류를 읽는데 뜬금없이 엘이 나타났다.

"뱃멀미라고 거짓말했어. 아마 사흘 뒤에 상륙할 거야. 선장님 말로는 대륙 구름? 그게 바다 위에 나왔으니까 슬슬 보일 거래."

"그래? 의외로 가깝군."

"그나저나 시간 참 빨라. 벌써 그게 반년 전인가?"

"그래. 긴 거 같으면서도 짧아. 용케 이 단기간에 선단을 꾸렸어."

그 싸움에서 승리하고 세계가 본연의 모습을 되찾은 지도 이미 반년이 지나서 계절은 바뀌고 달력은 3월을 가리켰다.

대륙이 제자리를 찾은 뒤 우리는 주변 마을에 소식을 알리러 갔고, 슌도 곧바로 레티시아 씨가 사는 마을로 가서 방금 왔던 초로의 남성, 레티시아 씨의 아버지에게 사태를 설명했다.

그런 사정이 서서히 대륙 전체로 퍼지다가 겨우 오늘 일단락되었다.

"원래 카이 씨의 출발을 가르데우스가 도왔잖아. 내 선단도 대부분 가르데우스 배야. 그러니까 나는 특사지, 특사."

"여왕님이 특사? 그것도 좀 이상한데."

"나, 지금은 대륙에서 두 번째로 강해. 선택받는 게 당연하지. 민중의 지지도 있으니까."

"과연 그게 통치자로서 모은 지지일까……."

엘은 양아버지인 부왕이 서거하고 예정대로 메일런트 제국 첫 여왕이 되었다.

하지만 가르데우스에 종속되어 반대파의 암살 미수와 쿠데타까지 일어났다. 그런데 이 여왕님은 그것을 전부 주먹으로 평정해 버렸다.

"실수로라도 전쟁을 부추기는 언동은 하지 마."

"괜찮아. 때를 봐서 숙부에게 왕위를 양도할 생각이야. 지금은 재상이지만…… 언젠가는."

"그래……? 그렇다면 오잉크한테라도 갈래?"

"아니. 아직 시간은 걸리겠지만, 언젠가 내 나라를 안정적으로 넘길 수 있다면 나도 내 발로 여행을 떠날래. 처음엔 이웃 대륙, 서디스라도 가 보려고."

"그거 좋은 생각이네. 우리도…… 때를 봐서 다시 여행을 떠날 거야."

지금은 류에와 레이스도 이 대륙을 위해서 일하겠다고 말했다.

하지만 그게 영원히 계속되지는 않으리란 것쯤은 나도 알고 있었다.

"그럼 슬슬 돌아갈까? 누가 빈 선실을 보기라도 하면 난리가 날 거야."

"그러게. 바다에 투신이라도 했다고 생각하려나?"

"내가 투신을 왜 해! 아무튼 사흘 뒤에 봐. 해변에 가장 먼저 정박하는 게 내 배야."

엘은 그렇게 말을 남기고 사라졌다.

엘은 텔레포가 아니라 정말로 해로를 통해 이 대륙으로 오는 중이었다.

뭐, 매일 밤만 되면 이렇게 텔레포로 저택으로 놀러 오지만.

그 전투가 있은 후, 류에와 레이스 외의 동료는 자기네 나라로 돌아가서 각자 행동에 들어갔다. 그중에서도 이웃 세컨더리아 대륙의 왕녀인 엘은 매일 이렇게 날아와서 푸념하기 바빴지만.

"기념비적인 최초의 방문자…… 우리를 빼면 엘이 첫 접촉인가."

다사다난한 미래가 상상되는 반면, 그래도 즐거울 것 같다는 생각이 들었다.

게다가 믿을 수 있는 인재, 켄 할아버지도 선단에 있다고 하니까 걱정할 필요 없겠지.

"세계가 움직여……. 변화해. 이게…… 네가 바라던 결말이야?"

엘이 사라지고 아무도 없는 저택에서 나는 허공에 대고 이야기했다.

세계에서 사라진 신…… 같은 것. 구나.

그리고 아직 남아 있는, 자유를 되찾은 다른 신 같은 것.

그것은 때로 광대의 모습으로 세계를 지켜보기도 하겠지.

그것은 고대로부터 모든 것을 지켜보며 희망을 이어가고자 발버둥 치기도 하겠지.

……분명 지금 이곳으로 오고 있다. 왠지 그런 느낌이 들었다.

"네. 저는 당신이 도달한 이 결말에…… 만점을 드릴게요."

그때, 아무도 없을 저택에 한 여성의 기뻐하는 목소리가 들렸다.

"오랜만이야……, 레이니 리네아리스."

"오랜만이에요, 카이본 씨. 고마워요, 정말로."

저택에 나만 남기를 기다린 것처럼 나의 친구, 레이니 리네아리스가 나타났다. 후드와 로브를 벗은 그녀는 신성한 분위기의 의상을 입고 있었다.

"제 정체가 뭔지……, 이제는 아시죠?"

"어느 쪽일까…… 후보가 둘 있어. 구냐의 동포, 구세계의 신이라고 생각했는데…… 아니지? 너는 죽어 가던 이 세계의 의지 그 자체야. 어때?"

"아깝네요. 저는 굳이 말하면 잔재. 의지의 찌꺼기를 담은 인간의 말로예요."

"그래? 대충 맞춘 셈 아니야?"

"후후, 그렇죠. 세계는 인간의 손에 맡기고 저는 그저 그것을 지켜볼 뿐. 언젠가 사라질 존재예요. 그래도…… 미련이 있었어요. 신을 자처하는 영웅이 끊임없이 괴로워하는 모습. 구냐라는 이름을 쓴 그는 결코 신이라고 불릴 위인이 아니었어요."

"그렇겠지. 성격이 그 모양인데."

"네. 하지만 그는 신을…… 이 세계를 해방하기로 선택한 신을 모시던 신관이었어요. 이름도 전해지지 않고 사라진

KANONE

신으로 변해서 세계를 지키려고 고민했죠."

그건…… 신화에 등장하는 신의 이야기일까? 류에의 머리 장식을 만들었다는.

"분명히 언젠가…… 당신들도 똑같이 전설이 되고 신화로

거듭나겠죠."

"어허, 무슨 소리. 나는 이미 전설의 마왕, 해방자라고."

"후후, 그랬죠."

어느샌가 차려져 있던 홍차를 들었다.

이 친구의 힘은 이미 술식 안에서만 그치지 않는다. 말 그대로 신의 권능.

"후후, 불안하면 답을 알려주려고 왔는데…… 저도 이만 돌아가 볼게요. 세계는 인간의 것. 저는 그것을 지켜보며 당신들의 이야기를 읽을게요."

"뭐야, 전에 갔던 공간의 책은 전부 전기였어?"

"맞아요. 앞으로도 이어질 이야기를 저만 계속 읽을 수 있어요. 부럽죠?"

그러면서 레이니 리네아리스가 소파에서 일어났다.

"저는 이제 어디에도 없어요. 술식 안에도. 그러니까 분명 이게 마지막이에요. 카이본 씨, 저는 당신과 친구가 돼서 정말로 기뻤어요."

"나도야, 레이니. 쓸쓸하겠군."

"저는 언제까지고 지켜볼게요. 제가 사라지는 그날까지. 그러니까…… 만약 내세라는 게 정말로 있다면…… 또 친구가 되어주세요."

"그래, 약속할게. 그럼…… 잘 가. 신 같은 레이니."

KAIVON
"네, 안녕히 계세요…… 마왕님 같은 카이본."

§ § §

그로부터 더 많은 시간이 흘렀다.

따사로운 봄 햇살 속에서 뛰노는 아이들을 보던 나는 사람이 늘어난 도시를 돌아봤다.

저택 주변에 있던 잔해가 철거되고 조그만 집들이 들어서면서 이곳은 새로운 주택가가 되었다. 그 거목은 여전히 하늘 높이 솟아 주민들을 내려다봤다.

“카이 군, 이제 가자~!”

“알았어! 문단속하고 갈게.”

“류에, 그렇게 서두르지 않아도 마차 시간은 아직 많이 남았어요.”

“으, 응. 그냥 마음이 자꾸 들떠서! 다시 여행을 떠나잖아.”

우리는 오늘 센트럴 타운을 떠난다.

잠정적인 대륙 대표로 레티시아 씨의 아버지가 활약하여 지금은 세컨더리아 대륙, 기인의 힘으로 완성된 항구 마을과 교역하면서 대륙 발전에 힘쓰고 있다.

그리고 나를 대신해 상담역이 되어준 사람은…… 예상대로 오잉크였다.

세미피나르와 이곳을 하루씩 번갈아 머물며, 우리의 꿀돼지는 세컨더리아 대륙까지 그 마수, 아니, 족발을 뻗는 중이었다.

원래 가르데우스 왕과 면식이 있어서 원만한 관계를 유지하는 모양이었다.

“좋아. 문도 잠갔고 준비 완료! 레티시아 씨, 다녀올게요.”

“예! 긴 시간 동안 감사했습니다, 카이본 님! 또 언제든지 돌아와 주세요. 매일은 어렵더라도 일주일에 한 번은 이곳 경비를 맡을게요!”

“후후, 역시 레티시아가 있으면 안심돼. 그럼 다녀올게.”

“다녀올게요, 레티시아 씨. 지금까지 정말로 고마웠어요.”

여전히 문지기를 맡아주는 그녀에게 인사를 전하고 승합마차를 타러 갔다.

걸어가도 된다. 하지만 출항 시간을 맞추지 못한다.

그럴 마음이 있으면 텔레포로 단숨에 세미피나르 대륙까지는 갈 수 있다.

하지만 그래서는 안 된다. 우리는 하고 싶은 것은 여행이니까.

“목적지는 어디로 할까?”

“일단 엔드레시아 대륙으로 가지 않을래? 류에 집에 가보자.”

“아, 그거 좋은 생각이네요! 가는 길에 다른 분들에게 들러서 인사도 할 수 있고요!”

“찬성! 우와, 그립다! 어떻게 됐으려나, 얼음 안개 숲!”

“따뜻해졌을지도 모르지……. 벌써 기대되는군.”

"간 적 없는 길로 가 봐요. 아직 못 본 곳이 많을 테니까요."

"맞아! 우선 세컨더리아 항구…… 가르데우스에 가기 전에 메일런트…… 레이스는 스피어 가든에도 가고 싶지?"

"물론이죠!"

"그래……, 정말 기대돼."

진짜 목적지가 없는 여행에는 끝이 없다.

그래도 시작점으로 돌아가서 하나의 마침표를 찍을 수는 있다.

그 마침표에서 사람은 자신을 돌아보고, 여행을 되짚어 보고, 다시 미래를 바라본다.

또 여행을 떠날지, 아니면 그곳을 목적지로 정할지, 그것은 그 사람의 마음이다.

그래도 나는 아직 조금만 더, 이 사랑하는 두 사람과 여행을 계속하고 싶다.

둘 다 미안. 아직 우리가 수명을 얻기는 이르다고 생각해.

더 세계를 돌아보고 언젠가는…… 그 숲속 작은 집에서—.

"좋았어! 출발이다~! 정류장까지 경쟁!"

"앗, 류에, 잠깐만요! 자기가 신호하고 달리는 게 어딨어요!"

"좋아, 나도 힘 좀 써 볼까!"

우리의 유유자적한 여행은 끝나지 않는다.

■작가 후기

(´･ω･`)오랜만에 뵙겠습니다. 저자인 아이아츠시입니다.

우선 처음으로, 여기까지 읽어주신 모든 분께 깊은 감사의 마음을 전합니다.

처음 출판된 책이, 정확히는 처음 제대로 쓴 이야기가 마지막까지 책으로 나왔다는 사실이 지금도 꿈만 같습니다.

출판 관련 지식도 없고, 라이트 노벨도 거의 읽지 않은 제가 여기까지 온 것도 이 책을 펴내는 데 힘써주신 모든 분과 독자 여러분 덕분입니다.

앞으로 제가 어떤 길을 걸을지는 알 수 없으나, 『이야기 쓰기가 좋아진』 저의 욕망을 채우기 위해 인터넷에서 간간이 활동해 나갈 생각입니다.

만약 보시게 된다면『아, 이 돼지, 아직 죽지도 않고 살아 있구나』라며 따뜻한 눈길로 지켜봐 주시기 바랍니다.

그럼 백수 마왕의 이야기는 여기서 끝. 이후의 여행은 이야기라는 족쇄에서 벗어난 그들에게 맡기도록 하죠! 지금까지 감사했습니다!

백수 마왕, 지금까지 감사했습니다!

일러스트 담당 桂井よしあき
카츠라이 요시아키

백수, 마왕의 모습으로 이세계에 12

초판 1쇄 발행 2022년 12월 10일

지은이_ Aiatsushi
일러스트_ Yoshiaki Katsurai
옮긴이_ 김장준

발행인_ 신현호
편집장_ 김승신
편집진행_ 권세라 · 최혁수 · 김경민 · 최정민
편집디자인_ 양우연
관리 · 영업_ 김민원

펴낸곳_ (주)디앤씨미디어
등록_ 2002년 4월 25일 제20-260호
주소_ 서울시 구로구 디지털로 26길 111 JnK디지털타워 503호
전화_ 02-333-2513(대표)
팩시밀리_ 02-333-2514
이메일_ lnovellove@naver.com
L노벨 공식 카페_ http://cafe.naver.com/lnovel11

HIMAJIN, MAO NO SUGATA DE ISEKAI E TOKIDOKI CHEAT NA BURARI TABI Vol.12
©Aiatsushi 2021
First published in Japan in 2021 by KADOKAWA CORPORATION, Tokyo.
Korean translation rights arranged with KADOKAWA CORPORATION, Tokyo.

ISBN 979-11-278-6631-0 04830
ISBN 979-11-278-4210-9 (세트)

값 8,200원

*이 책의 한국어판 저작권은 KADOKAWA CORPORATION과의 독점 계약으로
(주)디앤씨미디어에 있습니다.
저작권법에 의해 한국 내에서 보호를 받는 저작물이므로 무단전재와 복제를 금합니다.

*잘못된 책은 구매처에 문의하십시오.

L NOVEL

© Koushi Tachibana, Tsunako 2021
KADOKAWA CORPORATION

데이트 어 라이브 1~22권, 머테리얼 1~2권

타치바나 코우시 지음 | 츠나코 일러스트 | 이승원 옮김

4월 10일. 새 학기 첫 등교일.
이츠카 시도는 평소와 다름없는 일상을 보내고 있었다.
갑작스러운 충격파로 파괴된 마을 한가운데에서 소녀와 만나기 전까지는—

세계를 부수는 재앙, 정령을 막을 방법은 단 두가지.
섬멸, 혹은 대화

정령과 만나게 된 시도는,
세계의 멸망을 막기 위해 데이트로 정령을 꼬셔야하는 운명에 처하게 되는데!?

세계의 멸망을 막기 위한 데이트가 시작된다—!!

ANIPLUS TV 애니메이션 방영 화제작!!

라이트노벨의 새로운 빛! L노벨의 신간은 매월 10일에 발매됩니다. http://cafe.naver.com/lnovel11

NOVEL

©Nana Nanato, Siokazunoko 2021
KADOKAWA CORPORATION

VTuber인데 방송 끄는 걸 깜빡했더니 전설이 되어있었다 1권

나나토 나나 지음 | 시오 카즈노코 일러스트 | 박경용 옮김

화려한 VTuber가 다수 소속된 대형 운영회사 라이브온.
그곳의 3기생이며 『청초』 VTuber인 코코로네 아와유키.
"역시 롱캔 따는 소리는 최고야!"
"응? 완전 꼴리거든?"
"내가 마마가 될 거야!"
하지만 그녀의 부주의로 방송을 제대로 안 끈 결과,
본래 성격(주정뱅이, 호색, 청초(VTuber))을 드러내고 마는데?!
"클립 엄청 따갔어?! 트렌드 세계1위?! 동시 시청자 수 실화냐고!!!"
이게 웬일, 갭이 호평을 받으며 인기 대폭발!
그 결과…… "으랏차—! 방송 시작한드아!"

모든 걸 내려놓은 그녀는, 대인기 VTuber의 길을 달려간다!!

NOVEL

라이트노벨의 새로운 빛! L노벨의 신간은 매월 10일에 발매됩니다. http://cafe.naver.com/lnovel11

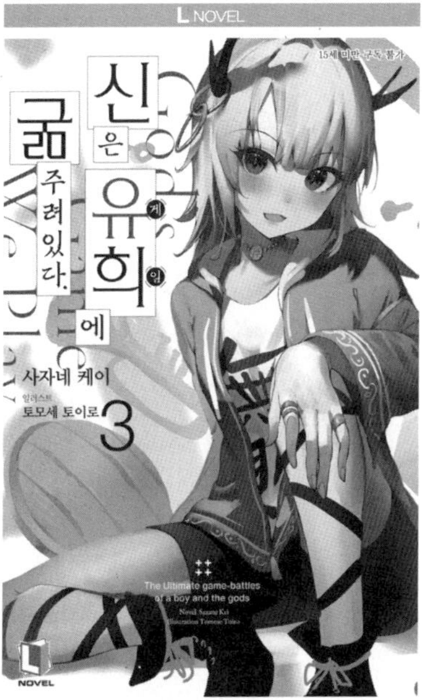

©Kei Sazane 2021
Illustration : Toiro Tomose
KADOKAWA CORPORATION

신은 유희에 굶주려있다. 1~3권

사자네 케이 지음 | 토모세 토이로 일러스트 | 김덕진 옮김

한가한 지고의 신들이 만든 궁극의 두뇌 게임「신들의 놀이」.
오랜 잠에서 깨어난 신이었던 소녀 레셰는 눈을 뜨자마자 이렇게 선언했다.
"이 시대에서 게임을 제일 잘하는 인간을 데려와!"
지명된 사람은「이 시대 최고의 루키」로 주목받는 소년 페이.
두 사람이 도전하는「신들의 놀이」는 난이도가 너무 높아 완전 공략한 사람은 제로.
그 이유는, 신들은 변덕쟁이에 불합리하고, 가끔은 이해할 수 없으니까.
그러나 그런 게임이기에 진심으로 즐기지 않으면 아깝다!
여기에 천재 소년과 신이었던 소녀, 그리고 동료들이 펼치는
지고한 신들과의 궁극 두뇌전이 펼쳐진다!

신과 인류의 두뇌전, 드디어 개막!

NOVEL

라이트노벨의 새로운 빛! L노벨의 신간은 매월 10일에 발매됩니다. http://cafe.naver.com/lnovel11

L NOVEL

©Sunsunsun, Momoco 2021 / KADOKAWA CORPORATION

가끔씩 툭하고 러시아어로 부끄러워하는 옆자리의 아랴 양 1~3권

SUN SUN SUN 지음 | 모모코 일러스트 | 이승원 옮김

이 나 메냐 토제 아브라티 브니마니에
"И на меня тоже обрати внимание."
"어, 뭐라고 한 거야?"
"별거 아냐. 【이 녀석, 진짜 바보네】 하고 말했어."
"러시아어로 독설 날리지 말아줄래?!"
내 옆자리에 앉은 절세의 은발 미소녀, 아랴 양은 의기양양한 미소를 지었다.
하지만, 사실은 다르다.
방금 그녀가 말한 러시아어는【나도 좀 신경 써줘】란 의미다!
실은 나, 쿠제 마사치카의 러시아어 리스닝은 원어민 레벨이다.
그런 줄도 모르고, 오늘도 달콤한 러시아어로 애교 부리는
아랴 양 때문에 입가가 쉴 새 없이 실룩거리는데?!

전교생이 동경하는 초 하이스펙 러시안 여고생과의
청춘 러브 코미디!

라이트노벨의 새로운 빛! L노벨의 신간은 매월 10일에 발매됩니다. http://cafe.naver.com/lnovel11

NOVEL